KB114042

주무르면 다 고침! 12

강준현 현대 판타지 소설

초판 1쇄 찍은 날 § 2019년 10월 10일
초판 1쇄 펴낸 날 § 2019년 10월 17일

지은이 § 강준현
펴낸이 § 서경석

총괄팀장 § 노종아
편집책임 § 김대용
디자인 § 고성희

펴낸곳 § 도서출판 청어람
등록번호 § 제387-1999-000006호
등록일자 § 1999. 5. 31
어람번호 § 제1-3053호

주소 § 경기도 부천시 부일로 483번길 40 서경B/D 3F (우) 14640
전화 § 032-656-4452 팩스 § 032-656-4453
http://www.chungeoram.com
E-mail § chungeorambook@daum.net

ISBN 979-11-04-92067-7 04810
ISBN 979-11-04-91881-0 (세트)

목 차

77. 의신 강림

올해 32살의 윌리엄 테네시는 스포츠를 보며 친구들과 맥주를 즐기는 평범한 미국인이다. 아니, 불과 사흘 전까진 평범했을지 모르지만 이젠 평범 이하다.

　일하는 육가공업체에서 해고됐기 때문이다.

'빌어먹을! 노란 원숭이들!'

　그가 해고된 후 공장 문을 나서며 외친 말은 인종차별적인 욕이었다.

　술이 덜 깬 채 공장으로 나와 설렁설렁 일하고, 남들이 한 마리의 소를 해체할 때 반 마리도 해체하지 못하고, 동료가 피부색이 다르다는 이유로 무시하고 욕했던 것은 기억하지 못했다.

그저 미국에 불법으로 들어온 동양인이 값싼 노동력을 무기로 자신의 자리를 뺏었다고 생각했다.

완전히 틀린 생각은 아니다. 수많은 불법 이민자들로 인해 실제 그런 일이 일어나고 있기 때문이다. 그러나 그가 일하던 공장에선 그러한 이유 때문이 아니었다.

윌리엄은 누가 봐도 게을렀고 누가 봐도 잘릴 만했다.

각설하고, 공장에서 잘린 그는 분노했다. 그리고 인내심이 없던 그는 분노를 풀 대상이 필요했다.

윌리엄은 4개월 전에 회사에서 해고되어, 지금은 아르바이트로 생활하고 있는 그의 룸메이트에게 말했다.

"니코. 노란 원숭이들이 있는 한 우린 결코 새로운 직장을 얻을 수 없을 거야."

"알아. 그래서 4개월이 넘도록 새로운 직장을 얻지 못하고 있잖아."

니코 맥스튼은 남의 일이라는 듯 TV에서 시선을 떼지 않고 말했다.

"그냥 이대로 있을 거야?"

"열심히 구직 활동을 하는 것 말곤 방법이 없잖아."

맞는 말이다. 아무리 윌리엄이 이기적이고 구제불능이긴 해도 현재처럼 행동하면 어딜 가나 결과는 비슷하다는 걸 모르진 않았다.

"빌어먹을! 그렇다고 가만히 있을 거야? 이대로라면 다음 달엔 여기서 쫓겨날지도 모른다고!"

"…모아둔 돈도 없어?"

"있을 리가 있겠어? 너랑 나랑 밤마다 먹어 치우는 음식을 생각해 봐."

"훗! 그렇군. 괜히 미안해지네."

"미안하다는 소리를 듣고 싶어서 하는 말이 아냐. 너랑 함께 한 시간은 즐거웠으니까. 하지만 다음 달부턴 그러지 못한다는 것이 짜증나 미치겠어!"

"네가 나에 대해 그렇게까지 생각했는지는 몰랐네. 반성해야 할 부분이야."

니코는 정말 그렇게 생각하는지 처음으로 시선을 돌려 윌리엄을 봤다. 그리고 말을 이었다.

"방법이 있으면 말해봐. 너에게 맥주를 사기 위해서라도 최선을 다해볼게."

"방법은 무슨……. 나도 방법이 없어서 너한테 물은 거야. 이런 병신 같은 삶을 계속 살아야 하는 건지. 생각은 내일 하기로 하고 맥주나 마시자."

"킬킬킬! 그래. 우리가 언제부터 내일을 걱정했다고."

쨍! 두 사람은 맥주병으로 건배를 한 후 시선을 TV로 돌렸다.

"미친! 오늘 따라 야구는 왜 저 모양이야!"

7회인데 응원하는 팀이 8:2로 지고 있었다.

신경질적으로 채널을 돌리는데 학교에서 총기 난사 사건이 있었다는 뉴스가 눈에 띄었다.

평소 괴롭힘을 당하던 학생이 소총으로 평소 괴롭히던 학생들과 방관하던 학생들을 쏴 죽였다는 뉴스.

"저딴 뉴스가 무슨 재미가 있다고. 윌리, 정 심심하면 드라마나 보자."

"……."

니코의 말에도 윌리엄은 뉴스에서 눈을 떼지 못했다. 그리고 얼마 지나지 않아 윌리엄이 중얼거렸다.

"…니코, 나랑 재미난 일 한 가지하지 않을래?"

"재미난 일이라면 언제든 환영이지. 무슨 일인데?"

"노란 원숭이 사냥."

"…응?"

"재미있을 거야. 아주! 크큭큭큭! 크하하하하!"

윌리엄은 TV에서 눈을 떼지 않고 미친 사람처럼 웃었다. 조만간 벌어질 일을 상상하며.

*　　　*　　　*

준비는 나흘이면 충분했다.

두 개의 소총, 네 개의 권총, 수십 개의 탄창, 수천 발의 총알. 얼굴을 가릴 오토바이 헬멧, 장갑, 일을 벌이기 전에 머무를 자동차. 마지막으로 일을 마치고 도망갈 도주로.

멍청하게 경찰이 달려올 때까지 기다릴 생각도, 마지막 남은 탄환으로 자결할 생각도 없었다.

오늘 일은 시작이지, 끝이 아니었다.

백인 우월주의자인 윌리엄은 오늘 일을 본받아(?) 많은 이들이 자신의 뒤를 잇길 바랐다. 그래서 소총 위 스마트폰 거치대를 설치해 방송을 준비 중이다.

스마트폰이 움직이지 않도록 고정을 한 그는 무전기를 들었다. 그리고 니코에게 말했다.

"헤이~ 친구. 준비됐나?"

—물론이지. 얼른 끝내고 들어가 맥주나 마시자고.

"큭큭큭! 그러자고."

처음 윌리엄의 계획을 들었을 때 니코는 반대를 했었다. 하지만 계속된 윌리엄의 설득에 결국 참여하게 됐다. 그의 역할은 오토바이를 타고 대기하고 있다가 윌리엄이 도착하면 태우고 도망가는 역할.

도망갈 곳은 LA다저스 스타디움 방향.

야구가 끝나는 시간에 맞춰서 나오는 사람들과 합류해서 몸을 숨길 생각이었다.

무전기를 허리에 꽂은 윌리엄은 스마트폰을 조작해 유명 동영상 사이트의 실시간 방송을 켰다.

총을 구하면서 구한 것으로, 이 데이터라면 몇 시간쯤은 방송할 수 있었다.

'노란 원숭이 죽이기'라는 자극적인 제목으로 방송을 켰지만, 구경하는 사람은 0명.

상관없었다. 방송이 끝나자마자 영상은 자동으로 올라갈 테고, 그때 사람들에게 노출이 될 것이다.

그는 스마트폰 속의 자신을 보며 말했다.

"안녕, 나는 고스트 라이더야. 큭큭! 영화에서처럼 내가 죽은 건 아냐. 오히려 그 반대지."

스마트폰을 보고 이런저런 얘기를 하다 보니 호기심에 두 명이 들어온 모양이다.

―이건 무슨 방송이야?

―원숭이를 죽인다는데 진짜야?

"큭큭큭! 진짜야. 노란 원숭이들을 지금부터 죽일 거거든."

―뭐야? 네가 말하는 노란 원숭이가 설마 동양인을 말하는 건
아니겠지?

"왜 아니겠어."

―미친 인종차별주의자! 당장 911에 연락하겠어.

―워워~ 위에 친구 그렇게 놀라지 마. 분명 사람들의 관심을
받고 싶어 하는 고등학생일 테니까.

잠깐 사이에 다시 6명이 더 들어왔다. 그리고 그들의 대화가
이어졌다.

―헬멧 광고하는 방은 아닌 것 같고, 싸한 냄새가 나는데 뭐 하
는 방임?

―동양인을 죽인다고 하는 미친놈임.

―오! 진짜? :0

―요즘 이런 놈들 많아. 그래 놓고 시청자 수만 잔뜩 올려놓고
'농담이었어'라고 말하지.

─야! 헬멧! 멍하니 있지 말고 뭔 말이라도 해봐. 어그로를 끄는 거라면 헬멧을 벗었을 때 예쁜 얼굴이 나와야 할 거야. 못난 얼굴이 나오면 그땐 내가 널 죽일지도 몰라.

"하하하! 너희들은 오늘 좋은 구경 하게 될 거야. 자! 그럼 다들 원한다니 그럼 시작해 볼까."
관객 20명 정도면 충분했다.

─미친! 정말 하려나 본데.
─아냐. 분명 저러고 '미안' 하고 말할 거야.
─누가 911에 연락 좀 해.

"……"
글이 주르륵 올라왔지만 무시하고 스마트폰을 거꾸로 돌렸다.
차 문을 열고 밖으로 나갔다.
'응? 뭐야, 저 원숭이는?'
눈을 좁히고 자신이 있는 쪽을 바라보고 있는 동양인이 보였다.
"훗! 죽고 싶어 환장을 한 놈이군. 일단 저 원숭이부터 시작해 볼까."
중얼거린 윌리엄은 조정관을 자동으로 돌린 후 방아쇠를 당겼다.
타타타타타타타탕!
시원하게 발사된 총알은 쳐다보는 두삼을 잡지 못했지만 멋모르고 축제를 구경하던 이들을 핏덩이로 만들기 충분했다.

"쳇! 날렵한 원숭이군."

달카! 철컥!

탄창을 빼버리고 새로운 탄창을 갈아 낀 그는 한쪽으로 도망간 두삼은 포기를 하고, 비명을 지르며 흩어지는 사람들 틈으로 보이는 사자탈과 중국 공연자들을 향해 총을 발사했다.

＊　　　　＊　　　　＊

비벌리 클렌 공원 근처의 국가안보국 건물.

'아르고스의 눈' 개발 팀은 일주일 전에 완성된 프로그램의 최종 테스트를 하고 있었다.

이틀 전 발생한 오류는 다 수정을 했기에 오늘은 특별한 건 없었다. 그저 검색어를 친 후, 그 결과를 살펴보는 정도랄까.

자연 분위기는 일을 할 때와 달리 느슨했다.

나른한 표정으로 검색을 하던 빈센트가 뭘 보는지 환하게 웃으며 말했다.

"아미르, 아르고스의 눈 우리가 만들었지만 정말 대단한데요."

"이번엔 또 뭘 검색했기에 그런 표정을 짓는 거야?"

"E컵 가슴이라고 검색을 했죠. 그랬더니 와우! 집에서 옷 벗고 TV 보는 이들의 모습까지 다 보여요. 특히 이 여자는 완전 제 이상형이고요."

"이상형이면 찾아가려고?"

"LA에 사는데 그래 볼까요?"

아미르는 고개를 절레절레 흔들며 말했다.

"너 그러다 헬렌에게 걸리면 혼난다."

"에이~ 당연히 하란이 없으니 검색해 본 거죠."

성격 좋은 하란이지만 아르고스를 이용해 이상한 짓을 하는 건 용서하지 않았다.

"헬렌이 하루 동안 검색한 거로 자료 뽑아보는 거 몰라? 얼른 지워."

"뭘 얼른 지우라는 거예요?"

필라스의 사무실에서 나오던 하란이 물었다.

"아, 아냐. 얘기는 잘 끝났어?"

"아니. 침대 위에서 중요한 말이 나올 수 있으니 안 된대."

하란은 성인물처럼 검색되는 사진이나 동영상은 금칙어로 넣자고 필라스에게 제안했다. 그러나 테러나 심각한 범죄와 관련된 얘기가 침실에서 나오지 말라는 법이 없다면 거절했다.

아미르는 빈센트를 흘낏 보며 말했다.

"성인물이라면 유명한 사이트가 있는데 아르고스에서 검색할 사람이 얼마나 되겠어? 그리고 프로젝트가 끝나면 어차피 검색할 사람도 없잖아."

"그야 그렇지. 근데 특별한 건 없었어?"

"아직까진. 올라오는 건 많긴 한데 테러와 관련된 건 지켜봐야 할 것들이 대부분이야."

"아까 이라크 쪽에서 나온 얘기는?"

"일단 CIA 쪽으로 연결했어. 감시는 계속하고 있으니까 새로운 사실이 생기면 다시 알려줘야지."

아르고스의 눈은 인터넷상에 올라오는 글과 동영상뿐만 아니라 통화 내용까지 모조리 도감청해서 테러와 관련된 내용을 파악 분석하는 인공지능 프로그램이었다.

"제대로 작동하는 것 같으니 다행이네."

"그러게. 근데 테스트는 언제까지래?"

"다음 주까지는 지켜봐야 할 것 같대."

"후우~ 드디어 지긋지긋한 프로젝트가 끝나는 건가? 헬렌은 다시 한국으로 가는 거지?"

"응. 벌려놓은 일들이 있으니까."

이런저런 얘기를 할 때였다.

벽 쪽에 설치된 거대한 모니터의 화면이 바뀌며 아르고스가 말했다.

─LA 차이나타운에서 M12케이스 발생 예정.

"M12면 총기 난사 사건 아냐? 젠장! 도대체 하루에 몇 번이나 일어나는 거야!"

빈센트의 외침에 마무리 작업을 하고 있던 하란도 깜짝 놀랐다.

특히 차이나타운이라면 현재 두삼이 가 있는 곳.

얼른 화면으로 시선을 돌렸다.

오토바이 헬멧을 쓴 남자가 동양인을 죽이겠다고 말하는 장면과 함께 우측으로 시청자들의 글이 올라온다.

하란은 다급한 목소리로 아르고스에게 물었다.

"일어날 가능성은?"

최근 연속해서 일어나는 총기 난사 사건의 모방범죄와 그를 흥미로 삼아 방송을 하는 이들이 많아지면서 총기 관련 경고는 오늘만 해도 5번째였다.

그중에서 4건은 거짓이었고, 1건은 사건이 일어나기 전에 뉴저지 경찰에 알려 막을 수 있었다.

즉, 현재의 경고 역시 거짓일 가능성도 있었기에 가능성을 물은 것이다.

―90퍼센트 이상입니다.

아르고스는 말과 함께 헬멧을 확대해 비친 총기와 현재 방송을 하는 위치까지 정확하게 보여줬다.

하란의 마음이 급해졌다.

지금까지 국가안보국 건물이라 루시와 일체의 대화도 하지 않았었다. 혹시나 루시의 흔적이 남아 자칫 오해가 생길 수 있었기 때문이다.

하지만 지금은 그런 걸 따질 때가 아니었다.

그녀는 컴퓨터를 이용해 아르고스의 백도어를 열어 루시와 연결했다. 그리고 글을 적었다.

[루시, 오빠는 지금 어디 있어?]
[차이나타운에서 축제를 구경하고 있어요.]
[현재 발생한 M12케이스 범인과의 거리는?]
[분석 중.]

이제 막 아르고스와 동기화를 시작한 터라 시간이 조금 걸렸다.

사무실에서 같은 화면을 보고 있던 필라스가 경찰에 연락하고 나와 외쳤다.

"아! 내린다. 저 미친놈! 총구가 사람들을 향했어!"

화면 역시 사람들을 향했는데 범인을 똑바로 바라보고 있는 동양인을 보는 순간, 하란은 자리에서 일어나며 외쳤다.

"루시!"

*　　　　　*　　　　　*

퍼퍽! 퍼퍼퍼퍽!

몸을 날리는 순간, 총소리와 함께 가죽 터지는 듯한 소리가 귀를 때린다. 그리고 공중에서 동그랗게 몸을 말아 굴러 총기 난사 가해자의 눈을 피할 수 있었다.

'미친 새끼!'

조금 전 자기가 서 있던 곳이 눈에 들어왔다.

피를 흘리며 무너지고 있는 사람들. 그리고 이어 상황을 파악한 사람들이 비명이 지르며 뿔뿔이 흩어지기 시작한다.

"꺄악!"

"우… 우어어억!"

불과 몇 초도 되지 않아 축제의 현장은 아수라장으로 변했다.

두삼에겐 그 모습이 비현실적으로 느껴졌다.

게다가 뿔뿔이 흩어지는 사람들보다 총을 맞고 바닥에 쓰러져 죽어가고 이들에게서 눈을 떨어지지 않았다.

도망가야겠다는 생각보다 당장 달려가서 살려야 하는데, 라는 생각이 머리를 지배했다.

이어지는 총소리.

타당! 타탕! 타다당!

이번엔 공연을 하고 있던 이들이 피를 흘리며 바닥에 쓰러졌다. 알 수 없는 분노에 어금니가 부서져라 앙 물며 주먹을 꽉 쥐었다.

"으득! 이……!"

─두삼 님, 범인이 거리 쪽으로 나오고 있어요. 얼른 뒤에 있는 차로 물러나요!

루시의 외침에 정신을 차렸다.

기운을 강해져 싸움으로는 누구에게도 지지 않을 자신이 있었지만, 총 앞에선 그냥 조금 힘센 사람에 불과했다. 그리고 쓰러져 있는 사람을 치료하기 위해선 범인부터 처리하는 게 우선이었다.

무기력함에 입술을 앙 문 후, 빠르게 주차된 차에 몸을 숨겼다.

타다당! 타당! 타다다당!

조정관을 점사로 놓고 마치 사냥을 하듯이 총을 쏘는 범인. 그때마다 한두 명씩 바닥에 쓰러진다.

"…경찰은?"

헬멧을 쓴 범인에게 눈을 떼지 않은 채 루시에게 물었다.

─오고 있어요. 하지만 2분 정도는 더 걸릴 거예요.

"…2분이면 저 빌어먹을 놈이 몇 명을 더 죽일지 몰라. 그리고 총에 맞은 사람들도 죽을 테고."

─다른 방법이 없잖아요. 그리고 하란 님이 무모한 짓은 하지 말라고 전해달래요.

"하란이 보고 있어?"

─직접 보고 있는 건 아니고, 위치만 알아요.

"근데 좀 전에 범인이 걸어 나오고 있다는 건 어떻게 안 거야? CCTV로 파악한 거야?"

─근처에 CCTV는 없어요. 다만 현재 범인은 방송을 하고 있어요. 그래서 정확한 위치를 파악할 수 있죠.

　"미친……!"

　─그 미친 행동 덕분에 하란 님이 알 수 있었고, 저 역시 경고를 줄 수 있었어요.

　고맙다고 해야 하나?

　탕! 탕! 탕!

　"이번엔 권총이냐."

　─영상 분석 결과 소총 2자루, 권총은 2자루 이상이에요. 물론 탄창은 더욱 많고요. 지금이에요! 뒤로 가서 반대편으로 뛰어 골목으로 들어가세요.

　갑작스러운 말에 두 걸음 물러나려던 두삼은 다시 원래 위치로 돌아왔다.

　─왜……?

　루시가 왜 움직이지 않았는지 의문을 표했다.

　솔직히 자신도 모르겠다. 공명심 따윈 없고 '남보다 내가 우선'이라는 생각으로 살았는데 아스팔트에 쓰러져 신음을 흘리고 있는 이들을 보니 차마 걸음이 떨어지지 않았다.

　"몰라. 그건 그렇고 내가 물러날 타이밍은 어떻게 알게 된 거야?"

　─총소리를 분석해 총알이 떨어진 순간을 파악해 말하는 거예요. 탄창을 갈아야 하니 그 시간을 계산하는 거죠.

　"그래? 음……."

　─근데 이젠 골목으로 빠져나가는 건 빠듯할 것 같아요. 아주 조심스럽게 물러나는 수밖에 없어요.

"갑자기 왜?"

—놈이 두삼 님 방향으로 오고 있거든요.

"……."

빌어먹을 방금 전에 도망갈 걸 그랬나.

후회는 아무리 빨라도 늦는 법. 다친 사람들을 버려두고 도망가고 싶진 않지만, 그렇다고 죽고 싶은 생각도 없었다.

몸을 낮춘 후 천천히 뒤로 물러났다. 그리고 2미터쯤 물러났을까, 바퀴에 고여놓았다가 두 조각으로 부서지면서 방치된 듯한 두 개의 돌이 보였다.

그것을 본 두삼은 물러나는 걸 멈추고 낮게 중얼거렸다.

"범인과의 거리가 얼마지?"

—20미터요. 지금 속도로 물러나면 충분히 빠져나갈 수 있을 거예요.

불가능할 것 같지만, 루시의 계산대로라면 무사히 빠져나갈 수 있을 것이다. 하지만 한 가지 모험을 하기로 마음먹었다.

"혹시 놈이 내 근처에 왔을 때 반대편 쪽으로 시선을 돌릴 수 있을까?"

—…그건 왜요?

모험을 하기로 했지만, 불가능하다고 하면 그냥 물러날 생각이다.

"가능해? 불가능해?"

—가능해요.

"오케이! 그럼 돌아보게 해줘."

—무슨 짓을 하려고요? 하란 님이 얼마나 걱정하는지 알아

요. 계속 저에게 메시지를 보내고 있다고요.

"실패하면 무조건 도망갈게. 그러니 딱 한 번만 내 말대로 해줘."

솔직히, 말을 하면서도 당장 도망가고 싶은 심정이다. 점점 기운이 사라지고 있는 사람들과 스스로의 안위 사이에서 갈등하고 있달까.

그러나 루시의 '알았다'는 대답에 더는 고민하지 않고 양손에 돌을 움켜쥔 채 바닥에 몸을 웅크렸다.

뚜벅뚜벅!

놈이 걷는 소리가 들릴 정도로 가까워졌다.

―놈의 계정으로 들어가 설정을 바꾼 후에 후원금을 낼 거예요.

응? 뭘 한다고? 그걸로 범인의 주의를 왼쪽으로 돌릴 수 있는 거야?

묻고 싶었으나 지금 입을 열면 총구가 당장에 나를 향할 것이다. 루시의 설명이 더는 없었기에 그저 기다릴 수밖에 없었다.

"꼭꼭 숨어라. 머리카락 보인다, 원숭아. 큭큭큭!"

진짜 미친놈이 분명하다. 목소리에 죄의식은 없었다. 오히려 기쁨이 넘쳤다.

바로 정면쯤 왔을 때였다. 그의 스마트폰에서 갑자기 어색한 기계음 들렸다.

―루시 님이 100달러를 응원했습니다. 왼쪽! 왼쪽! 왼쪽에 누군가 보인다.

그와 함께 루시의 말이 고막을 때렸다.

―지금!

일어섬과 동시에 그의 위치를 확인했다.

7m 정면. 그는 왼쪽으로 돌아보고 있었다.

곧장 와인드업했다. 그리고 엎드려 있으면서 맹렬하게 돌리던 기운을 오른팔로 보냈다.

머리를 노렸으면 좋겠지만 그럴 능력은 되지 않았기에 등을 향해 주먹만 한 짱돌을 던졌다.

'높다!'

등을 향해 던졌는데 하필이면 뒤통수를 향해 날아간다. 그리고 때마침 뭔가 이상함을 느꼈는지 놈이 휙 하고 돌아섰다.

쾅! 콰직! 헬멧을 뚫고 짱돌이 얼굴에 직격 했다. 그리고 몸이 잠시 떠오르는 듯하더니 바닥으로 떨어졌다.

움찔움찔!

팔다리가 잠시 제멋대로 움직이더니 그 움직임마저 사라져 버렸다. 빠르게 흩어져 가는 기운. 사망이었다.

"후우~"

―바닥에 쓰러진 것 같은데 어떻게 됐나요?

"사망했어. 근데 지금도 방송 중인 거 아냐?"

―아뇨. 해킹하기 직전에 방송을 중단시켰어요. 두삼 님이 했다는 건 아무도 모를 거예요.

"안다고 해도 상관없어. 난 살기 위해 던졌을 뿐이니까. 하란이에게 난 무사하다고 전해줘."

―이미 전했어요.

위험이 제거되었기에 쓰러져 있는 이들에게로 뛰어갔다. 미친놈 한 마리 때문에 1분 남짓한 시간 동안 스무 명이 넘는 사상자가 생겨났다.

두삼은 기운을 눈으로 돌렸다. 처음 당했던 사람들의 생명력이 빠르게 사라져 가고 있었다.

철벅!

첫 사격에 발생한 7명의 총상 환자의 몸에서 흐른 피가 바닥에 흥건하다. 이를 무시하고 무릎 꿇고 앉아 상황이 가장 좋지 않은 이에게 하얗게 빛나는 손을 뻗었다.

30대 초반의 남성.

맨 처음 총을 맞아 등을 들어온 총알이 폐를 뚫었고 허리로 들어온 또 다른 총알은 대장, 소장을 망가뜨리고 배를 뚫었다.

허벅지로 들어온 총알이 뼈를 부러뜨리며 휘어져 동맥을 망가뜨리고 무릎 근처에 머문 건 불행 중 다행이라 할 정도다.

고작 1cm도 되지 않는 총알 다섯 개가 사람을 걸레처럼 너덜너덜하게 했다.

"…쿨럭!"

초점 없는 눈으로 뭘 보는 건지 모르겠다. 한 가지 확신한 건, 그에게 지금 어떤 거짓말이라도 해야 한다는 것이다.

"살 수 있어요. 잠깐 눈 감고 일어나면 병원이고 사랑하는 사람이 눈앞에 있을 겁니다."

"……."

알아들었을까, 그의 눈동자가 슬쩍 옆으로 움직인다. 그러나 시선을 맞추기도 전에 스르르 눈을 감았다.

그는 쉬어야 했다.

이미 그에게 손을 댔을 때부터 터지고 망가진 혈관들을 모조리 틀어막고 있었다. 하지만 그것만으로도 부족했다. 이미 많은 피를 쏟아 막지 못한 미세혈관에서 흐르는 피만으로도 죽을 수 있었기에, 심장의 두근거림마저 느리게 만들었다.

반(半)가사 상태가 되자 그는 눈을 감은 것이다.

두삼은 일어나 바로 옆 사람에게 손을 올렸다.

첫 번째 환자의 한쪽 폐가 망가지고 끊어지고 뜯긴 대장과 소장이 썩기 시작했지만, 그것들을 조치까지 하기엔 다른 사람들의 상태 역시 위험했다.

두 번째 환자도 첫 번째 환자가 비슷한 상태.

'쯧! 총알이 하필 척추에 박혔어.'

살아난다고 해도 50% 이상의 확률로 하반신 마비가 될 가능성이 컸다. 당장 처리를 하면 가능성이 10%쯤 올라갈 테지만 과감히 포기하고 오로지 피의 흐름만 막고 반가사 상태로 만든 후 손을 댔다.

세 번째 환자에게 손을 올릴 때였다.

부우우우우우웅! 하는 오토바이 소리가 들렸다.

"루시, 오토바이는 뭐지?"

―CCTV에 걸리지 않고 나타난 것을 보아 범인과 한패가 아닌가 싶네요.

"젠장! 한시가 급한데."

말하는 사이 금세 달려온 오토바이가 죽은 범인 근처에 섰다.

세 번째 환자의 출혈을 잡던 두삼은 어쩔 수 없다는 듯 손을 뗐다. 그리고 옆에 놔둔 피 묻은 짱돌을 집어 들고 일어났다.

그리고 슬슬 옆으로 가서 총을 꺼내면 언제든지 골목으로 뛰어 들어갈 준비를 했다.

"……."

"……."

헬멧에 짱돌을 박고 있는 범인과 두삼을 번갈아 보던 남자는 은은하게 들리는 사이렌 소리에 아무 짓도 하지 않고 오토바이를 몰아 사라졌다.

"…지나가는 사람인가?"

범인과 아는 사람처럼 보였지만 그냥 가버렸으니 알 수 없다.

경찰과 911구급대가 오는 소리를 들으며 후다닥 뛰어가 다시 세 번째 환자에게 손을 올렸다.

정말이지 1초도 허비할 수 없었다.

경찰차와 구급차가 범인의 앞쪽에 차를 세운 건 여덟 번째 환자에게 손을 올리던 차였다.

"Freeeeeeze!"

"Don't make a mooove!"

경찰들이 시끄럽게 짖었다. 물론 우리나라 경찰과 달리 허튼 짓을 하면 당장 총알이 날아올 터라 한 손을 들면서 외쳤다.

"난 의삽니다! 환자를 급하게 치료 중입니다!"

"환자에게서 손을 떼!"

"치료 중이라니까요! 한시가 급합니다."

"그게 무슨 치료야! 발포하기 전에 당장 엎드려!"

정말이지 당장 방아쇠를 당길 태세다. 아니면 구둣발에 걸어 차일 수도.

한숨을 쉬고 손을 떼려던 찰나, 뒤에서 달려오던 덩치가 두삼의 두 배쯤 되어 보이는 흑인이 소리쳤다.

"그 사람 의사 맞대! 모두 물러나."

"누가요?"

바로 앞에서 총을 겨누고 있던 남자가 물었다.

"국장님이. 환자에 대해선 일단 저 남자 말을 우선으로 따르라는 지시다."

"서장님도 아니고, 국장님이요?"

"그래. 얼른 총 치워! 환자에게 이상이 생기면 책임질 거냐고 난리다."

"엥? 통화 중입니까?"

덩치 큰 흑인이 대답 대신 스마트폰을 보여줬고 그곳엔 LA 경찰국 국장이 보였다.

어리둥절하긴 두삼도 마찬가지. 루시가 설명했다.

─하란 님이 일하는 곳이 국가정보국이에요. 그리고 그곳 팀장이 국가정보국에서 꽤 높은 위치에 있는데 시장과 친해요.

권력 관계가 어떻게 되든 간에 치료를 멈추지 않는 것만으로 충분했다.

"저기 누워 있는 일곱 명과 여기 이 사람부터 병원으로 이동해 주세요."

"…아, 네."

"서둘러 주세요! 겨우 숨만 붙어 있습니다! 그리고 이동하는 병원의 응급실 의사와 통화할 수 있게 해주시고요. 아니, 일단 국장님과 통화할 수 있을까요?"

"…아니, 그렇게 말하면서 어딜 가는 거요?"

총을 치우던 경찰 말대로 두삼은 말을 하면서 가면을 쓴 채

쓰러져 있는 중국인에게 다가가 손을 올렸다.

"혈관을 막아야 하니까요."

지금까지와 달리 두삼은 한 손은 남자의 가슴에 올리고 다른 한 손으로는 혈도를 찌르는 시늉을 했다.

아무리 위급한 상황이라도 귀찮음을 줄이려면 이 방법이 최고였다.

피 웅덩이에서 연신 움직여 거의 혈인이 되어 환자를 치료하고 있으니 안쓰러웠는지 뚱뚱한 흑인 경찰이 다가와 귀에 스마트폰을 대줬다.

"국장님이라 들었습니다."

—나와 통화를 원했다고? 말하게.

"전 Doctor라기보단 Acupuncturist(침구사)입니다."

—들었네.

"들었다니 말씀드리기 편하군요. 현재 총상을 입은 사람들의 출혈을 동양의학으로 막아뒀습니다. 그리고 심장박동을 느리게 만들어 출혈을 최소화시켰죠."

두삼은 다음 사람에게로 걸음을 옮겼고 뚱뚱한 경찰은 따라왔다.

"문제는 수혈하고 병원에 도착해서 잘못 만지면 위험할 수 있습니다."

—음, 그래서 의사와 얘기할 수 있게 해달라?

"그렇습니다. 병원에 가서 제가 설명하면 좋겠지만 이곳에 아직 10명의 총상 환자가 있습니다."

—치료한 후에야 움직일 수 있다는 말이군. 알겠네. 현재 환자

들이 이동하는 곳은 LA 병원이니 그곳에 말해 통화할 수 있도록 해주겠네. 전화번호가 어떻게 되나?

전화번호를 불러줬다.

그리고 열여섯 번째 총상 환자의 출혈을 잡고 있는데 연락이 왔다.

*　　　　*　　　　*

차이나타운에서 LA 시내 쪽으로 조금 가다 보면 상당히 큰 종합병원이 자리 잡고 있다.

LA General Hospital.

LA 기반의 병원 경영업체인 LAHR(Los Angeles Health Resource)의 소유로 회사 소유의 20개가 넘는 응급실 중 가장 크고, 실력이 좋은 의사가 많은 곳이다. 특히, 총기사고 환자에 관해선 미국을 통틀어 세 손가락 안에 든다고 자부하고 있었다.

20초에 1명이 총기로 인해 죽거나 상처를 입는 나라답게 총기 환자에 대한 치료 매뉴얼은 확실했다. 그래서 총기로 인한 부상자가 온다고 해서 응급실이 부산스러울 일은 없었다.

한데 오늘은 달랐다.

스무 명의 부상자가 발생했고 적어도 10명이 이곳 병원으로 오고 있다는 얘길 들었기 때문이다.

레지던트인 드레인은 초조한 듯 손등에 난 솜털을 물어뜯으며 환자가 도착하길 기다리고 있다.

그뿐만 아니라 다른 사람들은 표정을 곧 들이닥칠 환자들을 생각해서인지 굳어 있다.

짝짝!

그때 응급실센터장인 링크가 가볍게 손뼉 치며 큰 소리로 외쳤다.

"긴장들 하지 마. 평소와 달라진 건 그저 많이 온다는 거야."

"……"

"응급실까지 실려 올 정도면 치료 역시 할 수 있다는 거야. LA에서 총기로 인한 부상자는 1년에 수백이지만, 죽는 사람은 십여 명에 불과해. 그리고 우리 응급실에선 10년간 단 한 명도 없었어."

링크의 말에 사람들의 굳은 표정이 살짝 풀렸다. 그는 말을 이었다.

"난 우리 팀들을 믿어. 우리나라에서 최고잖아? 나만의 착각인가?"

"아닙니다!"

"대답 고마워, 프랭크. 오늘도 역시 그 기록은 깨지지 않을 거야. 난 여러분들을 믿거든. 자! 환자들이 가족의 얼굴을 볼 수 있게 해줘야 하지 않겠어?"

"예에!"

링크의 짧은 연설은 센터 내 의료진에게 힘을 주기에 충분했다. 표정이 풀렸고 가볍게 손뼉을 치는 이들도 몇몇 있었다.

물론 긴장이 모두 풀린 건 아니었다. 그러나 약간의 긴장은 필요했다.

링크는 드레인에게 가까이 가서 어깨를 툭 쳤다.

"긴장되냐?"

"아! 삼촌… 죄송해요, 센터장님. 조금이요."

"적당한 긴장은 오히려 좋지. 호칭은 편하게 불러. 너랑 나 사이를 모르는 사람이 누가 있다고?"

"그래도 그건 아니죠. 근데 아까 무슨 통화를 하신 거예요? 화가 많이 내셨잖아요."

"아하! 그거. 사건 현장에 동양의학 의원이 있는 모양인데, 그 사람 얘기를 듣고 치료를 하라고 해서."

"에? 그게 무슨?"

"이해가 안 되지? 나도 안 돼."

"대체 누가 그런 헛소릴 한 겁니까?"

"대표가."

"…그래서 하기로 하셨어요?"

"대표랑 경찰국장이 그러라는데 어쩌겠어. 일단은 허락할 수밖에. 대신 헛소리하면 당장에 끊어버리겠다고 얘기했어. 기껏 재활과 통증 완화를 하는 의원이 도대체 총상 환자에 대해 뭘 할 수 있다는 건지?"

고개를 절레절레 흔드는 링크.

일반적인 의원이라면 그의 말이 옳았지만 두삼은 조금 특별했다.

"도착했나 봅니다!"

응급센터 안까지 사이렌 소리가 들리는 것이 입구에 도착한 모양이다. 밖에 나간 1팀이 곧 환자를 싣고 올 것이다.

한데 환자가 들어오기 전, 구급대원이 먼저 들어와 외쳤다.

"여기 닥터 챈들러 계십니까?"

"접니다."

링크가 나섰다.

"환자에게 응급조치한 의사 전화번호는 받으셨죠?"

"…받았습니다."

"지금 연락하시면 됩니다."

의사가 아니라 의원이라고 말하려다가 구급대원이 무슨 잘못인가 싶어 고분고분 답한 후 핸드폰을 꺼내 통화 버튼을 눌렀다.

―응급실 책임자십니까?

어색한 영어다. 그보다 응급처치하고 있다고 들었는데 목소리가 너무 담담하다.

"그렇소. 링크 챈들러요."

―한두삼입니다. 한이라고 부르시면 됩니다.

"좋소. 닥터… 한. 그대와 통화하라는 얘기를 들었소. 한데 무슨 얘기를 하고 싶은 거요?"

―제가 응급처치를 한 부분에 대해 정확히 말씀드리려는 겁니다. 멋모르고 환자를 수술하다가 응급처치한 부분이 터지기라도 한다면 위험할 수 있습니다. 첫 환자는 아마 폐와 대장, 소장이 망가진 환자일 겁니다. 그 환자의 심장박동을 느리게 만들었는데…….

"……"

링크는 멍했다. 솔직히 두삼이 무슨 말을 하는지 이해가 되지 않았다. 어색한 영어 때문이 아니었다.

심장박동을 느리게 만들어?

다리의 동맥을 막고, 각종 혈관을 막아?

동양의학이 신비하다는 말에 그도 한때 침술과 수기요법을 배웠었다. 그러나 듣도 보도 못한 처치를 했다고 하니 믿을 수가 없었다.

그래서 웬 헛소리를 하느냐고 타박을 하려는데 응급실 문으로 환자가 들어왔다.

오른쪽 가슴과 복부에 커다란 구멍이 뚫린 환자였는데 딱 보는 순간 이상함이 느껴졌다.

전화하고 있다는 것도 잊고 1팀 의사인 텃낫에게 물었다.

"…살아 있어?"

"예! 혈압, 체온, 심장박동이 낮긴 하지만 상처에 비해 안정적입니다."

비현실적이다. 즉사해도 이상하지 않을 상처다.

물끄러미 상처를 보던 링크는 비로소 이상함의 정체를 알 수 있었다.

"…출혈은?"

"이 정도 상처인데 운이 좋은 건지……. 아무튼 많지 않습니다."

피가 없는 것은? 아니다. 흘러나올 피가 없다면 이미 쇼크로 죽어야 마땅하다.

아무리 생각해도 결론은 하나뿐이었다.

조금 전 두삼에게 들었던 말이 모두 사실이라는 것.

전화기를 귀에 대며 말했다.

"어떻게 해야 하오?"

─일단 폐와 대장, 소장 수술부터 해주십시오. 그리고 시간이 된다면 다리의 동맥 역시 연결해 주시고요. 그때쯤이면 도착할

겁니다. 그리고······.

두삼의 말은 길게 이어졌고 링크는 그 말을 1팀장에게 전했다.

*   *   *

사망 5명, 부상자 22명이 발생한 총기 난사 사건이 본격적으로 방송을 타기 시작했다.

수많은 방송국이 사건 현장에 도착해 촬영을 시작했다. 그리고 사건을 일으킨 범인에 대해 이러쿵저러쿵 설명했다.

그러나 LA 종합병원에서 그러한 방송을 볼 수 있는 사람은 많지 않았다.

10명 정도 환자를 받을 거라는 예상과 달리 당장 죽을 것 같은 환자 14명이 몰려들어 병원 전체에 비상이 걸렸다.

퇴근했던 대부분의 외과 의사들이 복귀해 수술실로 향했다.

집에서 가족들과 식사를 하던 LA 종합병원의 혈관외과 수장인 에이브러햄도 역시 바로 병원으로 달려와 수술을 하는 중이었다.

"컷!"

사각!

동맥 한 곳을 봉합한 그는 간호사를 보며 물었다.

"다음은 어디지? 아까 들었는데도 잊어버렸군?"

"아까 닥터 한이 집어준 곳은 다 하셨어요."

"음, 기다려야 하나?"

그는 중얼거리며 어깨에 박힌 탄두를 제거하고 있는 레지던트의 손을 물끄러미 바라봤다.

두 개의 탄두는 찾았는데 나머지 하나는 찾지 못하겠는지 벌어진 어깨 부분을 한창 헤집고 있다.

에이브러햄의 눈빛이 느껴졌을까, 레지던트는 변명처럼 중얼거렸다.

"분명히 이쯤이었는데……."

"몇 년 차지?"

"…응급의학과 2년 차입니다."

미국에선 레지던트 2년 차는 한국의 레지던트 1년 차다. 인턴 때 전공을 선택하는 우리나라와 달리 의대 마지막 해에 전공의 프로그램을 끝내기 때문이다.

그래서인지 2년 차임에도 처치가 제법이다. 그러나 천천히 찾으라고 하기엔 환자의 상태가 만만지 않아 쓴소리를 했다.

"탄두가 뼈와 부딪히면 제멋대로 휘어져 몸에 박히곤 하지. 제대로 검사해서 정확한 위치를 안다면 모를까, 지금 같은 경우는 경험에 의존할 수밖에 없지. 그러나 그렇다고 해서 지금처럼 조심히 찾다간 환자가 죽을 수도 있어."

"…죄송합니다."

조심스럽게 환자의 상처를 헤집던 레지던트의 손이 좀 더 거칠어졌다. 그리고 조언이 도움이 되었는지 금세 찌그러진 탄두를 찾아냈다.

의사의 손은 과감하다.

수술할 때야 환자들이 느끼지 못하지만 치질 같은 병으로 병원을 찾으면 그들의 과감한 행동—인정사정없이 찌르는—에 화가 날 때가 있다.

본인들이 느끼는 고통이 아니니 하는 행동이라 생각할 수도 있겠으나 사실 미적거림이 더 큰 고통을 주기에 과감한 것이다.

쓸데없이 과감에서 상처를 더 키우는 의사들은 물론 예외다.

드르륵!

그때 수술실 문이 열렸다.

수술복을 입은 남자가 들어왔다. 눈과 눈썹만 봐도 동양인임을 알 수 있었다.

그는 꽤나 지친 표정으로 에이브러햄에게 살짝 고개를 숙인 후 환자에게 다가왔다. 그리고 에이브러햄이 봉합해 둔 혈관을 흘낏 보더니 손을 갖다 댔다.

그 순간 멈춰져 있던 피가 다시 흐르자 혈관이 빵빵해졌다.

"신기하군."

"똑같은 말은 세 번째 하고 계십니다."

"세 번 다 신기했으니까. 어떻게 피를 멈추게 하는 건가?"

"간단하게 말하면 압력의 차이를 이용하는 거라 보시면 됩니다."

"……?"

"시침을 하는 것과 유사하다고 보면 됩니다. 조금 더 발전된 형태랄까요."

"음, 그럼 혈관에서 피가 나오지 않는 건?"

혈관을 봉합해도 봉합사의 구멍과 약간의 틈으로 피가 스미어 나오기 마련이다. 한데 동양인 의원이 손을 대자 한 방울의 피도 나오지 않았다.

"봉합이 신기의 솜씨네요."

말하기 곤란하다는 뜻. 하긴 무슨 말을 듣든 그의 상식으로 는 믿지 못할 것이다.

"다른 곳으로 가봐야 해서 다음으로 하실 일을 말씀드리겠습 니다. 왼쪽 다리의 외장골정맥이 찢어졌습니다. 그리고……."

탄두로 인해 망가진 혈관을 연달아 짚으며 말해준다.

"여기까지만 하시고 10번 방으로 가시면 됩니다. 그럼 잠시 후 에 뵙겠습니다."

또 다른 할 일이 있는 양, 두삼은 빠른 걸음으로 수술실을 빠 져나갔다.

간호사가 물었다.

"선생님, 근데 좀 전에 그… 분은 검사도 하지 않았는데 어떻 게 상처 부위를 알 수 있는 걸까요?"

대답은 뒤에서 들렸다.

응급센터장인 링크 챈들러였다.

"아까 나도 똑같은 질문을 했었지. 에이브러햄 고생이 많군그 래."

"링크 자네도."

링크는 인사를 하면서도 손 놀리는 걸 멈추지 않았다. 에이브 러햄 역시 마찬가지. 그는 간호사가 수술 장갑을 끼워주자 곧장 배를 열었다.

"그랬더니 뭐라던가?"

"그는 별말 하지 않고 동영상을 하나 보여주더군."

"재미있는 영상이었나?"

"훗! 나도 그런 줄 알았지. 근데 환자의 건강을 진단하는 쇼 같은 동영상이더군. 한국어를 하는 직원이 있어 물어봤더니 일부 의사들과 대결을 하는 영상이라도 하더군."

"그래서?"

"30분 만에 십여 개의 병을 찾아내더군. 게다가 의료 기기로도 찾지 못한 암까지 말이야. 놀랍지 않나?"

"난 자네가 검사도 제대로 하지 않은 환자의 배를 가르고 있는 게 더 놀라운데?"

놀랍다고 말하면서도 에이브러햄의 얼굴은 담담했다. 평소였다면 충분히 놀랐을 것이다. 그러나 오늘은 그보다 더 놀라운 사람이 있었다.

사실 그 역시도 링크와 함께 동양의학계에서 유명한 이에게 수업을 듣고 공부를 했었다. 한데 지금은 그게 제대로 된 동양의학인지 의심스러웠다.

"이거 왜 이래. 그래도 할 수 있는 검사는 다했다고. 다만 오래 걸리는 건 할 수 없었을 뿐이지. 당장 죽어 가는데 검사한다고 마냥 시간을 끌 수도 없잖아?"

"탓하려는 게 아냐. 확실하지 않으면 절대 메스를 들지 않는 자네가 배를 가르고 있잖아."

"확신하고 가르는 거라네."

"…응? 이 환자 검사를 했든가?"

"아니. 그랬다면 내가 들어오지 않고 외과의 의사 중 한 명이 들어왔겠지."

퓨슉!

복막까지 가르자 피가 솟구쳐 링크의 가슴에 붉게 물들였다. 옆에 있던 퍼스트가 얼른 석션을 이용해 배에 가득 찬 피를 빨아들였다.

"하하……. 아! 죽음과 싸우고 있는 환자 앞에서 웃는 건 실례지. 한데 말이야 어이가 없어서 웃음이 나. 그 친구가 말했거든. '늑골을 부러뜨린 총알이 위를 찢고 비장에 박혔다' 근데 이것 보라고! 마치 몸속을 본 듯이 정확하지 않아?"

달그랑!

링크는 손을 집어넣어 탄두를 끄집어내 스테인리스 쟁반에 던지며 말했다.

"바늘!"

간호사가 봉합용 실과 연결된 바늘을 건네자 찢어진 위를 봉합하며 말을 이었다.

"나도 처음엔 믿지 않았어. 근데 첫 번째 환자의 수술실에 들어가서 깨달았지. 아! 특별한 인간은 존재하는구나 하고 말이야."

"어땠는데?"

"간담도외과의 존슨과 정형외과의 도널드가 집도한 긴급수술이었어. 불안했지. 검사는커녕 바이털 사인도 겨우 잡고 시작한 수술이었거든. 난 옆에서 그가 전하는 말을 그대로 전했어. 그런데 우습게도 그는 마치 환자의 몸속을 다 들여다보는 듯 상처 부위를 설명했어."

"무슨 말인지 알겠어. 그는 특별한 능력을 갖추고 있는 게 분명해."

"후우~ 그렇겠지. 그렇지 않고서야 고작 2분 정도 환자를 살피면서 바이털 사인을 잡고 내부의 상처를 다 알고 있겠어."

"…2분?"

멈칫!

에이브러햄은 손을 멈추고 링크를 바라봤다.

2분 만에 출혈을 멈추게 만들고 상처 부위를 모두 알아냈다는 말은 좀 전과는 또 다른 충격이었다.

"하도 빠르게 환자들이 실려 오기에 구급대원에게 물어봤지. 그랬더니 닥터 한이 환자의 몸을 손가락으로 마구 찌른 후 구급차에 실으라고 했다더군."

"…아스클레피오스의 현신인가?"

아스클레피오스는 그리스 신화에서 나오는 의신(醫神)이다.

"그 정도는 아니지. 수술하는 건 아니니까. 다만 응급처치에 있어선 신에게 선택된 것이 분명해."

"그의 치료 실력도 보고 싶군."

"나도."

두 사람은 나름대로 두삼의 치료 실력을 상상하며 다시 부지런히 손을 놀렸다.

*　　　　　*　　　　　*

"다 됐습니다. 혹시 모르니 수술 후 검사해 보시고 마무리하시면 됩니다. 수고하셨습니다."

"수고하셨습니다, 선생님."

두삼은 14번째 환자의 동맥에 피가 흐르는 것을 확인하고 16번 수술실을 나왔다. 그리고 수술용 모자와 장갑, 옷을 벗어 의류 폐기물 함에 넣고 터덜터덜 수술센터 입구로 향했다.

입구엔 경비원 두 사람이 서 있었는데, 그중 한 명이 말했다.

"선생님, 지금 이쪽으로 나가면 사람들이 많습니다. 후문을 이용하셔야 합니다."

"후문이 어디 있죠?"

"복도 끝에서 우회전해서 10미터쯤 가면 좌측으로 문이 보일 겁니다. 옆 건물로 이어져 있으니 그쪽으로 나가면 됩니다."

"그러죠."

빠르게 처리한다고 많은 기운을 소모하고 심적으로 지쳐 돌아가는 게 귀찮았다. 그러나 입구에 있는 많은 사람을 지나가는 것보다는 나으리라.

경비원의 말대로 후문으로 나가자 긴 복도가 나왔다. 그리고 복도를 걷는데 맞은편 하란이 나타났다.

루시가 알려준 모양이다.

"오빠!"

하란이 달려와 안겼다.

"피 냄새 많이 나."

"상관없어. 무사해서 다행이야! 정말 다행이야!"

그녀의 마음이 느껴지는 말에 미안하기도 하고 고맙기도 하고 마음이 복잡했다. 곧 감정을 추스르고 꼬옥 껴안으며 담담하게 말했다.

"루시도 있고 너도 있는데, 다칠 리가 없잖아."

"바보! 피하라고 할 때 피했어야지."

"…걱정 끼쳐서 미안."

정말 많이 걱정했나 보다. 하란은 지나가는 사람들을 무시하고 한참 동안 떨어지지 않았다.

겨우 진정시키고 나서야 병원을 나서 주차장으로 갔다. 한데 하란의 경호원인 행크와 마이클 말고도 한 명이 더 있었다.

담배를 피우고 있던 중년의 남자는 두삼을 보자 담배를 끄고 웃는 얼굴로 다가왔다.

"안녕하세요, 닥터 한. 필라스입니다."

"……?"

"헬렌이 일하는 곳의 책임자죠."

"아! 네. 반갑습니다. 오늘 일을 도와주신 분이시죠?"

LA 경찰국과 병원의 협조가 자발적인 협조라고 생각하진 않았다.

긴박한 상황에 그런 협조를 끌어낼 만한 사람은 두삼이 알기론 부르스 베인 정도, 그러나 설령 그렇다고 해도 그토록 시기적절하게 조치를 마련할 수는 없을 터였다. 그래서 하란이 일하는 곳에서 도움을 주지 않았을까 예상한 것이다.

"국민을 위해 일하는 사람으로 당연한 일을 한 건데요. 오히려 미국민을 위해 최선을 다해준 닥터 한에게 감사드립니다."

"아닙니다. 필라스 씨의 도움이 없었다면 대부분이 목숨을 잃었을 겁니다."

수술실에서 사람들이 농담처럼 의신이다, 신비의 동양 의술이다, 라고 수군거렸으나 솔직히 사실이 아니다.

치료는 엄두도 내지 못하고 그야말로 목숨만 붙여서 병원으로 보냈다. 빠른 처리와 병원의 수술 능력이 없었다면 중상자 14명 중 10명은 죽었을 것이다.

물론 수술이 잘되어서 현재까지는 14명 모두 살아 있지만, 내일이면 어떻게 될지 몰랐다.

"닥터 한이 그 자리에 없었다면 아무리 제가 빠르게 처리했다 해도 대부분 그렇게 됐겠죠. 허허! 낯 뜨겁게 서로 칭찬하는 건 여기까지 하죠. 사실 한 가지 묻기 위해 왔습니다."

"뭔데요?"

"이번 사건의 범인과 관련해서입니다."

"말씀하세요."

"혹시 닥터 한이 범인의 얼굴에 돌을 던졌습니까?"

"아뇨."

"그럼 혹시 돌을 던진 사람을 봤습니까?"

"아뇨. 숨어 있어서 못 봤습니다."

두삼은 생각도 하지 않고 바로 답했다.

루시가 영상을 끊었다면 자신이 했다는 증거는 어디에도 없었다.

"역시 그렇군요. 검시관이 말하길 메이저리거 선수가 던져도 두개골까지 터져 버릴 정도로 만드는 건 불가능하다고 하더군요."

그는 마치 다 알고 있다는 듯 씨익 웃음을 지으며 말을 이었다.

"설령 닥터 한이 했다고 해도 문제 될 것은 없습니다. 시민들에게 총을 난사하는 이에게 돌을 던졌는데 죽었다? 오히려 영웅적인 행동이죠."

"그렇군요."

영웅이라는 말해 혹해서 '내가 했어요!'라고 말할 만큼 바보는 아니다. 그의 말처럼 설령 영웅으로 치켜세운다고 해도 귀찮았다.

근처에 살던 사람 중 본 사람이라도 있는 건가?

누군가 증거를 내밀 때까진 하지 않았다고 발뺌할 생각이다.

필라스는 더는 질문이 없는지 푹 쉬라는 말을 하곤 가버렸고 하란과 함께 집으로 갔다.

*　　　　　*　　　　　*

"…병원 관계자에 따르면 중상자 14명은 현재 모두 수술을 받고 어느 정도 안정을 되찾은 상태라고 합니다. 끊임없이 반복되고 있는 총기 사고. 이번엔 용감하고 헌신적인 시민들의 도움으로 피해를 줄였지만, 과연 다음에도 그럴 수 있을지……. LA 응급센터에서 Wolf TV 리포터 크리스티나 우였습니다."

멘트를 끝마치고 발표하던 자세로 2초쯤 그대로 있자 카메라 뒤에 있던 팀장이 OK 사인을 보냈다.

귓속의 인이어를 뺀 크리스티나는 스태프에게 마이크와 인이어를 넘기고 팀장에게 갔다.

"잘 나왔어요?"

"당연하지. 녹화 영상 확인해 보든가."

"됐어요. 근데 범인에게 돌을 던진 사람과 총상 환자를 치료했다는 사람에 대해서 알아봤어요?"

"알아는 봤지."

팀장은 고개를 절레절레 흔들며 말을 이었다.

"범인을 죽인 사람에 대해선 아무도 몰라."

"지나가는 메이저리거 투수 아니에요? 얼굴에 박힌 돌의 충격에 두개골마저 터져 버릴 정도였다면서요."

"메이저리거 중 가장 빠른 공을 던지는 선수라고 해도 그렇게 하는 건 불가능하대. 흡사 포를 이용해 쏜 포탄의 속도 비슷해야 가능하대. 사람이 했다기보단 누군가가 헬기에서 돌을 던져서 우연히 맞았다는 게 더 타당성이 높다던데."

"지나가는 헬리콥터는 있었대요?"

"아니."

"그럼 히어로가 했나 보네요."

"그 가능성도 얘기하더군."

"쓸데없는 소린 집어치우고, 의사에 대해선 뭐래요?"

"그것도 다 쉬쉬하는 분위기야. 한 가지 확실한 건 동양인이라는 거."

"중국계?"

"나야 모르지. 왜? 중국계면 알아볼 방도가 있어?"

"전 한국계예요."

크리스티나는 재미교포 3세였다.

"안타깝군."

"안타까워하지 말아요. 동양인이라면 한국계일 가능성도 있는 거잖아요."

"오! 한국계라면 알아낼 방법이 있어?"

"그럴 리가요. 전 서양 친구들이 더 많아요."

"나 같은?"

"오늘부터 친구 할까요? 그동안 팀장님께 하고 싶었던 말이 많았는데."

"쩝! 사양하지. 분명 F로 시작하는 단어가 대부분일 테지. 그나저나 대책이 없으니 특종을 CNM에 양보를 해야 하는 건가?"

"그럴 수야 없죠. 잠깐만 기다려요. 병원에 들어갔다 올게요."

"크리스티나라고 해도 힘들 거야. 무슨 명령이 떨어졌는지 다들 입을 닫더라니까."

"걱정하지 말아요. 서양 친구 중 한 명이 이 병원에서 일하고 있거든요."

"지금 시간을 생각하면 5시간 전에 퇴근을 했을 것 같은데."

"있을 거예요. 실력이 좋아 오늘 같은 날 써먹기 좋은 친구거든요."

크리스티나는 병원으로 향하며 스마트폰을 꺼내 오랜 친구에게 연락했다.

아니나 다를까, 간호사에게 지시하는 소리가 들린 후에 친구가 말했다.

—어, 티나. 웬일이야?

티나는 그녀의 애칭이었다.

"웬일은. 뉴스 때문에 왔다가 오랜 친구가 생각나서 연락했지."

—…해줄 말 없어.

"스미스, 대학 때 내가 너의 데이트 신청을 거절한 걸 아직도 마음속에 두고 있는 건 아니지?"

─내기였다니까! 그리고 그게 몇 년 전 얘긴데 아직도 하는 거야?

"그렇다고 하니 믿어줄게. 어디야? 커피나 한잔하자."

─이제 자야 할 시간이야. 넌 내일 아침 출근 안 해?

"네 얼굴을 봐야 잠이 올 것 같은데?"

─후우~ 응급실 옆 건물 앞에서 기다려 나갈게.

자판기에서 음료수 두 개를 뽑았을 때 인기척이 느껴졌다. 돌아보니 다크서클이 볼까지 내려온 스미스가 손을 들고 인사했다.

"TV에서 종종 보고 있어."

"그래서 아직도 마음이 설레?"

"……."

"농담이야. 윤이랑은 연락하고 지내?"

"가끔. 한국에서 잘 지내나 보더라. 참! 애인도 생긴 것 같아."

움찔! 순간 음료수를 쥐고 있던 그녀의 팔에 힘이 들어갔다. 그러나 이미 지난 과거. 뜻밖이라 놀란 거지 미련이 남아서 놀란 건 아니었다.

"넌 그 섹스 중독자가 진정 여자를 사귈 수 있다고 생각해?"

"불가능할 거로 생각했지. 근데 죽을 뻔했대. 그다음 고쳤다더라."

"…차라리 죽어버리지."

"응?"

"아무것도 아냐. 죽기 전까진 철이 들지 않을 거로 생각했는데. 근데 무슨 병이었대?"

"섹스 도중 뇌출혈이 일어났나 봐."

"큭! 윤답네. 그래서?"

"그래서는 무슨. 반신불수가 되었다가 실력 좋은 의사를 만나 정상적으로 됐대. 더 궁금한 점이 없다면 오늘은 이만하고 다음에 보자."

많이 피곤한지 스미스는 엄지와 검지로 눈 주위를 꾹꾹 눌렀다.

크리스티나는 슬쩍 그를 일견하며 물었다.

"오늘, 아니, 어제 사건으로 발생한 환자 수술했어?"

"나 같은 실력자를 놀게 해줄 만큼 경영진들은 착하지 않아."

"윤이나 너나 잘난 척은, 정말이지……. 근데 수술하면서 사건 현장에 있었다는 동양인 의사는 봤어?"

"…무슨 소리야?"

"중국인? 한국인? 아님… 한국인이구나?"

"……."

"그 사람이 누군지 몰라? 알아?"

"……."

스미스는 부유한 집안에서 태어나 부족함이 없고 똑똑하다. 다만 단점이 하나 있다면 생각하는 게 얼굴에 드러난다는 것이다.

물론 그에 대해 모르는 사람은 찾기 힘든 버릇이다.

그를 통해 알아낸 것은 사건 현장에 있던 사람이 동양인이 한국인이고, 그가 알고 있는 사람이라는 것이다.

'잠깐만! 스미스가 재활을 담당하던 케빈이 얼마 전부터 웬 동양인에게 재활 훈련을 받고 있다고 얼핏 들은 것 같은데……'

Wolf TV엔 뉴스를 담당하는 News와 스포츠를 담당하는 Wolf sports가 있다. 각각의 건물을 쓰긴 하지만 정보 공유는 되는 편이다.

평소라면 그냥 넘겼을 얘기지만, 친구인 스미스의 일이기에 기억하고 있었다.

한데 스미스는 크리스티나가 떠본 것이 기분이 나쁜지 얼굴을 굳히며 돌아섰다. 그도 자신의 약점을 잘 알고 있었다.

"…갈래. 다음에 연락하자."

"에이~ 미안! 미안! 빌어먹을 직업의식 때문에 말이 헛 나왔어. 그 얘긴 안 할게. 사과하는 의미에서 내가 조만간 저녁 살게."

저녁을 산다는 말에 기분이 풀렸는지 걸음을 멈추고 설명을 덧붙였다.

"괜스레 알려고 하지 마. 경영진에서 함구령을 내린 걸 보면 알아봐야 좋을 게 없는 사람이라는 거니까."

"난 언론인… 뭐, 그딴 게 뭐가 그리 중요하겠냐. 알았어. 그 얘긴 그만. 참! 메이저리거 케빈 맥그리거 네가 수술했다며?"

"우리 병원에서 나 말고 누가 하겠어? 쩝! 근데 결과가 좋지 않아."

"들었어. 은퇴해야 한다면서?"

"마음 같아선 그러라고 하고 싶은데 포기할 줄 몰라."

"지금은 어때?"

"글쎄……."

그때 들었던 소문이 사실인 모양이다. 그의 입에서 더 자세한 말이 나오면 기사화할 때 미안할 것 같아서 더 묻지 않기로 했다.

"말 안 해도 알겠다. 이만 가볼게."

"가려고?"

"음료수 다 마셨잖아. 조만간 연락해서 저녁 시간 잡자. 간다."

"들어가 쉬어. 그리고 미안해."

말해주지 못해 미안하다는 얘기리라. 크리스티나는 돌아보며 살포시 미소 짓는 것으로 대답을 대신한 후 방송국 차가 있는 곳으로 갔다.

담배를 피우던 팀장이 담배를 권하며 물었다.

"알아봤어?"

찰칵!

"후-우~ 대충이요."

"오! 누구래?"

함께 일하다 보니 크리스티나가 말하는 대충의 의미를 팀장은 곧장 알아들었다.

"확실한 건 아니에요. 일단 팀장님은 현재 케빈 맥그리거의 재활을 돕고 있는 사람을 찾아줘요."

"다저스의 케빈?"

"네. 전 별도로 전화해 볼 데가 있어요."

"오케이!"

담배를 바닥에 던진 팀장은 재빠르게 방송국 차로 들어갔다.
그리고 크리스티나는 연기를 하늘을 향해 뱉으며 중얼거렸다.

"영웅 아저씨. 좀 이따 보자고요."

*　　　*　　　*

사건 다음 날, 반바지에 티셔츠를 입고 내려온 하란이 식탁 앞
에 앉으며 말했다.

"나 오늘부터 안 나가도 돼."

"다음 주까진 나간다고 하지 않았어?"

"문제가 생기면 잠깐 갔다 오려고."

"행크와 마이클은?"

"미국 떠나기 전까진 집 주변에서 지키고 있을 거야."

"나 때문이면 안 그래도 돼. 절대 집에만 있을 생각이거든."

"꼭 오빠 때문만은 아냐. 나가도 할 일이 없어."

"음, 환자들이 오면 불편할 텐데……. 다른 장소를 찾아야겠
네."

"그러지 마. 난 2층에서 내 할 일 할 거야. 오래 머물 게 아니
라서 드론을 만들지 않았는데 이번 기회에 만들어보려고."

자신 때문에 나가지 않는 게 맞았다. 뭐, 일주일 더 일한다고
떼돈 버는 일을 하는 것도 아니니, 안 나가는 게 더 낫지만 말이
다.

"그래, 그럼. 이제 다이어트하는 사람들은 슬슬 끝날 때가 되
었으니 그리 번잡하진 않을 거야."

한 명을 제외하곤 빠질 만큼 빠졌다. 그저 조금 더 욕심을 내서 계속하고 있는 것뿐이다.

딩동! 딩동!

"아직 올 시간 안 됐는데 누구지?"

일어나 인터폰을 봤다.

행크와 마이클이 웬 동양인 여자와 함께 있었다.

78. 유흥의 대가

"안녕하세요. 크리스티나 우예요. 저는······."

행크, 마이클과 인터폰으로 대화하는 건 실례라 현관문을 열어줬다.

여자는 다짜고짜 자기소개를 하며 나섰다. 그러나 행크가 그녀의 앞을 막아섰다.

"아는 사람입니까?"

얼굴은 안다. 아마 LA에 살면서 뉴스를 보는 사람이라면 대부분 알 것이다.

크리스티나 우. Wolf news의 유명 리포터이자 앵커.

재미교포 3세인 혼혈로, 서양인의 몸에 동양인의 얼굴을 가지고 있어 상당히 인기가 많았다.

그러나 행크의 질문이 얼굴을 알고 있느냐는 의미는 아닐 것이다.

"아뇨. 오늘 처음 보는 사람인데요."

"그럼 혹시……."

"상윤의 친구예요! 의심스러우면 상윤에게 연락을 해봐요."

이번엔 크리스티나가 끼어들었다.

두삼은 머리를 긁적이며 행크에게 말했다.

"상윤은 한국에 있는 친굽니다."

"이 숙녀분이 기자라는 건 알죠?"

"물론이죠. 유명인 아닙니까."

"어떻게 할 겁니까?"

행크는 크리스티나와의 만남을 탐탁지 않음을 노골적으로 내비쳤다.

사실 이상윤의 소개로 왔다면 스미스처럼 미리 전화를 해서 약속 시간을 잡고 방문을 하는 것이 기본이었다. 한데 이런 새벽에 느닷없이 찾아오다니, 누가 봐도 목적이 있어 찾아온 게 분명했다.

'스미스와도 아는 사이 같은데, 그가 말했을까?'

그러나 곧 고개를 흔들었다.

어제 병원에서 스미스를 봤다. 알려지길 바라지 않는다는 것을 은근히 말하자 그는 이해한다는 듯 모른 척해주었다.

그에 대해 많은 것을 알지 못하지만 함부로 입을 놀릴 사람은 아닐 것이다.

'복잡하게 생각하지 말자.'

나쁜 짓을 한 것도 아닌데 애써 피할 이유는 없었다.

"친구의 친구라는데, 무슨 일로 왔는지 들어는 봐야겠죠? 들어오세요."

"호호! 고마워요."

크리스티나는 쓸쓸한 표정을 짓는 행크에게 그것 보라는 듯한 표정을 짓고 안으로 들어왔다.

두삼은 거실로 안내하며 루시가 알려준 바를 그녀에게 말했다.

"녹음기는 꺼주세요."

"…에?"

대답 대신 그녀의 브로치를 가리켰고 그녀는 어색한 미소를 지으며 브로치를 만져 녹음기를 껐다.

그제야 두삼은 하란을 소개했다.

"이쪽은 제 약혼자 헬렌이고요. 여긴 미스 우."

"반가워요, 헬렌. 크리스티나라 불러주세요."

"반가워요. 크리스티나. TV에서 항상 봐오던 얼굴이라 그런지 마치 아는 사람 같네요."

"호호! 편하게 대해주세요. 근데 헬렌 얼굴을 어디선가 본 거 같은데요? 혹시 배우?"

"그럴 리가요. 호호호! 마실 거 드릴까요?"

"커피로 부탁해도 될까요?"

"물론이죠."

하란은 커피를 준 후에 2층으로 올라갔다.

"약혼자분이 엄청 미인이네요."

"감사합니다."

가벼운 대화가 오고 갔다.

대부분이 '상윤이 그러던데요'라는 말로 시작됐지만 시시껄렁한 칭찬이었다. 곧 부르스가 올 시간인지라 두삼이 본론을 먼저 꺼냈다.

"곧 손님이 올 거라서 길게 얘기하진 못합니다. 무슨 일로 오셨는지 이제 들었으면 합니다."

"아! 케빈 선수의 재활을 돕고 있다는 얘긴 들었어요. …다름이 아니라 어제 차이나타운에서 일어난 사건에 대해서 뉴스 보셨죠?"

크리스티나는 예상대로 어제 일 때문에 왔다.

"끔찍한 사건이죠."

"맞아요. 과거에 몇 번이고 유사한 일이 발생했지만 그렇다고 해서 담담해질 사건은 절대 아니죠. 다만 이번엔 불행 중 다행이랄까. 피해가 커지기 전에 범인의 살인을 막은 사람과 총격을 당한 환자들을 응급처치한 유능한 의사가 있었나 보더라고요."

"들었습니다."

"현재 전 국민이 그 두 명의 영웅을 찾고 있어요."

확실히 뭔가 알고 온 듯한 말투였다.

어떻게 할지 벌써부터 고민이 됐지만 일단은 모른 척하기로 했다.

"크리스티나가 찾는 게 아니고요?"

"언론인으로서 국민을 대신하니 당연하죠. 근데 이리저리 알아보다 보니 응급처치를 한 의사가 한국인이라는 말이 있더라고요."

"LA에 많은 한국인이 살고 있지 않나요?"

"50만 명이 넘죠."

"찾기 쉽지가 않겠네요."

"어젯밤까지만 해도 그렇게 생각했죠. 근데 지금은 그렇게 생각하지 않아요. 단도직입적으로 물을게요. 어제 사건 현장에 있었던 의사, 두삼 씨가 맞죠?"

"……."

아직 결론을 내지 못한 상황. 곤란하다.

검지로 볼을 긁적거리다 입을 열었다.

"답하기에 앞서 한 가지 물어보죠. 응급처치를 한 의사가 말없이 사라졌다면 언론에 노출되길 꺼리는 것 같은데 왜 그렇게 찾으려 하는 겁니까? 아! 국민이 알기를 원한다는 식상한 말은 들었으니 빼주시고요."

"솔직히 말하죠. 기자에게 특종 말고 다른 이유가 있을까요?"

"…그렇군요."

"그리고 기자가 아닌, 개인적인 이유를 말하자면 미국에 있는 한국계를 위해서라도 꼭 알리고 싶어요."

"……?"

"한류 덕분에 최근 나아지고 있지만 미국 내 한국에 대한 인식은 그리 좋은 편이 아니에요. 6.25, 입양아. 솔직히 필리핀이나 베트남보다 좋지 않죠. 일본과 비교하기엔 민망한 수준이고요."

"사람을 도운 의사가 한국인이라는 것이 인식에 영향을 미칠 거라 보나요?"

솔직히 부정적이다.

인식의 변화는 개인이 할 수 있는 것이 아니다.

먼저 우리나라가 변해야 하고, 다음으로 미국 내 살고 있는 한국계가 변화해야 가능하다고 생각한다.

나라가 개판인데 자긍심이 생길까?

"미미하겠죠. 금방 잊겠죠. 한국계지만 미국인이라 생각하는 사람들에겐 별 감흥이 없을 수도 있겠죠. 그럼 어때요. 단 한 명만이라도 기사를 보고 자랑스러워하고, 한국인에 대해 좋게 인식을 한다면 그것만으로 충분하지 않을까요?"

"…말을 잘하는군요."

"입으로 먹고사는 직업이잖아요."

그녀는 어깨를 으쓱했다.

대답에 앞서 커피를 한 모금 마셨다. 마지막 고민. 결론은 금세 났다.

"맞아요. 저였습니다."

"역시! 혹시 인터뷰해 줄 수 있나요?"

"좋아요. 단! 제가 한국으로 간 후에 해주세요."

"에? 언제 가는데요?"

"일주일쯤 후에요."

"그럼 약발이 떨어질 텐데……."

한국이 냄비 근성이 있다고 떠들어대지만 이런 사건이 발생하면 미국 역시 비슷하다. 아니, 전 세계가 비슷하다. 매일 새로운 사건, 사고가 발생하기도 하지만 정부에 부담이 된다고 하면 어떻게든 빨리 지나가게 만들기 때문이다.

"아무튼, 그걸 약속해 주지 않는 이상 절대 인터뷰할 생각 없습니다."

약발이 떨어지든, 완전히 잊히든 더는 양보할 생각이 없었다.

이번에 크리스티나가 생각하느라 대화가 멈췄다.

이런 일이 많았을까 금방 괜찮은 중재안을 꺼냈다.

"사진과 이름은 일주일 후에 발표하는 거로 하고 한국인이라는 것과 어떤 식으로 사람들을 구했는지는 방송해도 되지 않겠어요?"

"뭐, 그 정도라면 상관없겠네요."

"그럼 바로 인터뷰를 시작할까요?"

"꽤 급하시네요."

"오늘 TV에서 온종일 떠들 텐데, 그때 특종을 터뜨리면 더 효과적이지 않겠어요?"

"20분 후면 손님이 올 겁니다."

"그 정도면 충분해요."

그녀는 스마트폰을 꺼내 녹음 버튼을 누른 후 첫 질문을 던졌다.

"차이나타운엔 왜 갔죠?"

*   *   *

기자들이 얼마나 특종에 미쳐 있는지는 어제 사건이 궁금하다며 폴린 미구엘이 TV를 켜자 알 수 있었다.

―…차이나타운 총기 난사 사건 현장에서 총격을 당한 이들을

응급처치한 의사의 정체가 일부 밝혀졌습니다. 크리스티나, 당신이 알아왔다고요?

　―그래요, 피어슨. 조금 전에 당사자에게 자신이 그 영웅이었다는 얘길 듣고 왔어요.

　―어느 방송국도 그 영웅에 대해 알지 못한다고 들었는데. 소문처럼 동양인이었나요?

　―맞아요. 우연히 차이나타운의 축제를 구경하러 갔던 한국인이었어요.

　―맙소사! 그 의사, 관광객이었던 거예요?

　―말씀드리기 전에 수정해야 할 말이 있어요, 피어슨. 그는 동양의학을 전공한 '한의사'였어요.

　―하느샤?

　―한국어 공부해야겠어요, 피어슨. 영어로 말하자면 동양의학을 전공한 의원이에요.

　―진즉에 영어로 말하지 그랬어요. 참! 지금 그게 중요한 게 아니지. 그 하느샤… 쩝! 의원과 인터뷰했다고요?

　―네!

TV 보던 폴린이 고개를 돌리며 물었다.

"닥터 한, 어제 차이나타운에 간다고 하지 않았어?"

"…그랬죠."

"그럼 TV에서 말하는 영웅은 한이겠군."

"어떻게 그렇게 확신하세요?"

"내가 아는 어떤 의사, 의원도 총상을 입은 환자의 출혈을 길에서 멈추게 할 수 없거든. 그렇다면 결론이 난 거 아닌가?"

대충이나마 아는 사람은 속일 수가 없었다.

두삼이 어쩔 수 없이 인정하자 뜸을 받던 부르스가 말했다.

"무사해서 다행이네. 근데 웬만하면 위험한 일은 하지 말아주게. 자네가 다치거나 하면 난 어떻게 되겠나."

"…하하. 조심하겠습니다."

모르는 사람 수백, 수천의 목숨보다 자기 자신의 목숨이 소중한 법이라더니.

물론 부르스 말에 태클을 걸 생각은 없다. 두삼 역시 자신의 목숨이 더 소중하다고 생각한다.

"참! 방송 타면 바빠질 텐데 시간이 변경되는 건가?"

"얼굴은 알리지 않는 조건으로 인터뷰에 응했습니다. 얼굴은 한국으로 간 후에 공개될 겁니다."

"잘 생각했어. 혹 돈 때문에 그런 거라면 내가 줄 테니, 자넨 치료에 전념해 주게."

"지난번에 준 돈으로 충분합니다."

암의 성장이 멈춘 것에 대한 보너스로 그는 300만 달러를 줬다. 게다가 다 낫게 해주면 그 10배를 준다니, 돈 때문에 방송에 나갈 생각은 없었다.

"한국엔 언제 출발할 건가?"

"일단 다음 주쯤 생각하고 있어요. 비행기표 끊기 전에 말씀드리죠."

"비행기 표는 끊지 말게. 전용기 있으니 그것으로 같이 가세나. 닥터 한의 약혼녀와 케빈에게도 말을 전해줘."

살다 살다 전용기까지 다 타보게 생겼다.

더 할 얘기가 없는지 부르스는 입을 닫았고, 거실엔 연신 영웅이라 치켜세우는 크리스티나 목소리가 크게 울려 퍼졌다.

＊　　　　＊　　　　＊

사건이 일어난 밤부터 다음 날까지 뉴스는 온통 차아나타운 총기 난사 사건에 대해 떠들었다.

오토바이를 탔던 자가 잡히면서 범인이 인종차별주의자라는 것이 밝혀지면서 미국 사회는 들끓었다. 또한, 총기 규제의 목소리가 다시 터져 나왔다.

그러나 이틀째가 되자 뉴스의 절반은 다른 사건, 사고들로 채워졌다.

세상은 벌써 끔찍한 사건을 머릿속에서 조금씩 지우고 있었다.

한약이 떨어져 코리아타운의 건재상을 찾았다.

전에 워낙 많은 한약재를 산 것이 기억에 남았던지 푸근한 몸집과 인상의 사장은 반갑게 맞이했다.

"허허허! 어서 와요."

"안녕하셨어요?"

"나야 안녕하죠. 난 오히려 손님이 더 걱정스러웠다니까. 혹시나 차이나타운에 갔을까 봐."

"하하."

두삼은 멋쩍은 듯 웃었다.

"근데 그 얘기 들었어요?"

"뭔 얘기요?"

"이번 차이나타운 사건 때 부상자를 살린 사람이 한국인 의원이라는 거."

"…아, 네."

"정말 대단하지 않아요? 그 때문에 한인회에서 그 의원이 누구인지 알아내려고 여기저기 다니고 있다니까."

"찾아서 뭐하려고요?"

"상이라도 줄 모양인 것 같던데요. 겸사겸사 홍보도 하고."

"그런다고 달라지는 게 있겠어요?"

"모르는 소리 마요. 부상자 중에 베트남인 부부가 있었잖아요. 그래서 그런지 어제부터 베트남 사람들이 한인 식당에 와서 음식 팔아주고 그런대요."

인식이 아주 조금 변하긴 하나 보다.

"근데 젊은 친구도 한의사라고 하지 않았어요? 혹시 한국인 영웅?"

"에이 제가 어떻게……."

"하긴 실력을 보면 꽤 나이가 있는 사람일 거야. 근데 오늘은 뭘 드릴까?"

"전만큼 많이는 필요 없어요."

"허허허! 많이 줄 것도 없어. 어, 잠깐만요. 저기 저 단골손님부터 먼저 챙겨주면 안 될까요?"

"그러세요."

급할 것 없었다.

느긋하게 가게의 약재들을 구경하고 있는데 누군가 뒤에서 어깨를 살짝 건드린다.

"저어, 혹시 경해대 출신 아닙니까?"

"네?"

LA에서 갑자기 웬 경해대 얘기가 나오나 싶어서 돌아봤다.

더블 커트된 머리를 헤어 젤로 깔끔하게 넘기고, 일견 더워 보이지만 멋을 강조한 회색 세미 정장을 입은 남자가 보였다.

낯설면서도 왠지 낯이 익은 얼굴.

두삼보다 그 남자가 활짝 웃으며 반가워했다.

"너 두삼이 맞지? 이야! 이 자식 대학 때랑 똑같네. 나 모르겠냐? 윤철."

"아! 철이 형!"

LA 코리아타운에서 학교 선배를 만날 줄이야.

*　　　*　　　*

윤철은 가난한 대학생이었다.

등록금은 학자금 대출로 대신했고, 학교에서 조금 떨어진 오래된 고시원에서 생활하며 생활비 역시 아르바이트로 마련했다.

공부도 해야 하고 생활도 해야 하다 보니 아르바이트로 생활비를 버는 것조차 버거웠으리라. 그래서인지 윤철은 1년을 쉬었다. 1년 후배들과 학교를 함께 다녔고, 그때 두삼과 알고 지냈다.

많이 붙어 다녔지만 그리 친한 사이는 아니었다. 어색한 사이랄까.

형편이 넉넉했던 두삼은 알게 모르게 윤철을 도왔는데, 가령 후배들이 윤철을 잡고 밥을 사달라고 조르면 두삼이 따라가 먼저 계산했다, 윤철의 입장에선 그러한 상황이 못마땅했던 게 틀림없다.

그가 졸업할 때까지 그렇게 지냈다.

한데 활짝 웃는 얼굴로 반기니 뭔가 이상하다.

"뭐 그리 놀라? 안 반갑냐?"

"아, 아뇨. 너무 뜻밖이라……."

"훗! 혹시 학교 다닐 때 내가 쌀쌀맞게 대한 것 때문에 그러냐?"

두삼은 대답대신 어색한 미소만 흘렸다.

"그때 진짜 고마웠어. 넌 넉넉해서 그냥 한 일인지 모르지만, 난 솔직히 눈물이 날 만큼 고마웠다. 다만 그땐 내가 못나서 표현을 못 했을 뿐이야."

"그랬어요?"

"왜 있잖냐, 가지지 못한 것에서 오는 자격지심, 그런 거. 고마우면서도 '좋은 집안에서 태어나서 좋겠다' 같은. 하하하!"

본인의 입으로 말하기 쉽지 않은 말일 텐데 그는 거침없이 말했다.

마치 더는 자격지심이 없다는 듯.

그렇게 되자 두삼도 어색한 표정을 지우고 방긋 웃었다.

낯선 땅에서 뜻밖에 만난 형이 반가웠다.

사실을 알게 된 가게 주인은 두 사람을 위해 얘기할 수 있는 테이블과 시원한 음료수를 마련해 줬다.

쭈욱! 단숨에 3분의 1가량을 마신 윤철이 수다를 쏟아냈다.

"근데 두삼아, 혹시 LA로 넘어온 거냐? 어디서 일해? 가게 낼 거면 코리아타운에선 하지 마. 차라리 나처럼 외곽에서 일하는 게 훨씬 좋아."

"휴가라서 잠깐 온 거예요."

"그래? 근데 건재상은 웬일이야. 아! 친척에게 한약 해주려고?"

"비슷해요. 근데 형은 LA에 병원을 차린 거예요?"

"응. 졸업할 때쯤 그런 생각이 들더라. 한국에 있어봐야 병원에서 남 좋은 일만 시키겠다 싶더라고. 그래서 검색을 좀 해봤지."

"그래서 선택한 곳이 이곳이었어요?"

"응. 영어만 되면 노인들 많은 곳에 정착하면 충분히 살 수 있겠다 싶어서 바로 결정하고 날아왔지."

"고생하셨겠네요?"

한국에서 면허증을 땄지만, 다시 새로운 면허증을 따는 것부터 시작했을 것이다. 낯선 곳에서 하나씩 이루는 것이 얼마나 힘들었을지 상상이 되지 않았다.

"고생도 많았지만 운도 따라줬어. 미국 면허증 따러 다닐 때 만난 교수가 친구라고 한의원 하는 분을 소개시켜 줬는데, 그분 댁에서 신세졌어. 그렇게 지내다가 그 분의 한의원을 물려받았지. 그 돈 갚는 데 딱 3년 걸리더라. 하하하!"

대수롭지 않게 말했지만 현재의 그가 되기 위해 얼마나 많은 노력을 했는지 알 수 있었다.

"지금은요?"

"괜찮게 살아. 병원 있겠다. 동네 주민들이랑 친하겠다. 2년만 더 고생해서 집만 사면 이제 완벽해."

"결혼은 했어요?"

"그건 집 산 다음에 고민해 보려고. 사실 포기하고 있었는데, 점점 안정화되어 가니까 슬그머니 욕심이 나네. 근데 넌 언제 한국에 다시 가냐?"

"다음 주쯤 가려고요."

"그래? 음, 오늘은 바빠서 안 되고……. 내일 저녁 6시에 혹시 시간 돼? 이렇게 만났는데 술 한잔해야 할 거 아냐."

"그래요. 어디서 볼까요?"

전설을 따라서 방송이 이번 촬영은 자신 없이 하기로 결정이 났기에 여유가 있었다.

"여기 맞은편에 레스토랑 있어. 거기서 보자. 예약은 내가 해 둘게."

내일 다시 만나 얘기하기로 하고 윤철과 헤어졌다.

일주일이 남자 슬슬 떠날 준비를 했다.

하란은 드론을 열심히 만드는 상황에서 집을 맡아줄 업체에게 연락을 했고 두삼은 담당하던 이들을 한 명씩 떠나 보냈다.

"어때요, 도로시?"

두삼의 물음에 할리우드 유명 제작자의 부인인 도로시는 비키니를 입은 채 전면 거울 속 자신을 요리조리 살펴본다.

한데 돌연 한숨을 쉰다.

"하아~ 어쩌죠?"

"…뭔가 마음에 들지 않는 게 있어요?"

솔직히 샤론의 활동에 가장 영향력을 미칠 사람이라 가장 최선을 다한 사람이다. 그래서 수술을 하지 않는 한 가장 이상적인 몸매를 만들었다.

시키는 대로만 하면 특별한 이상이 없는 한 몇 년은 저 몸매를 그대로 유지할 수 있을 것이다.

한데 앓는 소리라니.

그러나 곧 착각이었음을 알게 됐다.

"아뇨. 한이 한국에 가고 나서 지금 이 몸매를 유지할 생각 하니 벌써 머리가 아파서요."

"하하! 제가 드린 식단에게 크게 벗어나지만 않으면 충분히 유지 가능할 겁니다."

"에휴~ 그게 되나요. 속 썩이는 남편과 자식들 보고 있으면 먹는 것밖에 생각 안 나요."

올 때마다 얼마나 신세 한탄을 하는지 도로시에겐 다이어트 비용뿐만 아니라, 정신 상담 비용까지 청구하고 싶었다.

그러나 지금까지 잘 참다가 마지막에 기분 나쁘게 헤어질 이유는 없었다.

"가끔 한국으로 오세요. 한강대학병원에서 절 찾으시면 됩니다."

"호호! 그래야겠네요."

샤워를 마친 후 옷을 입고 나온 그녀는 봉투를 건네며 말했다.

"고생했어요, 한."

"아닙니다. 이거 대신에 샤론 잘 부탁드려요."

"샤론에겐 잘할 거예요. 이건 제 성의예요. 한국에 갈 때 부끄러우면 안 되잖아요. 그동안 고마웠어요."

그녀는 봉투를 놓고 떠났다.

흘낏 보니 10만 달러다. 그때 하란이 2층에서 내려왔다.

"우리 오빠 돈 잘 버네."

"젊었을 때 열심히 벌어둬야지. 자!"

두삼은 봉투를 하란에게 건넸다.

미국에서 한국으로 가지고 갈 수 있는 돈은 1만 불. 나머지는 모두 하란이 처리해 줘야 했다.

"제법 모였네. 어디에 쓸 거야?"

"글쎄, 국경 없는 의사회에 기부해 볼까?"

아무런 대가 없이 인종, 종교, 계급, 성별, 정치적 성향에 상관없이 인도적인 의료 지원을 하는 곳으로 대부분이 민간 기부로 운영되고 있었다.

무기와 경호원도 없이 다니는 터라 죽는 경우도 다수 발생함에도 꾸준히 자신의 신념에 맞게 봉사하는 이들이 그들이다.

물론 그곳에 참가할 용기는 없다.

내가 먼저고, 다음은 내 나라 환자가 먼저라는 생각은 가진 지극히 평범한 사람이었다. 다만 금전적으로나마 그들의 신념에 조금 도움이라도 주고 싶었다.

"아니다. 루시가 만든 봉사 단체에 기부하는 게 낫겠다."

"거긴 안 돼."

"왜, 문제 있어?"

"그건 아닌데 만에 하나 걸렸을 때 기부자 명단에 오빠 이름이 있으면 어떻게 될 것 같아? 돈이 없는 것도 아닌데, 굳이 그럴 필요 없어. 오빠 말대로 그냥 국경 없는 의사회에 기부해. 얼마나 할까?"

"여기서 번 것 중 3분의 1쯤."

"괜찮네. 근데 이제 슬슬 학교 선배 만나러 갈 때 되지 않았어?"

"아! 벌써 그렇게 됐나? 빨리 끝내고 올게."

"천천히 놀다 와. 오빠가 개인 시간을 가지는 것에 질투할 만큼 속 좁지 않아. 그리고 오늘 나도 샤론 언니 만나기로 했어."

"그래?"

"응. 그러니 오빠도 즐겁게 보내고 와."

"쪽! 고마워."

가볍게 뽀뽀를 해준 후, 안마용 침대를 정리했다. 그리고 막 샤워실로 들어가려 할 때 초인종이 울렸다.

"올 사람도 없는데 누구지?"

인터폰 앞으로 가자 찰스 부부가 보였다.

죠슈아의 부모로 뇌전증 치료가 끝난 후엔 사흘에 한 번씩 방문해 뇌 치료를 받고 있는데, 워낙 호전 증상이 없어 부모도 두삼도 어느 정도 포기하고 있었다.

"두 분이 이 시간에 어쩐 일이세요? 내일 아침 치료 때문에 일찍 오신 겁니까?"

―아뇨. 할 말이 있어 왔어요!

잔뜩 흥분된 목소리.

얼른 문을 열어준 후 현관문을 열었다.

"무슨……."

"닥터 한! 조, 죠슈아가 말을 했어요!"

"조슈아가 '엄마!'라고 했다니까요!"

"아빠라고도 했어요. 그리고 날 꼭 안았어요!"

두 부부는 거의 동시에 말을 쏟아냈다. 그래서 순간 무슨 얘기인지를 못 알아들었다.

조슈아, 아빠, 엄마 세 단어만 들리는 느낌.

그에 천천히 말해달라고 하려는데, 두 사람 사이에 있던 조슈아가 자신의 손을 꼭 잡는다.

그 순간 그들이 뭘 말하려 했는지 알 수 있었다.

눈을 봤다. 조슈아 역시 똑바로 바라본다.

초점이 돌아왔다.

들어오라고 한 후에 소파로 데리고 가 조슈아의 머리에 손을 올렸다.

"아저씨가 조슈아 아픈 게 얼마나 나았는지 볼게?"

조슈아는 머리를 끄덕였고 바로 기운을 이용해 머릿속을 살폈다.

'허! 어떻게 하루 만에……'

뇌전증 치료를 한 후 신경세포가 사라진 공간.

어제까지만 해도 신경세포기라고 보기엔 부족한 실타래가 점점 뻗어가고 있는 상태였다. 한데 이틀 만에 실타래는 신경세포가 되어 그물처럼 가지를 뻗고 있었다.

아직 제거된 공간에 비교해 10분의 1 정도에 불과했으나 무척 고무적인 일이었다.

이왕 여기까지 온 거, 호르몬을 자극하고 기운을 잔뜩 주입한 후에 손을 뗐다.

"…어떻습니까?"

브라이언이 물었다.

"뇌 신경이 살아나고 있습니다."

"아!"

"겸사겸사 내일 치료는 했으니 사흘 뒤에 오면 될 겁니다."

"감사합니다! 감사합니다!"

"그리고… 전에 말했듯이 다음 주면 저 한국으로 가는 거 알고 계시죠?"

기뻐하는 두 사람에게 찬물을 끼얹은 것 같아 말이 조심스럽게 나왔다.

"알고 있어요. 전엔… 솔직히 뇌전증 치료한 것으로 만족하려 했어요. 하지만 이젠 아니에요. 메리언과 조슈아는 한국으로 갈 겁니다. 물론, 닥터 한에게 제의했던 돈 역시 지급할 거고요."

"그럼, 베인 씨의 전용기를 타고 가기로 했는데 두 사람이 추가된다고 말해야겠네요."

"조슈아 잘 부탁해요."

부부는 환하게 웃으며 말했고, 조슈아는 다시 자신의 손을 꼭 잡는다.

사람들이 기뻐하는 모습을 위해 치료하는 건 아니다. 그러나 기뻐하는 모습은 자신이 열심히 노력했다는 것을 알려주고, 좀 더 열심히 노력하게 해준다.

조슈아의 정신이 온전치 못한 이들에게 희망이 될지도 모르겠다.

찰스 가족을 보낸 후 부리나케 준비하고 약속 장소로 나갔지만 10분 정도 늦었다.

윤철은 스마트폰을 보며 기다리고 있었다.

"형! 미안해요. 나오려는데 손님이 와서."

"하하! 괜찮아. 이 집에서 제일 맛있는 스테이크로 2개 시켰는데 괜찮지?"

"당연하죠."

윤철이 일찍 왔는지, 조리 시간이 짧은 건지 자리에 앉자 곧장 두툼한 스테이크가 나왔다.

그러고는 식사를 하며 둘의 공통사인 대학 때 얘기와 살아왔던 얘기를 했다.

"근데 3년 전쯤에 부모님 모시러 한국에 갔을 때 혹시나 너볼 수 있을까 해서 학교에 갔었어."

"그랬어요?"

"응. 넌 당연히 경해대 병원에 있을 거로 생각했지. 그때, 네소식 얼핏 들었는데 어떻게 된 거야?"

"일이 조금 있었어요. 이제는 다 해결됐고요."

"다행이네. 요즘은 뭐해?"

"한강대학병원에 있어요."

"쩝! 우리 학교로서는 안타까운 일이네."

"에이~ 학교 입장에선 나 같은 건 그냥 학생일 뿐이죠. 부모님까지 모셔왔다면 아예 이곳에 정착하기로 작정한 거예요?"

"그렇지."

"위험하진 않아요?"

뉴스에서 미국에서 일어난 총기 사건을 떠들다 보니 막연한 두려움이 있어 물었다.

"며칠 전 총기 난사 사건 때문에 위험하다고 생각할지 모르지만, 의외로 그런 일은 많지 않아. 사실 그렇게 따지면 한국도 살만한 곳은 못 되지 않나?"

"하긴."

윤철이 한국 사회의 병폐에 정치, 행정, 사법의 문제점을 혈압을 높여가며 얘기했다. 그러나 딱 반주로 시킨 와인이 빌 때까지였다.

한 숟가락 정도 되는 아이스크림을 단숨에 삼킨 윤철이 일어났다.

"2차는 좋은 곳으로 가자! 2차도 쏜다!"

"그래요. 그럼 여긴 제가……."

"두삼아. 오늘은 형이 쏜다니까. 내가 처음으로 여유가 생겼을 때 누가 가장 생각났는지 알아? 부모님. 그다음이 너야."

"하하. 그럼 그러세요."

지금은 그의 마음이 편한 대로 해주는 게 나을 것 같았다.

2차로 간 곳은 노래방이었다.

노래방에 처음 간 것은 중학교 때였다.

학교 근처에 낮 동안 학생 할인이 되는 곳—유일한—이 있어 꽤 자주 갔었다. 그 이후로 꽤 오랫동안 노래 부르기를 즐겼던 것 같다.

요즘은, 글쎄?

평생 부를 만큼 노래를 불렀는지, 다른 사람보다 노래를 못 불러서인지 더는 언제부턴가 흥미가 없어졌다.

한데 여전히 노래 부르기를 좋아하는 사람이 많고, 즐거운 놀이타임과 동시에 사교의 장이라 여기는 사람이 많아서 갈 일이 많다.

4명 이상일 땐 구경을 하고, 3명일 땐 최소한으로 노래를 부른다. 2명일 땐 차라리 재미없는 비디오를 보지, 노래방에 가본 적이 없다.

한데 오늘은 어쩔 수 없이 따라갔다.

"근데 LA에서 노래방 잘돼요? 요즘 한국은 코인 노래방으로 많이 바뀌었어요."

"성황 중이지. LA 노래방 처음이야? 관광 코스로 오는 애들도 많아."

"그 정도예요? 근데 혼자 노래방 갈 일이 있나요."

"난 자주 가는데?"

"형이 노래 부르는 걸 좋아했었나? 왜 기억이 없죠?"

"그냥저냥."

"그럼 다른 데 갈까요?"

"에이~ 노래방에 노래 부르러 가?"

"……!"

노래방에 노래 부르러 가는 게 아니라면 한 가지 이유밖에 없다.

윤철은 두삼이 생각하는 바를 말했다.

"가끔 여자 생각날 때 그냥저냥 얘기하러 가는 거야. 여기선 동양인 인기 없거든. 하하!"

"애인을 사귀어보지 그래요?"

"그게 쉽지가 않더라고. 이런저런 생각할 게 너무 많잖아. 여기 3층이야. 들어가자."

두삼은 잠깐 머뭇거리다가 건물로 들어갔다.

도우미 노래방은 가끔 갔었다. 그러나 애인이 있을 때 가는 건 처음이다.

도우미 노래방에 간다고 해서 특별하게 하는 일은 없었지만, 하란에게 미안하다.

'잠깐 장단만 맞추고 끝내야지.'

노래방은 룸살롱의 열화판 정도로 꽤 고급스러웠다. 단골인지 가게주인이 윤철을 반갑게 맞이했다.

"어서 와, 윤 의원. 누구?"

"우연히 만난 친한 후뱁니다. 전 사쿠라로 들여보내 주시고 이 친구는 잘 노는 친구로 들여보내 주세요."

"우리 가게 애들은 다 잘 놀잖아. 근데 어쩌지? 사쿠라는 일본으로 갔어."

"그래요? 쩝! 말이 잘 통하는 친구였는데."

"빠진 만큼 새로운 얼굴들도 많이 들어왔으니 한번 찾아봐."

"그래야겠네요."

"5번 방으로 가. 곧 들여보낼게."

노래방 안으로 들어가 자리를 잡았다.

"근데 지명도 돼요? 흡사 룸살롱 같네요."

"그렇지. 다만 노는 것도, 2차도 능력껏."

오늘은 능력 봉인이다.

능력껏 해도 안 되려나?

금세 테이블 세팅이 이루어졌다. 양주 한 병과 맥주가 쭉 깔리고 잠시 후, 야시시한 홑복을 입은 여자들이 들어와 간단히 소개했다.

"안녕하세요. 루디예요."

"유코예요. 일본인이에요."

"써니. 한국인이에요."

'헐! 다인종 국가라더니……'

모두 6명으로 한미일중 4국이 다 있다. 그리고 속된 말로 때물이 좋았다.

"먼저 골라."

"전 써니로 할게요."

두삼은 슥 훑었다. 그러다 다섯 번째 서 있는 여자를 유심히 보다가 세 번째 한국인을 선택했다. 그러자 윤철이 낮은 목소리로 말했다.

"여기까지 와서 한국 애를 초이스하고 싶냐? 여기서 일하는 서양인들 화끈해."

화끈하게 할 생각이 없어요.

"한국 노래가 듣고 싶어서요."

"쩝! 유별나다. 알아서 해라. 난 유코. 이리 와."

선택된 두 사람은 자리로 오고 나머지는 밖으로 나갔다. 유코와 써니는 테이블로 오자마자 재빨리 술의 뚜껑을 따고 엎어져 있던 잔을 바로 하며 술을 따랐다.

"고마워."

술은 받은 두삼은 곧장 써니의 잔에 술을 채워줬다. 그리고 직업병처럼 팔, 다리, 목, 옅은 화장 속에 감춰진 얼굴 등 드러난 피부를 훑었다.

피부의 상태로 볼 때 많아봐야 20대 중반.

항상 그렇지만 도대체 이 젊고 예쁘장한 아가씨가 왜 이런 곳에서 일을 하는 걸까, 라는 생각이 든다.

쉽게 돈을 벌 수 있어서?

어려운 가정 형편 때문에?

재미로?

항상 그렇지만 의문은 금세 사라졌다.

의원이라고 더 행복한 거 아니고, 도우미라고 해서 더 불행한 거 아니다.

그냥 각자의 삶을 살아가고 있고 우연히 이런 자리에서 만나게 된 것뿐이다.

"오늘 재미있게 놉시다! Cheers!"

"Cheeers!"

가볍게 첫 잔을 마시고 나자 써니가 오래되어 보이는 노래방 책을 건넨다. 난 손을 저으며 말했다.

"노래엔 재주가 없어서 그냥 다른 사람들 구경하는 거 좋아해."

"뭘 구경하고 싶은데요?"

그녀는 살포시 웃으며 3분의 1쯤 나와 있는 가슴과 당장 속옷이 보일 것 같은 다리를 흘깃 본다.

분위기 풀자고 하는 농담을 진지하게 받아들일 이유는 단 하나도 없었다.

"신고식 겸 노래나 한 곡 들려줘."

"어떤 노래 좋아하는데요?"

"신나는 거."

노래방 화면 한 귀퉁이에 표시된 120이라는 숫자가 110이 되었을 때 첫 노래가 시작됐다.

"떠나 버려♬ 이 나쁜 자식……."

최신곡을 줄줄 꿰고 있을 것 같은 써니의 첫 곡은 2000년대 초반 대히트 한 곡으로 두삼의 또래라면 모를 수가 없는 노래였다.

댄스를 추며 노래를 부르는 써니를 보며 손뼉을 신나게 치던 두삼은 맞은편의 윤철이 뭐하나 봤다.

그는 유코의 손을 잡은 채 마치 막 연애를 시작한 연인들처럼 얘기를 하고 있었다.

즐거워 보인다.

'연애하는 게 귀찮은 건가?'

그는 아직 집을 가지지 못해 안정되지 못해서 애인을 사귀지 못한다고 말했다. 그러나 두삼이 보기엔 이유의 하나가 될 수 있지만, 전부는 아닌 것 같았다.

세상에 개인 병원을 가진 의원이 안정되지 못해 결혼을 못 한다니. 그는 연애를 하면서 겪게 될 감정과 시간의 소비를 두려워하는 건지도.

물론 개인적인 사정을 어떻게 다 알까. 자신의 경험을 토대로 모두가 그러하다고 생각하는 일반화의 오류인지도 모르겠다.

각설하고 유코를 보며 즐겁게 얘기하는 윤철의 모습을 보니 문득 그런 생각이 들었다.

그뿐이다.

노래방에 노래를 부르러 오지 않았다는 걸 증명하기라도 하듯이 윤철의 두 번째 노래는 첫 번째 곡이 끝난 15분 뒤에 나왔다.

그가 부른 노래는 일본 발라드.

분위기가 한껏 달아오른 상태에서 불렀다면 욕을 먹었겠지만, 대화방(?)에서는 꽤 적절한 노래였다.

두 사람이 얼굴을 마주 보고 노래를 부르는 동안 써니와 두삼은 술을 마시며 대화 중이다.

"오빠 여기 살아?"

"아니. 두 달 동안 휴가 왔어."

"두 달이나? 휴학했어?"

"후후! 아니, 한의사."

"와! 한의사였어? 난 학생인 줄 알았는데. 애인 없으면 우리 연애 한번 할까, 오빠?"

그녀는 손을 잡아오며 말했다.

"있어."

"헐! 단호박이네. 애인 있으면 어때. 애인이야 언제든 바뀔 수 있는 거 아닌가? 안 그래요, 오빠?"

웃자고 한 농담에 정색할 이유는 없었다. 안주를 집는 척하며 손을 빼며 물었다.

"근데 아까 다섯 번째 소개한 여자 혹시 알아?"

"누구요? 에리카?"

맞다. 그런 이름이었다.

"응. 그 여자."

"잘 알지는 못해요. 가끔 같이 차를 타고 이동하는 사이랄까. 근데 왜요? 오빠도 일본인이 좋아요? 에휴~ 오빠도 설마 일본 여자들이 한국인 좋아한다는 말 믿어요? 그거 착각이에요. 일본 애들이 싹싹하고 나긋나긋한 건 사실이지만, 이런 데서나 그런 거지, 대부분은 그냥 무시해요."

"그 때문이 아냐. 어두워서 자세히는 보지 못했는데, 성병에 걸린 것 같아서."

"네?!"

"살짝 발진이 보이는 것이 매독 2기 같아. 진맥을 하지 않아 정확하진 않지만, 얼른 병원에 가보라고 해."

매독 1기는 통증 없는 결절(5~10㎜ 크기의 뾰두라지 같은)이 나타났다가 사라지고, 2기는 약간의 통증과 이상 증상, 피부 병변이나 식욕부진, 근육통, 오한 등 다양한 증상이 발생한다.

1, 2기 모두 자연적으로 치유될 수 있지만 그렇지 못한 경우 3기가 되는데, 세균이 신체의 여러 장기에 침투 해 다양한 합병증을 일으키고 최악의 경우 정신장애, 실명, 사망까지 이를 수 있다.

"헐! 한의사라고 해서 농담일 줄 알았는데 진짠가 보네요?"

"거짓말인 줄 알았나 보네."

"남자들은 이런데 오면 다들 허풍이 세지지 않나? 뭐 어쨌든 전 어때요?"

"특별한 증상이 보이지 않는 이상 성병의 경우 알기 힘들어요.

어디 이상한 데 있어? 안 좋다던가, 피부에 뭔가 솟았다든가."

"아니. 전혀."

"그럼 이상 없는 거야. 너무 걱정해도 좋지 않아. 다만 가끔 병원에 가서 검진이나 받으면 돼."

"그게 쉬워야 말이죠."

"……?"

"미국의 병원비에 대해 못 들어봤어요? 보험 없는 사람은 아프면 그냥 죽어야 된대. 학생들은 괜찮지. 학생 의료보험이 있거든요. 그래서 나름 저렴하게 진료를 받아요. 하지만 나같이 관광 비자로 온 사람들은 검사 하나만 받아도 수백만 원이야."

미국의 의료 시스템은 한 마디로 말하면 좆같다(우리나라보다 좋은 점도 분명 있다).

자세히 들어가면 무척이나 복잡하다. 심심할 때 미국에서 생활한 사람들의 글을 몇 번이고 읽어봤지만, 머릿속에서 빙빙 돌기만 할 뿐 잘 이해가 되지 않을 정도로 말이다.

워낙 큰 나라라 주마다 시스템이 다르고, 의료보험에 가입하면 그 가급적 그 의료보험 네트워크에 가입되어 있는 의사에게 치료를 받아야 하고, 종합병원에 있는 의사라도 병원 소속이 아닌 자영업자인 경우가 허다하니 잘 알아봐야 한다.

아무튼, 두삼은 여전히 미국 의료 시스템에 대해선 여전히 수박 겉핥기식으로밖에 모른다.

그래서 해줄 말은 한 가지밖에 없었다.

"그럼 관리를 잘하는 수밖에 없겠네."

"그러고 있는데 걱정이 되는 건 어쩔 수 없네요."

아프면 병원 가기 힘들고 큰돈 나간다는 생각이 큰 스트레스인가 보다.

"그래서 자세히 봐달라고?"

"그래 주면 화끈하게 놀아줄게요. 물론 2차는 곤란하지만요."

어깨에 몸을 붙여온다. 두삼은 손가락으로 이미를 밀며 물었다.

"그렇게 전전긍긍하면서 이 일을 하는 이유가 뭐냐?"

"하고 싶고, 사고 싶은 건 많은데 돈이 없으니 하는 거죠. 솔직히 오빠들이랑 잠깐 놀아주고 80불 정도 벌 수 있는데, 이만한 일이 있나요."

"솔직하네?"

"대부분 알고 있고 딱히 숨길 것도 없잖아요."

가족 혹은 친척, 아는 사이라면 뜯어말리겠지만, 오늘 처음 보는 사람에게 어린애도 아니고 무슨 말을 할까.

사람마다 각자의 인생이 있는 법이다.

딱히 할 일도 없는데 영양가 없는 말을 하는 것보다 시간이 잘 갈 것 같아 그녀의 맥을 잡았다. 그리고 기운을 쓰지 않고 진맥을 했다.

한 곳만 제외하곤 20대 초반의 몸답게 튼튼하다.

"위가 좋지 않네. 다른 데는 이상 없어."

"술을 많이 먹으니까요."

"줄여. 어차피 많이 먹어봐야 노래방 사장만 배불리는 거지. 그리고 위에 좋은 약 사먹어."

"그럴게요. 근데 가슴 진맥 같은 건 안 해요? 다른 의사들은 여기저기 많이 둘러보던데."

"의사마다 진료 방법은 다르니까."

"아무튼 고마워요. 듣고 나니 좀 안심이 되네. 자! 이제부터 화끈하게 놀아볼까요?"

"됐고. 노래나 한 곡해."

"깔끔하게 노는 오빠네. 알았어요. 대신 아주 뜨겁게 불러 드리죠."

댄스 메들리를 선택한 그녀는 말 그대로 분위기가 후끈 달아오를 정도로 야한 춤을 추며 노래를 불렀다.

그 후론 유코도 노래를 부르고, 두삼도 노래를 한 곡 하면서 분위기를 이끌고 갔다. 그렇게 대화와 노래의 반복을 두어 번하고 나자 120분의 시간이 흘렀다.

도우미들이 일어났다.

"연장 안 하면 우린 가볼게요."

"오빠들, 안녕."

"그래, 즐거웠다."

윤철은 20달러씩 팁을 준 후 그녀들을 보냈다. 그리고 남은 맥주 한 병씩을 손에 들고 목을 축였다.

"잘 놀았어요, 형."

"잘 놀지도 못하더만. 대학 땐 그런 캐릭터가 아니지 않았나?"

"하하! 대학 때 실컷 즐겨서 그런지, 지금은 막 재미가 있거나 하진 않네요."

"난 대학 때 못 놀아서 여전히 재미있는 건가 보다."

"형은 노는 게 아니라, 연애를 하는 것 같던데요?"

"흐흐! 외로움을 그렇게 달래는 거지. 3차로 맥주 한잔 더 할래?"

"시간도 늦었는데 이제 슬슬 들어가 봐야 하지 않아요? 내일 일해야 하잖아요?"

"그렇긴 하지. 근데 조금 아쉽긴 하다."

"아쉬움은 다음에 풀어요. 여기 약혼녀의 집이 있어서 가끔 올 것 같으니까요."

"올 때 꼭 연락해라."

"네. 형도 한국에 오면 연락해요. 그리고 다음엔 제가 낼게요."

"그럴 수야 없지. 적어도 내가 세 번은 내야지."

"에이~ 그럼 부담돼서 못 오죠. 과거 일은 오늘로 끝내는 거로 하고 다음부터는 좀 더 편하게 봐요. 진짜 만나서 반가웠어요, 형! 우리 건배해요."

"나도! 반가웠다."

쨍!

웃는 얼굴로 건배를 했다. 그리고 택시를 부른 후 밖으로 나갔다. 400달러가 넘게 나왔으나 윤철이 내도록 모른 척했다.

택시는 금방 도착했는데 윤철의 집으로 가는 택시가 20초 정도 먼저 도착했다.

"다음에 LA 오면 꼭 연락하라."

"들어가요, 형!"

이미 노래방에서 충분히 작별 인사를 했기에 마지막 인사는 짧았다.

그의 택시가 완전히 사라기 전에 두삼도 택시에 올랐다.

이제 테디와의 작별만 끝내면 LA 생활이 끝날 줄 알았다. 한데 다음 날 예상치 못한 전화를 받았다.

"여보세요?"

—이렇게 전화를 드려 죄송해요. 어제 노래방에서 봤던 써니예요.

"내 전화번호는 어떻게 알았어?"

그녀가 사과했다고는 해도 무슨 일로 전화를 했는지 모르지만, 결코 유쾌한 기분은 아니었다. 그래서 목소리는 딱딱할 수밖에 없었다.

—…유코 파트너였던 선배라는 분께 들었어요.

"그랬군요. 근데요?"

—다른 게 아니라 제가 아는 언니가 있는데 성병에 걸려서 몸이 썩어가고 있거든요. 혹시 진맥을 부탁드려도 될까 해서……. 정말 죄송해요.

이건 또 무슨 상황이래.

그나저나 날 너무 호구로 보는 것 아냐?

*　　　　*　　　　*

성병은 매독, 임질, 클라미디아 등과 같은 세균성 성병, 사면발니와 같은 기생충 성병, AIDS 같은 바이러스성 성병으로 나눌 수 있다.

오래 방치해 합병증이 생긴 경우가 아니라면 세균성 성병은 항생제를, 사면발니의 경우는 린덴과 유라신 같은 바르는 약을 처치하면 금세 낫는다.

AIDS를 제외하고 초창기에 제대로 된 약만 쓴다면 어렵지 않게 퇴치할 수 있다.

근데 몸이 썩는다?

새로운 유형의 성병인가? 아니면 합병증?

궁금함도 잠시 두삼은 기분이 좋지 않아 인상을 찌푸렸다.

그녀들이 어떻게 살든 상관하지 않는다. 존중까지는 아니더라도 그녀들의 삶을 인정한다.

다만 그렇게 사는 것에 대한 책임 역시 그녀들의 몫이라 생각했다.

잘 벌 땐 내가 잘해서 번 거니 펑펑 쓰다가 잘못됐을 땐 같은 민족이니, 같은 사람이니 도와야 한다는 발상은 어디에서 나왔을까?

하긴 윗물에서 배웠겠지.

이러한 행태를 보이는 집단이 우리나라에는 많기는 하다.

"돈 잘 벌었을 텐데 병원에 데리고 가. 그쪽으로는 한의학보단 양의학이 훨씬 나아."

—그 언니 돈 없어요. 아버지가 진 빚 때문에 한국으로 다 보내야 했대요. 아는 사람들끼리 어느 정도 도움을 주고 있긴 한데, 그걸로 턱도 없고요. 정확한 병명이라도 알면 치료비를 줄일 수 있을 텐데…….

어째 말투가 영 이상하다.

뭔가 두삼 자신에 대해서 아는 투랄까.

"혹시 나에 대해 알아?"

―그게… 노래방 사장님이 동영상에서 본 얼굴 같다고 해서 찾아봤어요. 오빠, 한강대학병원 한두삼 선생님이죠?

싸늘한 목소리 때문인지 그녀의 목소리가 점점 줄어든다.

측은지심으로 불편한 전화를 자처한 써니에게 짜증을 내는 것도, 환자의 사정을 듣고 나자 '안됐네'라는 생각이 드는 것도 이래저래 마음에 들지 않았다.

자연 아무 말도 할 수가 없었다.

침묵이 지속되자 거절이라고 생각했는지 써니가 말했다.

―…죄송해요. 괜한 전화를 했나 봐요. 그럼.

"솔직히 고민이 되네. 마음이 정해지면 연락을 할게."

전화를 끊었다.

얼굴에 불편한 심기가 나타났는지 음료수를 가지러 갔던 하란이 물었다.

"무슨 전환데 그래?"

"다름이 아니라……."

노래방에 다녀온 건 어제 자기 전에 말했기에 짧게 통화 내용을 설명했다. 얘기를 다 들은 하란은 고개를 끄덕이며 말했다.

"뭐라고 말하기 어렵네."

"이번엔 고쳐줘야 한다고 하지 않네?"

하란이라면 당장 도와줘야 한다고 말할 줄 알았다. 한데 웬일로 미온적인 태도를 보였다.

"솔직히 여자의 사정을 제대로 듣지 못해서 그런지 조금 공감이 안 가네. 언제까지 오빠에게 내 지인들 일을 부탁하는 것도 미안하고."

"그런 생각 하지 마. 그렇게 따지면 나 역시 너한테 미안한 게 많거든. 솔직히 덕분에 많은 돈을 벌었잖아."

"그리 생각해 주면 고맙고. 아무튼, 이번 일은 오빠가 결정해. 마음속에 앙금 따윈 남기지 말고."

"앙금이라……."

모른다면 모를까, 이미 들었는데 앙금이 남지 않을 수 있을까. 하란이 드론을 조립하는 걸 물끄러미 바라보며 고민을 했다.

대문을 넘어온 환자는 그냥 돌려보내지 않는다는 할아버지의 신념, 민규식 원장님의 환자에 대한 열정 등이 머리를 스쳐 지나 간다.

물론 자신의 상황을 할아버지와 비교할 순 없다. 이미 알려질 만큼 알려져, 밀려드는 환자만 보다간 24시간 365일로도 부족하 다.

'왜 써니에게 퉁명스럽게 말했을까?'

고민을 계속하다 보니 가장 원초적인 질문까지 하게 된다.

자신에게 솔직해지자 대답은 쉽게 나왔다.

그녀들의 삶의 방식과 태도가 싫었다. 꼰대라서? 아니다. 그냥 평범하게 살아가는 사람의 보편적인 상식으로 그렇게 판단한 것 이다.

자신은 성인(聖人)도, 희생적인 사람도 아니다. 그러니 그렇게 생각할 수 있다.

그러나 한의사다.

우리는 모든 환자의 인격을 존중하며 평등한 호혜의 봉사 정신을 발휘한다.

한의사의 윤리 강령 중 하나.

나는 인종, 종교, 국적, 정당 정파, 또는 사회적 지위 여하를 초월하여 오직 환자에 대한 나의 의무를 지키겠노라.

히포크라테스 선서 중 하나.

차이나타운에서 살린 사람들이 모두 착하고 평범한 사람이었을까? 그들 모두가 과연 도우미보다 삶의 방식과 태도가 나았을까?

수많은 생각이 머리를 복잡하게 만들었다. 그리고 결정과 함께 쓸데없는 생각을 날려 버렸다.

"결정했나 보네?"

"어떻게 그렇게 대번에 알았어?"

"표정이 편안해졌어."

"내가 어떤 결정을 내렸는지도 보여?"

"난 프로그래머지, 점쟁이가 아니야. 그리고 어떤 결정을 했든 간에 오빠의 결정을 존중해."

"살펴보기로 했어."

담담하게 결론을 말한 후 말을 이었다.

"이런저런 생각을 많이 했는데 결정적인 건 네가 한 말이었어."

"하아! 더는 오빠를 괴롭히고 싶지 않았는데. 근데 내가 한 말 중에 어떤 게 오빠의 마음을 움직인 거야?"

"앙금을 남기지 말. 네가 괴롭힌 게 아니야. 내 결정이었어."

"그 거짓말 때문에 조금 위안이 되네. 언제 갈 거야?"

"케빈에게 갔다가 바로 가볼까 해."

"차 가져가. 루시가 잘 데려다줄 거야."

"그새 자율주행이 가능해진 거야?"

"한국에서는 개조가 불법이라 대부분 내가 해야 했지만, 여기 선 해주는 곳이 있어서 쉬웠어."

"운전하면서 다시 루시와 수다를 떨 수 있게 되다니 기쁘네."

─저도 그래요, 두삼 님.

예의상 한 말이야, 이 수다쟁이 아가씨야.

*   *   *

빛이 있으면 어둠이 있듯이, 잘 사는 사람이 많은 LA엔 100만 이 넘는 빈곤층이 존재한다.

LA 인구의 25%가 빈곤층이라는 얘기. 당연한 얘기지만 빈곤 층이 사는 곳은 따로 있었다.

그중 한 곳이 남부 캘리포니아 대학에서 다시 남쪽으로 15분 내려가면 있다.

흑인들과 가난한 유학생들이 주로 거주하는 빈민가.

─조심하세요. 빈민가 외곽이라곤 하지만 여자 혼자는 못 다 니는 동네예요. 특히 동양인을 무시하는 흑인들이 많아요.

"쯧! 인종차별을 그렇게 당한 이들이 인종차별이라니 아이러니 하네."

─개구리 올챙이 적 생각을 못 하는 거죠.

누가 누굴 탓할까. 우리나라 사람들이 동남아인들 무시하는 것도 인종차별이다.

수다를 떠는 사이 차는 쓰레기가 나뒹구는 오래된 건물 앞에 섰다.

"귀신 나오겠네. 갔다 올게."

─조금 떨어진 곳에 주차하고 있을게요.

"조심해. 여긴 경찰들이 수시로 검문검색한다며?"

─이 차는 안 잡을 거예요.

우범지역답게 경찰차와 경찰들이 곳곳에서 보였다.

어련히 알아서 하겠지 생각하고 초인종을 눌렀다. 잠시 후 아파 보이는 여자 목소리가 들렸다.

─…누구세요?

"아까 전화했던 한두삼입니다."

두삼이 코리아타운이 아닌 이곳까지 찾아온 이유는 만날 여자가 불법체류자였기 때문이다.

찌잉! 소리와 함께 현관문이 열렸고 안으로 들어갔다. 100년쯤 되어 보이는 외관과 달리 내부는 그리 나쁘지 않았다.

은은하게 풍기는 요상한 냄새만 아니라면 고풍스럽다는 느낌도 든다.

엘리베이터가 없어서 걸어서 3층까지 올라갔다. 그리고 복도를 끝 305호의 문을 두드렸다.

찰칵! 문이 열리고 병색이 완연한 여자가 보였다.

"…들어오세요."

"실례합니다."

가장 먼저 반기는 건 화장품 냄새와 담배 냄새다.

부엌 겸 거실, 침실 둘로 나눠진 좁은 내부는 그녀의 현재 삶을 보여주듯이 초라했다. 그녀는 앉다가 부서질 것만 같은 소파를 가리키며 말했다.

　"이쪽으로 앉으세요. …차 드릴까요?"

　"괜찮습니다. 앉으세요."

　아픈 사람이 움직여서 타는 차가 맛있을 리가 없다.

　"몇 가지 묻고 진맥을 할게요. 처음 성병에 걸렸던 것이 언제입니까?"

　"이곳에 온 지 두 달 되던 작년 3월쯤이었을 거예요."

　"뭐였죠?"

　"…임질이요. 그땐 몰랐어요. 분비물 색깔이 이상해서 보도 오빠에게 말했더니 약을 줬어요. 그거 먹고 낫더라고요."

　성병에 대해 지식 검색이라도 한 모양이다.

　"그 이후로 몇 번이나 더 있었습니까?"

　"서너 번 더 있었어요. 그때마다 약을 복용했고요. 한데 올 1월쯤부터는 낫질 않았어요. 게다가 온몸에 발진이 생기면서 일도 할 수 없게 됐죠."

　"병원은요?"

　"…도저히 안 되겠다 싶어 모아둔 돈으로 한번 가봤어요. 근데 잠깐 나아지는가 싶더니 더 나빠졌어요."

　대부분의 양약은 쓸 때 확실히 제대로 쓰고, 완전히 나은 다음엔 확실하게 끊어야 한다. 그렇지 않으면 내성이 생겨 버리는 경우가 많다.

　그래서 같은 양의 약을 먹어도 그때부터는 낫질 않는다. 그

두 배를 먹어야 낫게 된다.

항생제도 마찬가지.

"일주일에 몇 번 정도 2차를 나가셨나요?"

"…평균 두 번쯤 될 거예요. 돈이 필요했거든요."

"어떤 약을 복용하고 있습니까?"

"항생제랑 진통제요. 먹지 않으면 너무 아파서……."

"그렇군요. 손 좀 줘보시겠어요?"

진맥을 하려는데 끼고 있는 장갑이 보였다.

"장갑을 벗어보시겠어요?"

잘 얘기하던 그녀가 처음으로 주춤했다. 그러다 마지못해 장갑을 벗었다.

검붉어진 손끝. 새끼손가락 끝은 까맣게 죽어 썩고 있었다.

두삼은 손끝을 검지와 엄지를 이용해 꾹꾹 눌렀다. 그리고 기운을 이용해 내부를 살폈다.

'역시 성병은 아니었어.'

"…성병인가요?"

"아뇨."

"아! 아, 아닌가요? 전 제가 모르는 성병인 줄 알았어요. 감사합니다!"

한국에서라면 단돈 몇천 원이면 알 수 있고, 몇만 원이면 정확하게 진단받을 수 있는 병 때문에 전전긍긍하고 있었나 보다.

성병이 아니라는 말에 그녀는 퇴원하는 환자처럼 감격스러워했다.

"폐색 혈전혈관염, 일명 버거병입니다."

"버거병요? 혹 햄버거를 먹어서……?"

"아뇨. 병을 발표한 '레오 버거'의 이름에서 유래된 겁니다. 말 초 혈관 질환의 하나로 혈관이 막혀 손끝, 혹은 발끝까지 피가 통하지 않아 생기는 병이죠. 성병의 합병증으로 인해 생겼을 가 능성도 배제할 수 없죠."

"…그렇군요."

"담배 많이 피우시죠?"

"…네."

"끊으세요. 담배 피우면 절대로 쉽게 낫지 않습니다. 맥을 잡 아볼게요."

본격적으로 몸의 내부를 살폈다. 그리고 점점 머릿속에 그녀 의 내부가 완성이 되어갈수록 인상이 구겨졌다.

온몸이 염증이라고 할 만큼 합병증이 심했다. 버거병이 갑자 기 생긴 게 아니었다.

특히나 자궁 쪽은 더 심해지면 들어내야 할 정도로 심각하다.

"…올해 몇 살이죠?"

"한국 나이로 스물다섯이요."

"……"

스물다섯에 1년 동안 이렇게 몸을 망가뜨리는 것도 재주라면 재주였다.

몸을 막 굴려서라기보단, 재수가 없었다. 1년간 주 2회라고 해 봐야 100번이 조금 넘는다. 3일에 한 번꼴이면 신혼부부보다 아 래다.

그렇다면 이 지경에 이른 건 성병을 제대로 치료받지 못해서

다. 첫 번째 걸린 임질부터 제대로 치료가 되지 않은 게 분명했다.

성병은 부끄러움과 두려움이 더해지면서 몸을 망가뜨린다.

'낯 뜨거워서 병원을 어떻게 가.'

'혹시 누군가가 이 사실을 알게 되지 않을까?'

'알게 되면 손가락질할 거야.'

따위의 생각들.

섹스를 할 때 상대방이 성병이 있다고 반드시 성병에 걸리는 건 아니다. 확률은 대략 50%.

자신은 50%에 들지 않을 거라 생각하지 마라. 반드시라고 할 만큼 걸리게 된다.

그것이 간단한 항생제만 일주일쯤 먹어도 사라지는 병일 수도, AIDS일지도 모른다.

한데 콘돔을 끼면 그 확률은 한없이 내려간다. 즉, 낯선 이성과 원나잇을 할 기회가 온다면 콘돔 착용은 필수라는 얘기다.

그녀의 질문에 상념에서 깨어났다.

"…어떤가요? 많이 심하죠?"

"심하죠. 다만 못 고칠 정도는 아닙니다. 물론 뭉그러진 부분은 어떻게 할 방도가 없지만요."

썩어 변형된 부분까지 재생시킬 방법은 두삼에게도 없었다.

"그럼……."

말을 하지 않았지만 무슨 말을 하려는 건지 알 것 같다. '고쳐 줄 수 있나요?' 정도이지 않을까.

그녀를 치료할지, 아님 포기를 할지 이제 진짜 결정을 할 차

레다.

"그 전에 한 가지 물어봐도 될까요?"

"그러세요."

"낫게 되면 계속 이곳에서 일을 하실 겁니까?"

"…돈이 필요해요."

"한국에서는 못 합니까?"

"그건……"

혹시나 자신이 아는 얼굴을 만나게 될까 두려운 것이리라.

한국에서 할 수 있는 일을 굳이 LA까지 와서 하는 것도, 성병에 걸렸을 때 한국에 갈 수 있었음에도 이곳에 머물렀던 것도 그러한 이유 때문일 것이다.

"얼핏 듣기론 아버지의 빚이라고 하던데요?"

"…남이 아니잖아요."

남보다 못한 존재겠지.

계속해서 이곳에서 머물며 몸을 팔겠다는 생각을 확인한 이상 더 물을 이유가 없었다. 두삼은 자리에서 일어났다. 고쳐줄 것처럼 굴다가 일어나니 당황스러운 표정이 역력하다.

최소한 설명을 해주는 것이 도리겠지.

"솔직히 말하죠. 제 시간과 돈을 투자해 고쳐야 할 이유를 모르겠네요."

"…네?"

"그렇잖아요. 고쳐주고 나면 다시 일을 할 테고. 그럼 또 비슷한 일이 일어나겠죠. 그럼 그때 또다시 저 같은 호구를 찾을 생각인가요? 1년간 일을 하면서 얼마나 벌었는지 모르겠지만 치료비보다는 적게 나올 것 같은데요?"

"……"

"건방진 말일지 모르겠네요. 당신에게 필요한 건 제 치료가 아니라, 용기 같아요. 한국으로 가서 치료를 받을 용기 말이죠. 버거병에 대해선 말해드렸으니 몸 상태를 말해드리죠. 위, 장 할 것 없이 합병증이 심해요. 가장 심한 건 자궁 염증인데 한두 달 더 끌면 들어내야 할 겁니다. 이대로 방치하면 최악의 경우는… 말 안 해도 아는 얼굴이네요."

"……"

"혹시나 해서 가져온 건데, 이걸 쓰게 될지는 몰랐네요. 제 역할은 여기까지인 것 같군요."

3,000달러가 든 봉투를 건넨 후 목례를 하고 돌아섰다. 돈을 생활비로 쓰든지, 비행기값으로 쓰든지 그건 온전히 그녀의 선택이었다.

밖으로 나오자 차가 대기하고 있었다. 운전석에 오르자 루시가 물었다.

―그냥 나오다니 의외네요.

"선택을 했으면 좋든 나쁘든 대가가 따르기 법이니까. 그녀가 받아야 할 대가를 내가 대신 떠안는 건 아닌 것 같아."

―유흥의 대가란 말이군요?

"즐겼는지, 정말 가족을 위해 헌신했는지는 사정을 듣지 못했으니 모르지."

―근데 어떤 선택을 할 것 같아요?

"그걸 내가 어떻게 알아. 다만 빠른 시간 안에 한국행을 선택하면 건강해질 거야."

　—앙금은 안 남겠어요?

"전혀. 3,000달러 앙금은 안에 두고 왔거든.

　—비싼 앙금이네요.

"훗! 질문은 그만하고 이만 가자."

　—네, 두삼 님.

　루시에게 운전을 맡기고 바라본 LA의 하늘은 기분과 상관없이 오늘도 맑고 드높았다.

79. 또 다시 휴가

한강대학교 병원 원장실.

민규식은 40대 초반의 뿔테 쓴 남자와 얘기를 나누고 있었다. 한데 뿔테를 쓴 남자의 지위가 만만치 않은 건지, 소파의 상석이 아닌 마주 보는 자리에 앉아있다.

뿔테 쓴 남자는 커피를 마시며 연신 열변을 토하고 있었다.

"…양질의 일자리를 확보하라고 위에선 난리도 아니에요. 근데 그게 하늘에서 뚝 떨어지는 건 아니잖습니까."

"허허. 그야 그렇죠."

"다들 어렵다고 하니 일자리를 늘려달라고 말하기도 미안할 지경입니다."

마치 현 정부의 정책에 불만을 표하는 것 같지만, 말을 하는 사람의 청와대 경제 수석 아래 있는 팀장이라는 점을 생각해 보면 양질의 일자리를 만들라는 말과 똑같았다.

최근 언론에서 워낙 실업률에 대해 왈가왈부하자 이렇게 직접 찾아다니며 협조를 구하는 중이다.

진짜 그런 목적인지는 모르지만 말이다.

"허허! 우리 한강대학교 병원은 정부 시책에 항상 협조하고 있다는 걸 알지 않습니까. 청소하는 아주머니부터 경호실까지 대부분 정직원입니다. 용역 업체를 끼는 경우는 며칠 바쁠 때만 극소수로 이용하고요. 최근엔 한방센터에도 연신 뽑고 있습니다."

"하하! 저도 잘 알고 있습니다. 정부 지원금을 받자마자 고용을 늘린 것도 잘 알고 있습니다."

"이해해 주시니 고맙습니다. 저희도 최대한도로 노력해 보겠습니다."

정부 시책이야 잘 알겠는데, 더 뽑는 건 힘들다는 얘기를 완곡히 했다.

이건 틀림없는 사실이다.

몇 년간 이익을 많이 봤으니 팍팍 뽑아도 상관없지 않겠느냐고 말하는 사람도 있겠지만, 적자로 돌아서면 그 순간 인건비는 어마어마한 압박이 된다.

한데 팀장은 수긍하고 돌아설 생각이 없는 모양이다. 잠시 생각하던 팀장이 입을 열었다.

"뽑을 여력이 생긴다면 어떻습니까?"

"당장 여력이 생길 곳이 없는데……."

"미래의 것을 현재로 가져온다면 어떻습니까?"

민규식은 그가 뭘 말하려는 건지 알 수 있었다. 뇌전증 치료제를 빨리 출시하자는 얘기였다.

나쁠 것 없는 제안.

다만 진짜로 양질의 일자리 창출을 원하는 건지는 여전히 의문일 뿐이다. 아무리 서두른다고 해도 이번 정권 기간엔 불가능하기 때문이다.

보통 신약 개발하는 데 15년씩 걸리는 건 기본이다. 1차를 마쳤으나, 아무리 빨리해도 5년은 넘게 걸린다.

"아무리 미래의 것을 가져온다고 해도 몇 년이 걸릴지 장담하기가 힘듭니다."

"그건 하기 나름 아니겠습니까. 1차도 이미 끝나지 않았습니까. 한강대학병원에서 모든 일을 하는 건 바라지 않습니다. 정부정책에 양질의 일자리 창출 말고도 국토 균형 발전이라는 정책도 있으니까요. 비영리 의료법인에서 영리를 목적으로 하는 공장을 운영하면 남들이 어떻게 생각하겠습니까. 하하하!"

그럴싸하게 포장된 말은 귀에 들어오지 않았다.

'도대체 어떤 방식으로 기간을 줄이려는 거지?'라는 의문만이 머릿속을 맴돈다.

물론 원래부터 뇌전증 치료제 생산과 유통은 제약회사에 맡길 생각이었기에 용납할 수 있는 수준이다.

일단은 들어보기로 하고 장단을 맞추기로 했다.

"뇌전증 치료제가 빨리 나올 수 있게 도와줄 제약 회사 중 생각하는 곳이 있겠습니까?"

"민 원장님께서 생각하는 곳이 있을 텐데 추천하기가 살짝 겁이 납니다."

"솔직히 그런 걸 생각할 단계가 아니라서요."

"하긴 임상 시험 단계만 최소 4년이 넘게 남았으니 그럴 만하군요. 그저 의견일 뿐이니 참고하십시오. 최고제약이 최근 공격적으로 공장을 확충했다는 얘길 얼핏 들었습니다."

"최고제약이라……."

제약업계만 따진다면 중위권 약간 밑에 있는 회사로 유통이 취약했다. 원래대로라면 고려 대상에 들어가지도 않았을 업체.

그러나 뇌전증 치료제는 현재로서는 대안이 없는 약이다. 그래서 굳이 판로를 생각할 필요가 없다. 찍어내면 찍어내는 대로 팔릴 것이다.

최고제약이 현 정권과 무슨 관계인지는 몰라도 상관없었다. 그저 제조법에 따라 약만 잘 만들면 된다.

"괜찮겠네요. 고려하겠습니다."

"하하하! 긍정적으로 봐주시니 고맙습니다. 추천하는 제 마음이 편안합니다."

"팀장님 덕분에 좋은 업체를 알게 되었으니 제가 고맙죠. 한데 도대체 얼마나 빨리 진행하려고 그러시는 건지……. 게다가 방법도 궁금하군요."

"뇌전증 치료제를 하루라도 빨리 출시해 달라고 국민들이 성화잖습니까. 그러니 서둘러야죠. 듣자 하니 2차 임상 시험이 진행 중이라고요?"

"두 달째죠. 운이 좋게도 모든 시험 대상자가 호전되고 있고요."

"부작용은요?"

"천연 약재를 이용한 것이라 아직까진 부작용이 발견되지 않고 있습니다."

"역시 한강대학병원에서 주도해 만든 의약품이라 그런지 효과가 좋군요. 좋은 약을 시험한다면서 무작정 잡아두는 건 국가적인 손해죠. 내년쯤 3차 임상 시험에 들어가는 건 어떻습니까?"

"허어~"

도무지 팀장이 무슨 생각을 하는지 이해할 수가 없어 어이없는 감탄사만 나왔다.

물론 임상 시험이 빠르게 통과할 수 있다면 더할 나위 없이 좋다. 기간 축소는 곧 돈이기 때문이다.

신약 개발을 쉽게 할 수 없는 것도 사실 돈 때문이다.

15년간 1조 원이 넘게 투입되고 그마저도 성공을 장담할 수 없다.

또한, 무작정 기간이 단축되는 것이 좋은 것만은 아니다.

김영태 교수와 두삼이 만든 약에 대해 믿었다. 그러나 믿음과 상관없이 부작용은 확실히 알고 출시하는 게 낫다.

기껏 출시했다가 부작용이 발견되어 허가가 취소된다면 아예 처음부터 다시 시작해야 할 수도 있었다.

한데 너무 터무니없이 줄이니 당황스러울 지경이다.

팀장은 그런 민규식의 마음을 모르는지 계속 말했다.

"신약에 대해 알아보니 전에도 임상 시험 단계를 거쳤더군요?"

"개발을 시작한 것은 15년이 넘었으니까요."

"그 기간을 임상 시험 기간에 포함시킨다면 어떻게 되겠습니까?"

"……!"

"또한, 현재 진행하고 있는 2차 임상 시험이 3차 임상 시험이라면요?"

"……!"

어지럽게 흩어져 있던 조각들이 맞춰졌다.

정부는 뇌전증 치료제 KH0024—9.0가 개발되자마자 지금의 계획을 세운 게 분명했다.

빠르게 끝난 1차 임상 시험.

100명에서 300명 정도를 대상으로 2~3년 시험하는 2차 임상 시험을 식약처의 제안을 받아들여 1,000명이 넘는 인원을 대상으로 한 것.

이 모든 게 오늘을 위해 준비된 것이라는 생각이 들었다.

'도대체 뭘 바라는 거지?'

팀장이 찾아온 이유를 알게 되자 민규식의 고민은 깊어졌다.

최고제약을 통해 이익을 보려는 건 알겠다. 주식이 오를 테고 전 세계에 약을 공급할 수 있으니 많은 돈을 벌 수도 있을 것이다.

한데 그게 다일까 싶다.

물론 뇌전증 치료제를 빨리 출시할 수 있는 데서 오는 이익을 준다고 해도 절대 손해가 아니다. 빨리 출시하는 만큼 벌어들일 수 있는 돈은 그 비용을 상쇄하고도 남을 터.

무엇보다도 뇌전증으로 고통받는 이들이 빨리 치료를 받을 수 있다는 건 돈으로 추산할 수 없었다.

팀장을 흘낏 봤다.

그는 할 말을 다 했다는 듯 느긋하게 차를 마시고 있었다.

민규식은 무겁게 입을 열었다.

"팀장님이 도와준다면 출시까지 얼마나 걸릴까요?"

그는 말 대신 손가락 하나를 올렸다.

"……!"

오늘 계속 놀라기만 하는 민규식이다.

'이건 나 혼자 해결할 일이 아니야. 이사장님께 보고를 드려야겠어.'

뒤탈 없이 일을 진행하려면 아무래도 이사장의 도움이 필수였다.

*   *   *

'내가 알아보고 확실하게 하지. 민 원장은 내년까지 출시될 수 있도록 만반의 준비를 해두게.'

민규식은 이사장과의 짧은 만남은 후 정부와의 거래는 이사장에게 맡기고 뇌전증 치료제의 내년 출시를 위해 본격적으로 움직일 준비를 하고 있다.

사실 정치질에 웬만큼 도가 튼 그였지만 막대한 돈이 오가는 일에는 아직 부족했다.

똑똑!

노크 소리에 상념에서 깬 민규식은 문을 열고 들어오는 김영태를 보고 자리에서 일어났다.

"오셨습니까, 선생님?"

"민 원장이 보자는데 와야지. 허허!"

"바쁜 분을 오라고 한 건 아닌지 모르겠네요."

"바쁘긴. 신약이 워낙 효과가 좋아 결과만 지켜보느라 무척 한가하다네."

두 사람이 자리에 앉자 비서가 차를 가져왔다.

가볍게 안부를 주고받다가 김영태 교수가 먼저 본론을 물었다.

"한데 무슨 일로 보자고 한 겐가?"

"다름이 아니라 신약 때문에 의논드릴 것이 있어서 오시라 했습니다."

"뭔가 문제라도?"

"허허! 아닙니다. 좋다면 좋은 일입니다. 말씀드리기 전에 한 가지 여쭈어 봐도 되겠습니까?"

"좋은 일이라는데도 은근히 겁이 나는군그려."

"혹시 만약에 당장 신약을 사용할 일이 생긴다면 어떻게 하시겠습니까?"

"당장에? 음……. 우리가 만든 약이라서 하는 말이 아니라 객관적이 지표만 보더라도 당장 출시해도 될 만큼 좋다네. 민 원장도 보고를 봤을 것 아닌가."

"물론 봤습니다. 저 역시 그렇게 생각하지만 서류보다는 선생님이 말해주는 것이 더 안심이 됩니다."

"허허! 늙은이의 말이 무에 중요하다고. 한데 왜? 급하게 쓸데가 있나?"

"그게 아니라……."

민규식은 청와대 팀장과의 만남에 대해 말해주었다. 그에 김영태 또한 민규식이 그랬던 것처럼 놀란 표정을 지었다.

"허어~ 그런 일이 있었군."

"선생님은 어떻게 생각하십니까?"

"정부가 무슨 생각을 하고 있던지 간에 나야 자식 같은 신약이 하루라도 빨리 빛을 보길 바라고 있지. 걱정되는 것이 있다면 부작용이라고 할 만한 환자가 나오지 않는다는 게 조금 그렇군."

김영태는 정부의 제안을 무척 긍정적으로 받아들였다. 그만큼 뇌전증 치료제에 대해 자신감을 가지고 있다는 뜻이리라.

부작용이 없는 약이 있을까? 하물며 천연 재료인 한약도 잘못 먹으면 부작용이 생긴다.

문제는 출시된 후에 부작용이 발생하면 대처가 늦을 수밖에 없다는 것이다.

"그건 그렇죠. 그럼 임상 시험 환자를 늘이는 건 어떻습니까?"

"지금보다 더? 비용이 만만치 않을 텐데?"

"얻는 이득이 큰데, 그 정도는 감수해야죠. 그저 선생님이 힘들까 걱정될 뿐입니다."

"지금 같은 상황이라면 1,000명을 더 늘린다고 해도 문제없네."

"그럼 그렇게 할까요?"

"그렇게 하게. 그나저나 저번보다야 낫겠지만 한 선생이 있으면 특이한 피시험자를 모집하기 쉽지 않을 텐데. 그 친구 곧 복귀하지 않나."

"그건 저에게 맡기십시오."

두삼의 복귀 문제는 쉽게 해결할 수 있었다.

＊　　　　＊　　　　＊

"으~ 춥다!"

한국에 도착하자마자 가장 먼저 느낀 것은 고국에 돌아왔다는 기쁨보다, 쌀쌀한 날씨였다.

딱히 그리울 것 같지 않던 LA가 다시 그리워지는 순간이다.

옆에 있던 하란이 살포시 웃으며 말했다.

"옷 벗어줄까?"

"심리적인 추위일 뿐이야."

곧장 전용기 출구에 서 있던 이동용 버스를 타고 입국장으로 이동했다. 그리고 입국장을 나온 후 함께 온 일행들에게 말했다.

"병원에 연락해 보고 스케줄을 알려드릴게요. 관광할 사람은 해도 됩니다."

"오늘은 푹 쉬어야지."

"그러시던가요."

부르스 베인과 그 일행, 조슈아와 메리언, 케빈은 일단 집에서 멀지 않은 호텔에 머무르기로 했다.

전용기를 타고 오면서 하루치 치료는 다 마쳤기에 오늘 하루는 푹 쉬면 됐다.

두삼과 하란은 루시가 몰고 온 차에, 나머지는 부르스가 준비한 차에 올라 이동했다.

집에 도착하자 루시가 반겨준다.

―어서 오세요, 하란 님, 두삼 님.

오랫동안 비워 청소해야 하지 않을까 싶었는데 아주 막 청소한 집처럼 깨끗하다.

"어라? 청소가 다 되어 있네?"

"어제 청소 업체에 부탁해 뒀거든."

"잘 했네. 오자마자 청소해야 싶었는데."

두삼은 가방을 던져놓고 소파에 몸을 던졌다.

"으으~ 역시 집이 최고라니까."

"그러게. LA보단 여기가 집 같아. 근데 병원엔 연락 안 해?"

"10분만 있다가."

"그렇게 해. 난 샤워하고 쉬어야겠다."

전용기를 타고 편하게 와서 힘들지 않을 거로 생각했는데 소파에 머리를 기대자 소록소록 잠이 온다.

이러고 있을 때가 아니다. 얼른 일어나 민규식에게 연락했다.

―오! 한 선생. 휴가는 잘 보내고 있나? 안 그래도 연락하려고 했는데 잘 됐다.

"덕분에 푹 쉬고 있습니다. 잘 지내셨죠?"

―나야 항상 잘 지내지. 전화한 거 보니 언제쯤 복귀할까 보고 있는 것 같은데, 한 달쯤 더 쉬게.

"…네?"

―임상 시험에 변화가 있을 것 같아. 자네가 오면 환자들이 동요하게 될 테니까 쉬는 김에 푹 쉬라는 말이네. 왜 싫어?

노는 걸 싫어하는 사람이 있을까? 당연 두삼도 일하는 것보다 노는 걸 좋아한다.

뭐, 지금이야 고쳐야 할 사람들이 있다 보니 제대로 노는 것도 아니지만 말이다.

"…싫은 게 아니라 저 한국에 왔습니다."

—이런! 어제 결정되자마자 연락할 걸 그랬군. 뭐, 어쩌겠나. 한국에서 쉬면 되지. 안 그런가?

"그, 그렇죠."

—심심하면 병원으로 오게. 식사나 같이하지.

"네. 연락드리고 찾아뵙겠습니다."

다음 방송은 빠질 수가 없으니 어차피 한국엔 와야 했다. 그나저나 이렇게 쉬어도 되나 싶다.

마침 샤워를 마치고 나온 하란이 물었다.

"병원에선 뭐래?"

"한 달 더 쉬래."

"응?"

"뇌전증 치료제 임상 시험에 변화가 있나 봐. 그래서 내가 병원에 없는 게 낫겠대."

"혹시 오빠 잘린 건가?"

하란의 농담에 농담으로 답했다.

"어쩌면 그런지도……. 걱정 마. 오빠가 재취업을 위해 열심히 노력할게. 대신 오늘은 쉬자."

"꺅! 쉬자면서 껴안은 이유는 무엇?"

"뭐겠어. 침대 스프링이 망가지지 않았는지 테스트하는 거지."

한국에 오자마자 다시 얻게 된 한 달간의 휴가. 뭘 해야 하나 고민하다가 가장 먼저 침구류 테스트부터 시작하기로 했다.

*   *   *

침구류 테스트를 완료한 두삼은 늘어난 한 달 휴가 기간 동안의 스케줄을 짰다.

할 일이 많지 않았기에 10분 단위의 세밀한 계획은 필요 없었다. 대략적인 틀만 짰다.

아침 6시 기상. 7시까지 수영. 8시까지 식사. 호텔로 이동 후, 11시까지 세 사람 치료. 그다음 저녁 6시까지 자유 시간. 저녁 9시까지 세 사람 치료.

언제든 변할 수 있지만 큰 틀에선 지금처럼 움직일 생각이다.

조슈아의 치료를 간단히 끝내고, 케빈의 재활을 도왔다. 케빈의 치료는 여전히 지지부진했지만, 혈관이 제대로 뻗을 때까진 지켜보는 수밖에 없었다.

부르스의 치료는 한방색전술이 제대로 되어 있는 것부터 확인한 후 뜸과 침, 마사지를 병행했다.

호텔이라 뜸에서 나는 연기를 어떻게 하나 싶었는데, 이그제큐티브 룸을 아예 두 개를 빌려 하나는 화재경보기를 끄고 치료실로 사용했다.

공기청정기 넉 대를 동시에 돌리는데도 뜸이 타면서 발생한 쑥 냄새가 룸을 채웠다.

"크으~ 매일같이 하는데도 살이 타는 느낌은 도무지 적응이 되지 않는군."

"누차 말씀드리자면 막혀 있는 혈을 뚫기 위해선 피부의 희생이 다소 필요합니다."

"알아. 큭! …아는데도 자꾸 투덜거리게 되는군. 근데 확실하게 효과는 있는 건가?"

"네."

"끙! 그럼 참아야지 어쩌겠나."

배영옥의 경우 두 배나 많은 뜸을 떴음에도 잘 참았다고 말한다면 뭐라고 하려나.

사실 배영옥을 치료할 때와 비교하자면 부르스는 한결 수월하게 치료를 받고 있는 셈이다.

뜸 실력, 한방색전술, 마사지 등 두삼의 실력이 월등하게 늘었기에 가능한 일이었다.

"닥터 한, 혈이 막혔다는 건 어떻게 아는 거야?"

부르스가 입을 닫자 폴린이 물었다.

딱히 숨길 것이 없었기에 말해줬다.

"침으로 찔러보면 느껴질 겁니다."

"에……? 그게 느껴진다고? 그것 역시 닥터 한만의 능력 아냐?"

"혈과 맥이 막혀 있을지도 모른다고 생각하고 찔러본 적 있어요?"

"애초에 막혀 있을 거라곤……."

"생각 못 했죠? 그래서 느끼지 못했던 거예요. 뚫린 곳과 막힌 곳을 찔러보면 미묘하게 달라요. 손끝 감각이 중요하긴 하지만 한의사라면 조금만 노력해도 될 겁니다."

"……."

"느껴보시려면 잠시 후에 시침할 때 제가 찌르라는 곳을 찔러보세요. 그다음 제 경락에도 찔러보시고요."

"…그래도 되겠어?"

"나중엔 폴린이 베인 씨를 담당해야 하잖아요."

폴린은 처음 만났을 때 많이 달라졌다.

평소 예의 바르게 행동했고 필요한 것이 있어 움직이려 할 때면 나서서 도와줬다.

처음에 투덜거리는 건 부르스라는 엄청난 밥그릇을 뺏기게 될지도 모른다는 조급함 때문이었을 거다. 이해한다. 만일 자신이라도 그랬을 테니까.

그러던 그가 어느 순간부터 고분고분해진 거 보면 언질을 받은 게 분명하다.

그가 배운 것이 중의학이고 자신이 배운 게 한의학이지만, 싸울 이유가 없다고 생각한다.

폴린이 미국 내에서 입지를 쌓아 동양의학이 흥하게 된다면 결국 윤철과 같은 사람이 득을 보게 된다. 싸울 이유가 없었다.

그렇다고 그렇게 감격하는 표정을 짓진 말라고.

어차피 막힌 걸 알아도 뚫는 법을 모르면 아무 소용이 없다고.

당장 달려와 안길 것 같은 폴린에게서 시선을 뗀 후 부르스에게 물었다.

"베인 씨, 괜찮겠습니까?"

"담당의가 괜찮다는데 내가 뭐라겠나."

허락이 떨어졌기에 폴린에게 가까이 오라고 손짓했다. 그리고 설명했다.

"현재 뜸의 위치를 보면 제가 어느 맥을 뚫으려고 하는지 알 겁니다."

"독맥이군."

"맞습니다. 전에 암 치료를 하면서 임독양맥을 뚫었고, 그때부터 암 환자의 상태가 호전되기 시작했죠. 그래서 지금도 똑같은 방법을 쓰는 겁니다."

"그렇다면 뜸의 역할은 막혀 있는 것을 푸는 건가?"

"그렇습니다."

"음, 뜸에 대해선 그리 깊이 배우지 않았네. 아무래도 미국에선 아직 뜸에 대해선 다소 부정적이거든."

"자세한 건 천천히 공부하면 됩니다. 뚫을 땐 그저 경락이 지나는 위치에만 5㎝ 간격으로 놓으면 되거든요. 이제 뜸은 됐으니까. 일단 치우죠."

거의 다 타버린 뜸을 집어 물이 든 스테인리스 통에 집어넣었다.

"여기 요양관혈, 명문혈, 그리고 손끝에 집중해서 그사이에 침을 시침하세요."

"이건 뭘 하는 단계인가?"

수술용 장갑을 낀 그는 침을 들며 물었다.

"간단히 말하면 뜸으로 다소 물렁물렁해진 노폐물을 침으로 깨뜨리는 겁니다."

"아! 그다음 마사지를 통해 뚫는 거군."

"그렇습니다. 다만 마사지를 할 때 기운이 많이 소모됩니다. 얼른 하시죠. 가만히 놔두면 서서히 굳어갑니다. 그럼 뜸을 다시 떠야 합니다."

"아! 미안."

폴린은 느리지도 빠르지도 않게 요양관혈에 침을 꽂았다. 실력자답게 기를 담아 정확한 시침을 했다.

"자, 제 팔에 꽂아보세요."

"어디?"

"맥이 있는 곳이라면 아무 곳이나요."

그는 혈이 아닌 곳을 찔렀다. 그러고는 고개를 갸웃거린다.

"한 번에 느끼긴 무리겠죠. 반복하세요."

"알았어."

그는 신주혈까지 부르스와 두삼의 팔에 번갈아 가며 시침을 했다.

"하아~ 이거 만만치가 않네. 지금 느끼는 미묘한 이질감이 막힌 맥인가?"

"느낌이 어떤데요?"

"글쎄. 바늘로 오렌지 알갱이를 찌르는 느낌이라고 할까? 비눗방울을 터뜨리는 느낌이랄까."

"그 느낌이 맞아요. 그러니 앞으론 그 느낌에 집중하면 훨씬 잘 느껴질 거예요. 저녁에 다시 하기로 하죠."

두삼은 폴린이 꽂은 침을 빠르게 침을 제거한 후, 마사지를 시작했다. 그리고 부르스에 단전에 기운을 넣어 회전을 시킨 후, 빠르게 독맥으로 올려 막힌 곳을 두들겼다.

두삼이 호텔을 나선 것은 그로부터 1시간 후였다.

"후우~ 역시 막힌 맥을 뚫는 건 쉽지 않네. 엇! 이러다 늦겠다."

두삼은 차에 올라 서둘러 집으로 향했다. 오늘 마사지 숍 식구들과 점심을 먹기로 했다.

"쉰다는 녀석이 빨리빨리 올 것이지. 하란 씬?"

하란에게 빌린 집 마당에서 그릴에 고기를 굽던 이진철이 집게를 든 손을 흔들며 말했다.

"하란인 회사에 갔죠."

회사 일을 전문 경영인에게 맡겼다지만, 두 달 동안 신경을 못 써서인지, 오늘부터 며칠간 회사에 나간다고 했다.

"같이 밥 먹었으면 좋았을 텐데."

"다른 사람들은요?"

"안에. 들어가 봐. 난 이것만 굽고 갈게."

열린 현관문으로 들어가자 거실에 큰 상이 놓여 있다. 그리고 그 둘레에 신혜경과 한미령, 이혜선이 앉아 있었다.

"누나, 미령아, 혜선아. 하이!"

"어서 와! 미국물 먹었다고 인사도 영어로 하네."

"오빠, 잘 다녀왔어?"

"안녕하세요, 삼촌."

"하하! 하이 한 마디에 오버하긴. 자! 이건 여행 다녀온 선물. 참고로 난 열쇠고리나 사줄까 했는데, 하란이가 업그레이드 한 거야."

"헐! 열쇠고리를 걸 수 있는 가방이네? 뭘 이런 걸 선물로 사줘. 부담스럽게."

"그러게. 오빠, 이거 명품 아냐?"

"마침 세일 기간이라 싸게 샀어. 그러니 부담가질 필요 전혀 없어."

"어떻게 부담이 안 되니?"

"그럼 부담 듬뿍 가지고 쓰든가. 근데 누가 더 오기로 했어? 웬 상차림이……."

갈비찜, 잡채, 생선구이, 해물탕, 삼겹살 등등. 좁지 않은 상에 빈틈이 안 보일 정도다.

"한국 음식 그리웠을 거 아냐."

"코리아타운이 있는데 무슨. 아무튼, 상다리 부러질 것 같은 환영에 몸 둘 바를 모르겠네."

"앉아. 미국에선 푹 쉬었어?"

"쉬엄쉬엄 일하면서 지냈어요. 가게는 어때요?"

"이제 완전히 자리 잡았어. 진철 씬 림프 마사지를 하면서 손님이 늘었고 나랑 미령인 아예 피부마사지만 하기로 했어."

"마사지해 달라는 사람들 있을 텐데요."

"아! 맞다. 너 가고 얼마 되지 않아서 태국인 마사지사 3명 고용했어."

"그래요?"

"진철 오빠, 아는 사람이 마사지 숍 하다가 접었거든. 그래서 데리고 왔어. 아무래도 버거웠거든."

"잘했네요."

두 달간 있었던 얘기를 두런두런하고 있을 때 이진철이 커다란 접시에 고기를 구워서 가지고 들어왔다.

"부족하면 말해. 금방 구워 올 테니까."

"누가 보면 평소에 굶고 사는 줄 알겠네. 뭔 고기를 이렇게 많이 했어요?"

"이 정도는 나랑 혜선이 둘이서도 다 먹거든. 그렇지 혜선아~"

"네, 아빠!"

1년이 훌쩍 넘어서 그런지 두 사람은 진짜 부녀가 된 듯 보였다.

왠지 그 모습에 흐뭇한 웃음이 나왔다.

산처럼 쌓인 고기에 대한 걱정은 접고 식사를 했다. 오전에 기운을 소모해 많은 양을 먹었지만, 상 위의 음식을 다 먹기엔 양이 너무 많았다.

적당히 식사를 마친 후, 남은 음식은 안주 삼아 맥주를 마시며 얘기를 나눴다.

"마사지사 3명 영입했다면서요? 그럼 지금 가게로는 좁지 않아요?"

"아직은 괜찮아. 사실 그동안 다른 곳과 비교하면 너무 널찍하게 썼지. 3명 정도 더 고용해도 그때까진 충분해."

"마사지사를 더 늘릴 생각이에요?"

"글쎄다. 피부마사지사는 한두 명 더 있었으면 해. 그만큼 손님이 늘었거든. 한데 아직까진 괜찮아."

"음, 그렇다면 다행이고요."

"근데 갑자기 왜 그런 말을 하는 건데?"

"별건 아니고 제 건물이라는 것에 너무 연연할 필요 없다고 요."

"응?"

"좁거나 목 좋은 자리가 나면 언제든 가게를 옮겨도 괜찮다고 말하는 거예요. 혜경이 누나한테 인원이 늘었다는 얘기를 듣고 생각나더라고요."

"뭐야? 건물주의 갑질인 거야? 내쫓으려는 거야?"

"갑질은 무슨. 괜히 내 생각해서 좁은 곳에서 고민하지 말라는 거예요. 너무 장밋빛 미래만 그리고 무작정 확장하는 건 좋지 않지만, 자연스럽게 가게를 확장해야 하는 경우가 올 때를 생각해서 하는 말이에요."

가게를 하면서 많지 않은 월세지만 꼬박꼬박 내고 있다. 그러나 월세가 싸다고 해서 꼭 좋은 것은 아니다.

중심가에서 10분쯤 들어와 있어 노출되지 않는다는 것은 큰 단점이었다.

"자식, 농담에 발끈 하긴. 말이 나왔으니 하는 말인데 조금 고민해 보긴 했어. 하지만 당장은 아냐."

"당장 하라고 한 말이 아니니 천천히 생각해요. 중심지에 큰 매장을 내는 것도 괜찮고, 비용이 부담스러우면 형이 사는 이 집을 3, 4층 올려서 제일 위층은 형네가 쓰고 나머진 가게로 써도 괜찮아요."

"음, 그런 방법도 있었네. 고민해 볼게. 어쨌든 생각해 줘서 고맙다."

"우리 사이에 그런 인사가 필요한가요."

술까지 적당히 마시고 나자 상을 치우고 과일과 커피가 나왔다.

두 달 전까지 매일같이 얼굴을 맞대고 살던 사람이 할 말이 얼마나 많을까. 자연스럽게 TV를 켰다. 그리고 채널을 돌리다 차이나타운 사건에 대해 나오는 뉴스에서 멈췄다.

"다른 데 봐요."

"의원이라는 녀석이, 뉴스에 관심 좀 가져."

"헐! 의원이랑 뉴스랑 무슨 관계가 있다고요."

"저 사건에서 엄청난 활약을 했던 사람이 우리나라로 치면 한 의사란다. 그러니 관련이 있지."

"하여간 갖다 붙이기는."

"아! 맞다. 저 사건 너 LA에 갔을 때 일어났잖아?"

"그랬었죠. 그래서 끔찍한 거 너무 봤어요. 그러니 예능이나 봐요."

"알았어! 자식이 혹시 걱정돼서 한 말인데……."

투덜대면서 이진철은 리모컨을 잡았다.

다행이다.

사실 크리스티나에게 부탁했던 엠바고(보도 유예)가 끝났기 때문에, 자신의 이름이 TV에 언급될까 봐 채널을 돌리라고 말한 것이다.

나중에야 알게 되겠지만 다 같이 TV를 보고 있는데 언급된다는 것이 낯 뜨거웠다.

이럴 땐 이상윤의 트레이드마크인 잘난 척 모드를 배우고 싶은 심정이다.

채널이 돌아갔다. 한데 또 뉴스다. 그리고 다시 채널이 돌아가려는 순간 자막에 '차이나타운 총기 난사 사건 영웅의 정체는 바로!'라는 자막에 이진철의 손가락이 멈췄다.

"어? 차이나타운 부상자를 치료한 한국인이 누군지 알았나 봐."

"어! 그러네. 오빠, 잠깐 놔둬 봐."

신혜경의 말이 떨어졌으니 자신이 아무리 뭐라고 해도 채널을 돌릴 리가 없었다. 그래서 얼른 자리에서 일어났다.

─차이나타운 총기 난사 사건의 영웅이 한국인이라는 것 외에 알려진 것이 없었습니다. 한데 조금 전 그 한국인이 누구인지 밝혀졌습니다. 이지연 기자 그 한국인이 누구죠?

"잘 먹었어요. 가봐야 할 곳이 있는데 잊고 있었네요. 내일 봐요."

"넌 누군지 안 궁금하냐?"

안 궁금하다. 막 나가려는데 이진철이 손을 덥썩 잡았다.

"왜… 요?"

늦었나 보다. TV에선 두삼이 출연하고 있는 프로그램이 보였고, 이어 이지연 기자가 말했다.

─현재 저희 채널H의 예능 간판 프로그램이라고 할 수 있는 '전설을 찾아서'에 나오는 한두삼 선생이 바로 그 주인공입니다.

─허! 그거 놀라운 일이군요. 전에 인천 건물 붕괴 사건에서도 엄청난 활약을 한 의원 아닙니까?

─그렇습니다. LA편을 보신 분들은 아시겠지만 한두삼 선생은 두 달간 LA에 머물렀는데요. 극비 소식통에 의하면 어제 귀

국했다고 합니다.

"하하……."

어색한 웃음을 흘리며 고개를 돌리자, 사람들의 시선은 TV가 아닌 자신을 향하고 있었다.

＊　　　　　＊　　　　　＊

차이나타운 사건 당시 받지 못했던 주목을 한국에 와서 받게 됐다.

모르는 전화번호로 수없이 많은 연락이 왔고 한국 기자뿐만 아니라, 해외 기자들까지 집 앞에 몰려드는 바람에 숙소를 호텔로 옮겨야 할 지경이 됐다.

해결 방법을 고민하고 있을 때 문 PD가 방법을 제시해 줬다.

─해결 방법은 두 가지야. 첫 번째, 기자와 매체가 궁금해하는 바를 충족시켜 주는 것. 두 번째는 지금처럼 피해 다니면서 시간을 보내는 것. 내가 추천하는 건 물론 전자야.

"음, 귀찮은데요."

─끝까지 들어봐. 전자는 물론 귀찮긴 해. 한데 한꺼번에 몰아서 하면 일주일이면 끝나. 아마 그때쯤 되면 댓글에도 얼굴 좀 작작 나오라는 투덜거리는 사람들이 생길 거야. 근데 후자를 선택하면 이 주는 족히 사람들에게 시달릴 거야. 그게 끝이면 좋겠지만 졸졸 쫓아다니는 사람들이 생길 테고.

"그럴까요?"

─내 말 믿어. 숨기려 들면 더 알고 싶은 게 사람 심리거든. 그

래서 자꾸 파게 돼. 근데 뭔가를 캐낼 때 중심부터 캐낼 수 있을까? 아니지. 대부분 겉부터 파게 돼. 가령, 누구랑 연애하고 있다든가. 한 선생 같은 경우 의사니 환자와 어떤 불화가 있었다 하더라는 식의 찌라시가 먼저 돌게 돼. 근데 그때 나서잖아? 그럼 뭔가 켕기는 게 있구나 싶어 더 열정적으로 파게 돼. 좋은 일 하고 욕먹는, 뭣 같은 경우가 되는 거지.

팔랑귀도 아닌데 그의 말을 듣고 나니 왠지 전자가 나을 것 같다.

무엇보다도 하란에게 미안했고 집 놔두고 호텔 생활하는 건 불편했다.

"그럼 기자들과 일일이 인터뷰를 해요?"

─에이! 그건 주목받고 싶은 사람이나 하수가 하는 짓이지. 귀찮다며?

"그렇죠."

─그럼 기자회견을 열어. 그렇다고 해서 한 번에 끝내지는 못하겠지만 일단 알릴 만큼은 알렸다고 생색을 낼 순 있거든. 그다음 한 선생이 알고 있는 기자와 독점 인터뷰를 하거나 방송에 출연하거나 하면 될 거야.

"…기자회견은 오버 아닌가요?"

─병원에 연락해 봤어?

"아뇨."

─병원에 연락해 봐. 아마 기자회견 한다고 하면 오히려 기꺼워할걸. 한강대학병원 이름 알리는 일인데 거부할 리가 없지.

"그럴까요? 쩝! 다른 방법이 없으니 일단은 전화해 볼게요. 고맙습니다, 문 PD님."

—우리 프로그램 출연자인데 신경 쓰는 건 당연하지.

유독 우리 프로그램 출연자인 걸 강조하는 것이 마음에 걸렸지만, 일단은 넘어가기로 했다.

"근데 무슨 할 말 있어서 연락한 거 아니셨어요?"

—아! 맞다. 다른 건 아니고 다음 촬영에 대해 알려주려고 연락했지.

"매번 막내 작가가 메일로 보내줬는데 웬일이래요? 혹시 저 잘리는 거예요?"

—내가 대가리에 총 맞았냐? 현재 우리나라에서 가장 핫한 인물을 자르게. 오히려 그만두지 못하게 약 치려고 연락한 거다.

"…낯 뜨겁게 하시네. 할 말 있음 얼른 하세요. 병원에 가봐야 해요."

—조금 전에 한 달간 휴가라더니 웬 병원? 아! 방법 말한 거 때문에?

"아뇨. 그냥 사람들 얼굴 보러 가는 거예요."

—아하! 메일 보면 자세히 알겠지만, 간단히 설명할게. 다음 촬영은 다음 주 금요일. 지금까지와 달리, 과거의 명의가 아닌 현재 유명 병원을 찾아갈 거야.

"아, 네."

인천 건물 붕괴 사고 이후로 방송이 빵 뜬 후, 광고와 PPL이 꽉 차고 여러 한방병원에서 방송 내외적으로 참여하려 한다는 사실을 들어 알고 있었다.

그래서 이런 일이 있을지 알았다. 그저 3대문파와 8대세가가 어느 정도 끝난 후에 요즘 주목받고 있는 병원이나 한의사를 소개할 줄 알았는데, 좀 더 빨라졌다는 것만 달랐다.

―괜찮아?

"에? 뭐가요?"

―아니, 과거 유명했던 한의원을 가지 않아서 서운하지 않냐고?

"서운할 것이 뭐가 있어요? 전 PD님이 정해준 곳을 갈 뿐입니다. 간섭할 생각도 없고요."

―음, 그렇단 말이지?

목소리가 점점 작아지는 걸 보니 겸사겸사 전화했다고 하는데, 다른 이유가 있는 것 같았다.

말을 하지 않으니 정확히 알 수 없지만, 잠깐 고민하자 짐작가는 바가 있었다.

"혹시 경해대로 갑니까?"

―…아, 아니. 거긴……. 맞아, 경해대.

그는 마치 죄를 지은 사람처럼 말했다.

그도 그럴 것이 그동안 방송을 하면서 경해대에 대한 얘기만 나오면 두삼이 유독 딱딱하게 굴었다. 그리고 자연스럽게 두삼이 경해대와 사이가 좋지 않다는 얘기가 스태프들에게 퍼졌다.

사실 그건 두삼이 의도한 바였다.

전설을 따라서 방송 중간중간에 한의사들이 나와 설명하는 장면이 나온다. 한데 그들 중 경해대 출신이 한 명도 없는 것은 두삼이 경해대를 싫어한다는 점 때문일 가능성이 컸다.

그러나 유명 한의원, 혹은 한의사를 소개할 때 경해대는 빼놓을 수 없다. 순위를 매기는 것이 우습긴 하지만 적어도 세 손가락 안에 들어가는 곳이고 수많은 실력 좋은 의원들을 배출했기 때문이다.

"일과 개인적인 감정을 혼동할 만큼 어리지 않습니다. 경해대와 관계도 조금이나마 개선되었고요."

―아! 그래? 그렇게 생각해 주면 고맙지.

"에이~ 그렇게 말씀하시면 제가 죄송하죠. 근데 병원 전체를 소개할 건 아닐 테고. 어느 과를 가실 겁니까?"

―한방부인과.

"알겠습니다. 그렇게 알고 있을게요. 그럼 촬영할 때 뵙도록 할게요."

―어, 그래. 쉬어.

전화를 끊고 두삼은 살짝 인상을 찌푸렸다.

한방부인과 교수는 항상 자신을 눈엣가시처럼 굴었었다. 게다가 섬 사건 이후 학교를 찾아갔을 때 지랄하던 사람 중 하나였다.

"확 망신을 줘버릴까. 쯧! 참자, 참아."

임동환에게 복수했다. 뒤끝이 남아 있으니 언제고 기회가 되면 더 망가뜨릴 생각이다. 그러나 화를 냈다고 해서, 자신을 싫어한다고 해서 그 사람에게 복수하는 건 유치한 짓이었다.

"일일이 복수하는 것도 불가능하고……."

심란한 마음을 감추고 경해대 한방병원 홈페이지에 들어가 한방부인과를 찾았다.

한데 두삼의 표정이 갑자기 펴졌다.

"어? 교수가 바뀌었네?"

지랄하던 교수는 사라지고 자신과는 접점이 없는 40대 후반의 교수가 과장이라는 타이틀을 달고 있었다.

생각보다 편하게 찍을 수 있겠다는 생각에 절로 웃음이 나왔다.

그 밑에 있는 전문의 중 한 명이 주해인이었지만, 그 정도는 참을 만했다.

기자회견에 관해 의논하고자 민규식에게 연락하고 병원으로 향했다.

집 앞과 달리 병원 지하 주차장엔 아무도 없었기에 편안하게 원장실로 향했다.

"기자회견?"

문 PD에게 들은 것을 얘기하니 민규식이 반문했다.

"네. 피하는 것보단 나을 것 같아서요. 호텔에서 할까도 생각해 봤는데 연예인도 아니고……. 불편하다면 그냥 호텔에서 하겠습니다."

"아니네. 좋은 생각이야. 난 자네가 귀찮아할까 봐 몇 군데만 인터뷰했으면 했거든."

"우호 관계를 유지해야 하는 곳이나, 꼭 해야 하는 방송이라면 할 생각입니다."

"숨기는 것보다 차라리 대놓고 알리는 게 낫다는 것엔 나도 동의하네. 특히 자네의 경우는 반연예인이잖나. 허허허!"

"하하……."

"알았네. 쇠뿔도 단김에 빼랬다고 내일 오전에 하는 거로 하면 어떻겠나?"

"좋습니다. 신경 써주셔서 감사합니다."

"그럼 그렇게 준비해 두지. 그나저나 한 가지만 부탁함세."

"말하십시오."

"솔직히 난 한국인 한의사라고 했을 때 자네라고 짐작했네. 근데 마음속으론 아니길 바랐다네. 환자를 위해 위험을 감수하는 것도 정도가 있는 법일세. 대단한 일을 한 건 분명하네. 그러나 무모했네."

"무슨 말씀인지 알겠습니다. 약혼녀에게도 많이 혼났습니다."

진심 어린 걱정이 담긴 말에 따뜻해지면서도 무모한 짓을 했구나, 다시 한번 느낀다.

그러나 절대 하지 않겠다는 말은 하지 못했다. 사실 당시의 행동은 거의 본능이었다. 이성으로 자제할 수 있을지는 겪어봐야 알 일이다.

"알면 됐네. 길게 얘기해 봐야 잔소리지. 점심시간이 다 됐는데 같이 점심이나 할까?"

"혹 시간 되시면 내일 하시는 것은 어떠신지요. 오늘 이방익 선생과 선약이 있어서……."

"허허! 그렇게 하세. 참! 휴가 기간에 특별히 하는 일 있나?"

"미국에서 치료하던 사람들이 몇 명 있습니다."

부르스, 케빈, 조슈아에 대해 말했다.

"휴가도 제대로 못 즐겼겠네."

"아닙니다. 푹 쉬었습니다. 혹 환자를 맡기실 요량이면 지금이 적기라 생각됩니다."

"알았네. 그건 내일 얘기하지. 그리고 안마과에 가기 전에 오형식 의원에게 잠깐 들리게나."

"오 의원이 우리 병원에 입원해 있습니까?"

"응. 뇌졸중으로 쓰러졌을 때 우리 병원으로 왔거든. 부인인 노연경 씨가 자넬 보고 싶다더군. 지금은 RC에 있다네."

RC. Rehabilitation Center의 약자로 간단하게 재활치료센터다.

한데 말이 재활치료센터지 실제로는 치료할 수 없다고 판단되는 환자들과 거동이 불편한 환자들을 보호자 대신 돌보는 곳이다.

한강대학병원과 한강대 사이 서쪽에 있는 숲에 자리해 있는데, 교통사고를 위장해 두삼을 죽이려 했던 최익현이 이곳에 잠시 머물렀기에 알고 있다.

길쭉하게 지어진 3층 건물.

간호조무사들이 휠체어에 앉은 환자를 끌며 산책하는 모습이 보였다.

잘 꾸며진 정원과 주변의 나무 덕분에 병원이 아닌 별장, 혹은 고즈넉한 요양 병원 같달까.

하지만 일반 요양 병원과 다른 점은 의료보험이 적용되는데도 불구하고, 일반인들이 머물기엔 너무 비싸다는 것이다.

나름 부유하다던 최익현마저 오래 머물지 못하고 퇴원을 한 것도 그 때문이다.

조용한 로비를 통해 오형식이 입원 중인 병실로 올라갔다.

303호.

똑똑!

―들어오세요.

노연경의 목소리가 들렸다. 그녀는 각종 의료 기기를 부착한 채 죽은 듯이 누워 있는 오형식 의원의 옆에 앉아 책을 읽고 있었다.

"오랜만에 뵙네요, 사모님."

"어서 와요, 한 선생님. 미국에서 엄청난 일을 하셨더군요?"

"어쩌다 보니 그렇게 됐네요. 한데 전과 많이 달라 보이시네요?"

불과 2달 그녀는 완전히 달라져 있었다.

당장에라도 울음을 터뜨릴 것 같던 지친 얼굴은 봄꽃처럼 화사하다. 명품 옷은 아니지만 몸매가 살짝 드러나는 옷을 입고 평생 하지 않았을 것 같은 액세서리가 움직일 때마다 빛난다.

죽어가던 꽃이 되살아났달까.

"새 삶을 얻었거든요."

"축하드립니다."

"어떻게 새 삶을 얻었는지 묻지 않으시네요? 아! 한 선생님이라면 모를 리가 없겠네요."

"기사를 통해 봤습니다."

"그 말이 아닌데. 훗! 앉으세요. 음료수 많은데 어떤 걸 마실래요?"

집 앞에서 헤어지기 전에 해준 말 때문에 자신이 뭔가를 했다고 의심하나 보다. 그러나 증거가 없는데 굳이 말할 생각은 없다.

두삼은 식혜를 선택한 후 한 모금 마셨다.

"절 찾으셨다고 들었습니다."

"한 번쯤은 보고 싶었거든요. 부탁할 것도 있고, 감사하다는 말도 하고 싶었고요. 어제 뉴스를 보고 한국에 왔다는 걸 알고 원장님께 부탁드렸어요."

"한 것도 없는데요. 한데 어떤 부탁이신지?"

"이이가 어떤지 한번 봐주세요. 진료비는 물론 넉넉하게 지급할 거예요."

"…담당 선생님이 계실 텐데요?"

"그냥 '봐'달라는 거예요. 대외적으로 제가 이 사람에게 최선을 다했다는 걸 보여주기 위함이죠."

"아!"

오형식을 비싼 병실에 입원시키고 곁을 지키고 있어 혹시 가엽게 여기나 싶었다. 하지만 그녀의 태도와 말을 통해 그저 남들의 시선을 의식해서 하는 일임을 알게 됐다.

하긴 아무리 천사 같은 여자라도, 주기적으로 겪는 폭력 앞에선 악마가 될 수밖에 없을 것이다.

오형식의 몸에 손을 올렸다. 그리고 기운을 이용해 뇌의 상태와 전기적 신호, 호르몬 등을 살폈다.

결과는 신경외과에서 내린 결론과 다르지 않았다.

회복 불가능한 뇌 손상.

손상된 뇌가 복구된다면 모를까, 지금은 심장만 뛰는 시체다.

조슈아에게 시도하고 있는 방법을 써볼 수도 있겠지만, 짐승에게 시간을 투자할 생각은 없다.

"오형식 환자는 회복 불가능한 상태입니다."

"그런가요? 혹시 제 말을 들을 수 있나요? 담당의는 그럴 가능성은 있다고 하던데."

"아뇨. 전혀 반응이 없습니다."

"…괜한 짓을 하고 있었네요."

"네?"

"그동안 못 했던 말을 했거든요."

소심한 복수를 하고 있었나 보다. 그래도 착한 여자라는 걸 알 수 있는 건, 오형식의 몸에 어떤 상처도 없다는 것이다. 어쩌면 손도 대기 싫은 걸 수도.

"다른 부탁은 없으십니까?"

"없어요. 대신 한 가지 묻고 싶은 게 있어요. 헤어지기 전에 다시 폭력이 시작되면 웅크리라고 했었죠?"

"네. 그랬던 것 같네요."

"이런 상황이 올지 알고 있었나요?"

대체 무슨 대답을 원하는 걸까. 답은 이미 정해져 있다는 걸 모르는 걸까.

"하하! 제가 어떻게 알겠습니까. 그저 늑골을 보호하라는 의미였습니다. 대답이 되었나 모르겠네요."

"원하는 대답은 아니지만 강제할 순 없으니까요."

"앞으로 맘 편히 사시길 바랍니다."

"그럴 거예요. 이번 학기 끝나면 아이들도 한국으로 부를 생각이고요."

"아이들이 좋아하겠네요. 더 하실 말 없으면 전 이만 가보겠습니다. 선약이 있어서요."

"그래요."

고개를 숙여 인사한 후 돌아섰다. 그리고 막 문을 나서려 할 때 그녀가 외쳤다.

"감사해요! 한 선생님은 세 사람을 살린 거예요!"

참 집요한 사람이다. 그렇게 대답을 듣고 싶은가?

잠깐 생각하다가 입을 열었다.

"천만에요. 당연히 해야 할 일을 한 것뿐입니다."

대답이 됐나 모르겠다.

연신 감사하다는 말을 중얼거리는 그녀를 두고 병실을 나왔다. 그리고 오형식과 노연경에 대한 기억을 털고 안마과로 향했다.

일찍 서두른 덕분인지 늦지 않게 도착했다.

근데 들어서자마자 분위기가 몹시 이상했다. 평소 북적이든 대기실이 휑하다. 그리고 이방익, 엘튼은 물론이고 레지던트, 인턴, 간호사들 모두 모여서 수다를 떨고 있다.

이게 뭐가 이상하냐고 하겠지만 원래 안마과 분위기는 이러지 않다.

점심시간에도 대기실엔 사람이 항상 그득했고 점심은 시간을 달리해서 먹을 만큼 바빴다.

'무슨 일이라도 있는 건가?'

이방익의 눈치를 보며 물었다.

"무슨 일 생겼어요?"

이방익은 대번에 묻는 의도를 알고 답했다.

"환자 없는 거? 우리 과 비만클리닉 그만뒀다."

"네에?"

"쎄빠지게 일해봐야 보너스 좀 더 나오는데, 그거 받자고 싫은 소리 듣는 것도 짜증 나서 알아서 하라고 다른 과에 던져줘 버렸다."

"진짜요?"

"눈으로 보면 모르겠냐?"

하긴 이 양반 안마과를 정식으로 인정받고자, 잘나가던 병원도 팔아버리고 한강대학병원에 왔다.

최근 한의학협회에서 안마과에 대해 긍정적으로 생각하고 있으니 굳이 잘하려고 아등바등할 이유가 없었을 것이다.

"어디 과로 간 거예요?"

"한방부인과랑 한방내과에서 같이하기로 했어."

"잘된대요?"

"나야 모르지. 신경 쓰고 싶지도 않고."

"그럼 안마과는 뭘 하기로 했는데요?"

"아직 생각 중. 너 휴가 복귀하면 정하려고 했는데, 다시 한 달이나 더 논다니 슬슬 정해야지."

"어? 그럼 전 2층 생활 접고 복귑니까?"

"특실은 여전히 네 담당이 될 거야. 왜? 우리 과로 오는 거 싫어?"

"그럴 리가요. 준비된 거 같은데 식사하러 가시죠."

괜히 말꼬리 잡고 늘어지면 피곤했기에 얼른 화제를 돌려 예약해 둔 음식점으로 향했다.

"한 선생, 차이나타운 얘기 좀 해봐."

가는 도중 엘튼이 은근히 물었다. 그러자 다른 사람들도 귀를 쫑긋 세웠다.

오늘 이 얘기만 몇 번째 하는 건지 모르겠다.

"그건 밥 먹으면서 해요. 아! 그러고 보니 지아현 선생님이 안 보이시네요?"

"지 선생은 한방부인과로 갔어. 지금까지 해왔던 비만클리닉을 알려줄 사람이 필요하다고 '이 선생님!'이 보냈어."

엘튼은 유독 이 선생님이라는 말을 강조했다.

어라! 엘튼이 좋아한다던 이성이 지아현 선생?

"다 널 위해서 그렇게 한 거야!"

"흥! 그게 어떻게 날 위한 거예요, 이 선생님!"

"확! 어후~ 조카만 아니면……."

"저도 삼촌만 아니면… 에휴~ 말을 말죠. 성 선생님 말씀이라면 한 선생도 줬을 거면서."

"뭐! 너 이리 와, 이 자식아!"

"아악! 아, 아파요! 마지막 말은 실수, 악! 실수예요!"

엘튼은 바락바락 대들다가 결국 이방익에게 목을 잡혔다. 이방익의 손아귀 힘에 금세 꼬리를 내린다.

"으이구, 화상아! 틈만 나면 조르르 달려가서 좋아하는 티를 내면 어느 여자가 좋아하겠냐? 있던 정도 떨어지겠다. 마음에 들면 제대로 해, 간만 보지 말고."

"…그게 말처럼 쉬운 줄 아세요. 제가 그동안 어떻게 살았는지 빤히 알 텐데요."

"지 선생이 무당이냐? 네 과거를 빤히 알게. 그저 어렴풋이 아는 정도지. 그리고 성 선생에게 들으니 너에 대해 호감은 있는 것 같다더라."

"……."

"내가 괜히 지 선생을 보낸 줄 아냐? 성 선생한테 지 선생 마음 좀 알아보라고 보낸 거다. 이 자식아!"

"그, 그렇다면 진즉에 말해주지 그랬어요."

"말해줬잖아! 기다려 보라고. 하여간 삼촌 말을 귓등으로 듣는다니까. 진짜 누나 아들만 아니면…… 으이구!"

두 사람의 문제는 그렇게 일단락됐다.

그리고 도착한 음식점. 자리에 앉자마자 도 간호사가 물었다.

"한 선생님, 차이나타운 범인을 죽인 사람 봤어요? 난 그 사람이 궁금하더라."

두삼은 고개를 절레절레 흔들며 말했다.

*　　　　*　　　　*

"못 봤습니다. 총소리, 도망가는 사람들과 쓰러지는 사람들의 비명, 정신이 하나도 없었습니다. 제가 할 수 있는 일이라곤 차 옆에 엎드려 범인이 제발 지나가길 바라는 게 다였죠."

한 기자의 질문에 대답하고 나자 금발의 외국 기자가 질문했다.

"소리는 들으셨나요?"

"얼핏 들었습니다. 범인이 숨어 있는 사람들을 찾으러 다니며 장난처럼 노래를 부르고 있었어요. 한국의 숨바꼭질 노래와 비슷했죠. 전 타이어 뒤에 숨어서 그의 다리만 살펴보고 있었어요. 그때였어요. 뭔가 이상한 소리가 들린 후 퍽! 하는 소리와 함께 범인이 바닥에 쓰러지더군요."

"이상한 소리라고 했는데 정확히 무슨 소리였죠?"

"글쎄요. 그것까진 못 들었어요."

미국의 뉴스를 보고 알았지만, 당시 두 사람이 근처에 숨어 있었다. 그래서 최대한 그들과 비슷하게 말을 했다.

"다른 목격자에 따르면 '왼쪽! 왼쪽!'이라는 말을 들었다는데 아닌가요?"

"그런가요? 하지만 저에겐 그저 기계음처럼 들렸을 뿐입니다. 대답이 되었으면 다른 분의 질문을 받도록 하죠. 네, NBC 기자분."

"짧은 시간에 스무 명을 응급처치했다고 들었습니다. 당시 상황을 설명해 주시겠습니까?"

"범인이 쓰러지곤 난 후 곧장 부상자들에게 뛰어갔습니다. 그리고……."

기자들이 할 질문은 뻔했다. 그래서 딱히 준비할 필요도 없었다. 그저 말하지 말아야 할 것만 확실하게 정하면 됐다.

귀찮음을 피하고자 마련한 기자회견이라, 궁금한 점이 없을 때까지 질문을 받고 답하길 반복했다.

사건 발생하고 마지막 환자를 싣고 병원으로 향하는데 걸린 시간이 20분이 넘지 않았는데, 기자회견은 그 6배가 걸렸다.

물론 개인적인 질문도 있고, 인천 건물 붕괴 사건 때의 질문도 있었다.

2시간이 넘어가자 더는 질문을 위해 손드는 기자가 없었다.

"더 질문이 없으면 이만 마칠까 하는데 괜찮으시죠?"

"네!"

"그럼 이만. 모두 고생하셨습니다."

기자들에게 인사를 한 후 앞쪽 문으로 나가자 민규식이 기다리고 있었다.

"허허! 기자들이 질문하지 않을 때까지 답해주다니 자네도 어지간하군."

"궁금증이 없어야 귀찮게 안 할 테니까요. 그나저나 웬만한 말은 다 했는데, 단독 인터뷰한다는 곳에서 하지 않겠다는 말은 안 하던가요?"

"자네에 관한 특집 기사를 낸다고 단단히 벼르고 있다네. 가세. 위층 휴게실에서 자리를 마련해 뒀네."

"에? 웬 특집이요."

"자네가 너무 길게 기자회견을 해서 내가 소스 좀 넘겼지."

"…이번에도 길어지겠군요."

"그렇지 않을 걸세. 내가 기본적인 건 다 말해줬거든. 껄껄껄!"

뭐가 그리 기분이 좋은지 민규식은 그답지 않게 껄껄거리며 웃었다. 그리고 휴게실에 이르자 즐거운 시간 보내라고 한 후 일이 있다고 가버렸다.

"안녕… 들 하세요."

인터뷰가 무슨 재미가 있다고, 라고 중얼거리며 안으로 들어갔다. 기자와 사진기자 두 명 정도 예상했는데, 촬영 팀이 와 있었다.

무엇보다도 놀란 건 휴게실의 한쪽 벽이 스튜디오처럼 꾸며져 있었는데 '화제의 인물'이라는 글이 유독 눈에 띄었다.

사실 KBC1 TV의 '화제의 인물'이라는 프로그램은 참 독특하다.

시청률로 보자면 그리 유명한 프로그램이 아니다. 아니, 당장 폐지되어도 이상할 것이 없다고 해야 하나. 솔직히 하란이 즐겨 보는 프로그램이라, 같이 보기 전까진 사실 있는 줄도 몰랐다.

그러나 출연자들의 면면을 보면 CEO, 과학자, 정치인, 교수, 법조인, 의사, 배우 등 대부분이 한 분야에서 일가를 이룬 사람들이었다.

가끔 흥미 위주의 인물들이 나오기도 했는데 자신의 경우 여기에 속하지 않나 싶다.

재미있는 건 엉망인 시청률과 상관없이 출연자 대부분이 국민들에게 크게 알려지게 됐다(물론 출연할 때부터 유명한 이들도 있었다).

가령, 기초과학의 황무지인 우리나라에서 평생 기초과학의 중요성을 알리고자 노력했던 배고픈 과학자의 경우, 국내 기업과 연구소에서 모셔가려 했고 내는 책마다 베스트셀러가 되었다.

각설하고, 딱히 유명해지길 바라지 않는 두삼으로서는 그리 달가운 자리가 아니었다.

그때 누군가가 문을 열고 들어왔다. 그리고 귀에 익숙한 목소리가 들렸다.

"한두삼 선생?"

화제의 인물의 MC이자 오랜 시간 KBC1을 지켜온 이정환 아나운서였다.

"아, 네. 처음 뵙겠습니다."

"반가워요. 갑작스럽게 마련된 자리라 놀랐죠?"

"네. 조금……."

"갑작스럽긴 나도 마찬가지예요. 김 PD가 뭔 생각인지 갑자기 한 선생을 인터뷰하자더군요. 시청률에 욕심이라도 생겼나 봐요. 허허허!"

예의 바르며, 조곤조곤하고 부드러운 목소리가 마음을 편안하게 해준다.

놀랍게도 말을 하다 보니 어느새 그의 손에 이끌려 인터뷰 자리에 앉아있다.

"차는 뭐로 할래요? 김 PD가 지은 죄가 있으니 무리한 요구라도 무조건 들어줄 거예요. 그렇지, 김 PD?"

"하하! 선생님 말씀인데 그래야죠."

"전 따뜻한 차라면 아무거나 좋습니다."

"좋은 녹차로 두 잔 부탁해."

"예! 이 선생님. 한두삼 씨, 이건 대본입니다. 차가 올 동안 가볍게 읽으시면 됩니다."

PD가 건넨 조잡한 대본을 읽어봤다.

질문 서른 개 정도가 다였는데, 이걸로 1시간을 때울 수 있을까 싶다. 이정환이 무슨 생각을 하는지 눈치를 챘는지 말했다.

"거긴 큰 줄거리 질문만 있어요. 대답을 듣고 애드리브로 내가 별도의 질문을 할 거예요."

"아하~ 하긴 대답을 모르니 하위 질문은 작성할 수가 없었겠네요."

"후후! 그렇죠. 차 왔군요. 마시면서 천천히 대답을 생각해 보세요."

'큭! 민 원장님도 참, 조금 가르쳐 줬다더니.'

질문은 두삼이 겪었던 타워크레인 붕괴 사고, 논산 교통사고, 인천 건물 붕괴, 차이나타운 총기 난사 사건에 관한 것들이었다.

문제는 없었다.

차이나타운 부상자를 응급처치할 때 사용한 전신마취, 혈관막기, 신체 스캔은 TV에서도 어느 정도 사용한 기술이었다.

대중들에게 좀 더 잘 알려지겠지만, 그래 봐야 약간 특이한 능력을 가진 한의사 정도일 뿐이다.

주무르면 다 고친다고 한다면 그땐 모르겠다.

어쨌든 이미 기자회견에서 가진 기술에 대해 떠벌렸기에 부담감 없이 촬영을 시작할 수 있었다.

'전설을 찾아서'와는 조금 다른 방식으로 진행됐지만 어차피 작가가 보드에 적어주는 글을 보는 것만으로도 충분했다.

"시청자 여러분, 안녕하세요. 화제의 인물의 이정환입니다. 최근 전 세계적으로 수많은 사건사고가 발생하고 있습니다. 그에 안타깝게 목숨을 잃거나 다치는 사람 역시 수없이 생겨나고 있죠. 오늘은 사건, 사고로 인해 위급한 상황에 이른 부상자들을 살리고 있는 분을 모셨습니다. 한강대학병원 한방센터에서 일하고 있는 한두삼 의원입니다."

메인 카메라를 보며 꾸벅 인사했다.

"안녕하세요. 한의사 한두삼입니다."

"반갑습니다, 한 의원님. 의원님이라고 하니 국회의원이 생각나는군요. 다음부턴 선생님이라고 부르죠. 근데 너무 어려 보이는데 올해 나이가 어떻게 되죠?"

"곧 서른여섯입니다."

"허어! 20대 초반이라고 해도 믿을 얼굴인데. 어떤 비결이라도 있습니까?"

"적당한 운동과 부모님의 은혜가 아닐까 생각합니다. 하하!"

"부모님의 은혜라. 맞는 말이군요. 하하하!"

철 지난 농담인데 나이 든 출연자들에겐 듣기 힘든 농담이었는지 이정환은 재미있어 했다.

처음 20분은 대부분 신변잡기에 관한 얘기들이었다. 편집을 하면 5분가량 나갈까.

다행인 건 기자회견과는 달리 이정환이 편안하게 해줘서 친구랑 수다 떠는 느낌이다.

"자, 그럼 본격적으로 한 선생이 해온 일들을 살펴보기로 합시다. 한 선생님은 차이나타운의 영웅 중 한 명으로 알려져 있죠?"

"과분한 말입니다. 그냥 최선을 다한 거죠."

"이번이 처음이 아니라면서요? 제가 알기론 굵직한 네 개의 사건, 사고에 의술을 펼쳤다고 들었는데요."

"그렇습니다."

"일단 타워크레인 붕괴 사고부터 얘기해 볼까요? 알려지진 않았지만 처음 실력을 발휘한 사건이라고 들었는데, 맞습니까?"

"실력을 발휘했다기보단 한강대학병원의 민청하 선생의 부름에 응급실에 합류했다고 보는 게 맞을 겁니다."

"음, 하긴 한 선생님의 한 일을 보면 우리가 흔히 생각하는 한의사랑은 아주 다르죠. 당시의 일을 간단히 설명해 주시겠어요?"

"한방센터에서 일하고 있을 때였어요. 그때 연락이 와서 응급실로 달려갔죠."

당시 일을 어떻게 잊을까.

응급실 사람들의 웅성거림, 긴장한 모습, 구급차에 실려 온 피투성이 환자. 하나하나 다 기억났다.

물론 일일이 다 설명하는 건 무리. 그저 긴박했던 당시의 상황만 표현하면 됐다.

설명을 긴장감 넘치게 잘했는지 흥미진진하게 듣고 있던 이정환이 감탄사를 터뜨렸다.

"오! 대단하군요."

"저야 응급처치만 했는걸요. 수술을 집도한 다른 선생님들이 환자를 살린 거죠."

"겸양이 지나치시군요. 얘기해 봐야 닭이 먼저냐, 달걀이 먼저냐가 될 테니까요. 근데 정말 궁금한 게 그런 일을 했는데 왜 알려지지 않은 걸까요? 대단한 사건이었잖아요?"

"그건……."

말을 해야 하나 말아야 하나 잠시 고민했다.

질문에 답하려면 현재 의학계과 한의학계에서 첨예하게 대립하고 있는 문제를 언급할 수밖에 없다.

물론 얘기한다고 해도 방송에 나가지 않을 수 있다. 그러나 나가면 어떤 방식으로든 문제가 생길 것이다.

'언제까지 숨겨야 하나.'

미국에서 불고 있는 동양의학과 서양의학의 융합하는 모습을 보고 온 터라 갈증이 느껴졌다.

민규식이 떠올랐다.

그가 이러한 얘기가 나올지 몰랐을까? 그가 곤란하지 않을까?

고민은 멈췄다. 딱히 먼저 나서서 매 맞는 놈이 되긴 싫지만, 기회가 생겼을 때 말하고 싶었다.

뭐, 우리나라에서 의원 못 하게 되면 미국으로 가서 면허증을 받으면 된다는 생각도 용기를 줬다.

고민을 멈추고 입을 열었다.

"병원에서도, 저도 알기를 바라지 않았습니다."

"아니, 왜요?"

"논산 교통사고 때 기사를 보면 알 겁니다. 응급실에서의 의료행위는 한의사의 분야가 아닙니다."

"허!"

"이상하게 생각되겠지만 우리나라 시스템이 그렇습니다. 우리나라와 체계가 다른 미국 의료에 대해서 언급하는 것이 맞는지 모르겠지만, 한의학을 받아들이는 방법이 다르거든요."

의사 협회를 공격하지 않았다.

함께 나가자는 거지, 그들을 무릎 꿇리고 우위에 서자는 게
아니었다.

80. 혈관을 깨끗하게

의료계의 현실을 얘기하자면 말이 길어진다.

환자를 돈으로 본다, 의료사고를 숨긴다, 위급한 환자를 치료하지 않고 다른 병원으로 보낸다. 수술하고 나니 가위가 배 안에 있다 등등.

마치 의사가 갑 중의 갑처럼 느껴지는 기사가 몇 달에 한 번은 포털사이트의 1위를 차지한다.

틀린 말은 아니다.

근데 왜 갑 중의 갑인 외과 의사의 지원이 갈수록 줄어들까? 왜 제대로 휴가와 퇴근마저 못 할 정도로 힘겹게 살까?

이건 생각해 볼 문제다.

돈을 많이 버니 당연하다? 근데 그건 역시 일부 인기 있는 과를 선택하고, 성공한 소수에 불과하다.

어느 직종이든 상위 1%는 돈 잘 번다.

물론 평균으로 따지면 일반인보다 많이 버는 건 사실이다. 그러나 의사가 되기 위해 10년간 공부한 의사들이 느끼기에도 그럴까?

환자의 폭력, 제때 퇴근조차 하기 힘들 만큼의 노동 강도, 수술 후 환자 보호자들의 고소, 고발, 비현실적인 의료 수가.

의사가, 의원이 잘했다는 것은 아니다. 그러나 1%의 악질 환자 역시 존재하고 있음을 알아야 한다.

역시나 길어진다.

이렇게 생각만 해도 길어지는데, 촬영에서 얘기한다? 밤샘 토론을 해야 할지도 모르겠다.

그래서 두삼은 한의학과 서양의학이 서로의 장단점을 보완해서 환자가 더 나은 의료 서비스를 받길 바란다는 것으로 마무리지었다.

촬영 후엔 김 PD에게 민감한 문제이니 편집을 잘 부탁한다는 말도 잊지 않았다.

화제의 인물 촬영 후에도 나흘간 다양한 매체의 기자들과 인터뷰를 했다. 뭔 병원과 우호 관계를 맺고 있는 기자들이 이렇게도 많은 건지.

다행히 나흘이 지나자 더는 인터뷰 요청이 없었다. 3류 인터넷 뉴스 매체에서 뒤를 쫓는 것 같았지만 무시해도 될 정도였다.

양팔을 한껏 뒤로 꺾은 케빈이 물었다.

"끙! 한, TV 출연 더는 없는 거야?"

"응. 이제 조용해."

"말도 안 돼. 한은 히어로야. 만일 미국에 있었다면 TV 출연만으로 백만장자가 됐을 거라고."

"안 그래도 그런 제안을 받긴 했어."

왕복 비행기표에, 20~ 40만 달러의 출연료를 제시하는 방송국이 셋 이상이었다.

"거절했다는 소리로 들리는데?"

"맞아. 거절했어."

"아니, 왜?"

"그 시간에 너랑 베인 씨, 조슈아를 고쳐서 천만장자가 되려고."

케빈은 어깨가 나아 예전의 80% 정도의 공을 던질 수 있게 되면, 연봉의 절반을 주기로 했다. 물론 고치지 못해도 기본급 백만 달러는 받을 수 있다.

"기본급만 받을 수도 있잖아?"

"재수 없는 소리 마, 케빈. 난 천만장자가 될 거야. 이제 그만 입 다물고 호흡에 신경 써. 스트레칭의 절반은 호흡이야. 천천히 들이마셔."

"알았어. 흐으으으읍!"

케빈과 부르스를 연속으로 치료한 후에 호텔 커피숍으로 내려갔다.

'40대 후반의 짙은 남색 양복에 무테안경을 쓴 남자라……'

민규식이 말해준 특징의 남자를 찾아 두리번거리는데 상대가 먼저 알고 손을 들었다.

다가가니 남자가 일어나 손을 내민다.

"한두삼 선생님, 반갑습니다. 선우민입니다."

"안녕하세요. 민 원장님은 수술이 있어 나오지 못했습니다."

"들었습니다. 앉으시죠."

민규식에게 들은 건 그의 특징과 이름뿐이다. 그래서 그가 말을 잇기를 기다렸다.

"민 원장님께 들은 말이 있으십니까?"

"아뇨. 만나보라는 얘기만 하셨습니다. 짐작은 하고 있습니다."

"그러시군요. 짐작대로 한 선생님이 봐주셨으면 하는 분이 있습니다. 잠시 후에 바로 만나러 갈 겁니다."

"가기 전에 혹시 병명을 알 수 있을까요?"

"물론이죠."

선우민은 서류 가방에서 두툼한 의료 기록을 꺼내 테이블 위에 올렸다. 그는 건네기 전에 말을 더했다.

"당연한 얘기겠지만 지금 보는 자료는 비밀로 해주십시오. 제가 모시는 분이 워낙 깐깐한 분이라…….."

"이래저래 깐깐한 분들을 많이 봤으니 걱정 마십시오. 그 사람들이 만족을 했는지 모르지만, 신경을 건드린 일은 없습니다."

"하하! 그렇군요."

안심을 한 건지, 아님 경고가 됐다고 생각한 건지 그는 의료 기록을 건넸다.

수기로 작성된 것부터, 프린터로 뽑은 것까지 한 사람의 인생이 고스란히 담긴 의료 기록이었다.

[이름 강창동. 나이 78세.]

수많은 기록 중 대표적인 것만 살펴보면 이랬다.

49세 때 위암 수술.

68세 때 관상동맥 확장술.

75세 때 또 다른 두 곳에 스텐트 시술.

불과 6개월 전 시술을 받았던 곳이 재발해 수술.

이외에 담당의 처방을 쭉 훑어보니 강창동이 무슨 이유로 자신을 찾는지 알 것 같았다.

'음, 공교롭다고 해야 하나.'

최근 두삼이 관심을 가지고 보고 있는 것이 혈액과 혈관인데, 그와 관련된 환자가 온 것이다.

관심은 갔다. 그러나 공부하는 입장에서 환자를 맡기엔 미안했다.

의료 기록을 덮으며 말했다.

"혈관 질환은 제 전문 분야가 아닙니다."

"알고 있습니다. 근데 지금까지 고쳐온 환자들도 전문 분야가 아니지 않습니까?"

"그 사람들은 대안이 없었으니까."

"어르신도 마찬가지입니다. 기록엔 없지만 아스피린과 항혈전제를 꾸준히 복용하고 있습니다."

아스피린은 해열, 소염 진통제로 많이 알고 있다. 그러나 한 가지 중요한 기능이 더 있는데, 바로 혈전이 쌓이지 않도록 피를 묽게 만든다.

혈관경화로 인해 좁아질 대로 좁아진 혈관은 시한폭탄이나 다름없다. 혈전이 순식간에 쌓여 혈관을 막아버릴 가능성이 상시 존재하기 때문이다.

아스피린은 이렇게 좁아질 대로 좁아진 혈관을 혈액이 잘 통과할 수 있게 만들어준다.

다만 아스피린을 먹으면 지혈이 되지 않기 때문에 위급한 상황에서도 수술을 할 수 없게 되는데, 이러한 항혈전제를 꾸준히 복용하고 있다는 말은 혈관이 막장까지 이르렀다고 보면 된다.

"제가 환자를 맡게 된다고 해서 좋은 결과가 있으리라는 보장은 없습니다."

"알고 있습니다. 그저 기적을 바랄 뿐이죠."

"그럼 환자를 뵈러 갈까요?"

어차피 거절하지 못할 일이다. 언제든 빠져 나갈 구멍을 만들어둔 걸로 충분했다.

"곧 점심시간이니 식사를 하고 가시죠. 어르신도 곧 식사를 할 겁니다."

"그분의 식사하는 모습을 보고 싶은데요."

"그건 곤란합니다. 식사가 그분의 유일한 낙인지라. 누구도 방해할 수 없습니다."

"……"

혈관 질환을 앓고 있는 사람에게 먹는 것이 유일한 낙이라니 할 말이 없다.

선우민과 호텔에서 식사를 한 후 차를 타고 성북동에 있는 강창동의 집으로 갔다.

높은 담 너머로 볼 땐 현대식 건물 같았는데, 정원과 실내 인 테리어는 멋진 한옥처럼 꾸며져 있었다.

두리번거리며 현관 좌우로 서 있는 굵은 나무 기둥을 지나자 넓은 거실이 나왔다.

강창동은 거실 한쪽에 흡사 정자처럼 꾸며진 곳에 앉아 차를 마시고 있었다.

그는 선우민이 말을 꺼내기 전까지 정자 위에 있는 양반처럼 창밖의 풍경에만 시선을 두고 있었다.

정자의 높이만큼 권위적이라고 해야 하나, 지랄 같다고 해야 하나. 썩 좋은 태도는 아니었다.

"어르신, 한두삼 선생 데리고 왔습니다."

"…처음 뵙겠습니다."

"반갑네. 올라오시게."

계단을 올라가자 비로소 그의 얼굴이 제대로 보였다.

큰 덩치에 큰 얼굴, 매섭게 생긴 눈빛, 거칠게 난 수염. 천하를 호 령하던 옛 장군들의 모습이 이러지 않았을까 싶게 무섭게 생겼다.

다르게 보면 꽤 심술궂은 얼굴이다.

"앉지."

"네."

그는 따로 묻지 않고, 찻잔을 건넨 후 차를 따라준다.

'이 양반 참 꼰대 같네.'

두삼은 꼰대라는 말을 좋아하지 않는다.

정확하게는 그저 자신에게 듣기 싫은 소리를 한다고 해서 꼰 대라고 부르는, 그 자신은 깨어 있다고 생각하는, 편협한 잣대를 가진 사람을 싫어한다.

그런 사람이 바로 꼰대이기 때문이다.

물론 철없을 때 농담처럼 쓰기도 했다. '영감', 혹은 '선생님'의 별칭으로 말이다. 그러나 요즘은 웬만해선 쓰지 않으려고 노력한다.

스스로에게 침을 뱉는 기분이랄까.

그럼에도 불구하고 강창동의 인상은 꼰대의 정형 같았다. 물론 첫인상이 그렇다는 것이다.

그가 어떤 사람인지는 두고 볼 일이다.

"민 원장에게 듣자 하니 꽤 실력이 좋다고?"

"좋게 봐주신 거죠."

"내가 민 원장을 좋아하는 이유는 단 한 가지네. 의술에 대해서는 헛소리를 안 한다는 거지."

칭찬도 참 희한하게 하네. 아니, '나를 고쳐라!'라는 협박인가.

도대체 뭐 하는 사람인지 알고 싶었지만, 묻는다고 말해주지 않을 것 같아 그저 듣기만 했다.

"부르스 베인. 그가 자네에게 치료를 받는 것만으로도 실력은 의심할 바가 없겠지."

"그걸 어떻게……?"

"그런 사람이 한국에 왔는데 모를 수가 없지. 자네는 부르스 베인에 대해 잘 모르는 모양이군?"

"병에만 신경을 쓰는 편입니다."

"훌륭한 마음가짐이군. 나도 그렇게 봐주게."

"정말 그래도 되겠습니까?"

"······!"

두삼의 반문에 강창동의 눈이 조금 커졌다. 그리고 무슨 뜻으로 한 말인지 생각하는 건지 한쪽 눈썹이 실룩하고 올라갔다.

생각을 읽었는지 그는 큰 웃음을 터뜨렸다.

"핫핫핫! 너무 꽉꽉하게 굴지 말게나. 즐거움이 몸을 건강하게 한다는 말도 있지 않은가."

틀린 말은 아니다. 스트레스가 만병의 근원이라는 말이 있으니 말이다. 그러나 갖다 붙일 때, 갖다 붙여야 수긍을 하지.

막장까지 온 사람이 즐거움으로 얼마나 많을 덕을 볼까. 그 전에 그를 담당했던 의사들이 좆 빠지게 건강하게 만들어놓은 것을 갉아먹는 짓이다.

"담당 여의사도 내 즐거움엔 뭐라고 안 해."

···좆 빠지게는 취소다.

'뭐, 죽는 건 내가 아니니까.'

"많은 데서 즐거움을 찾지 않으셨으면 합니다."

"늙은이가 즐거워할 일이 얼마나 있겠나."

"그럼 시작할까요?"

"아! 담배 피우고 시작하지."

"······."

"식후 담배는 내 즐거움 중 하나라네."

먹는 것과 담배라. 괜한 일을 맡은 것 같아 벌써 후회가 된다.

담배를 태운 후 치료실로 이동했다. 정면 벽엔 의료용품들 가득 차 있고 우측엔 갖가지 의료 기기들과 장비들이 놓여 있다.

"수술실이라고 해도 믿겠네요."

"만약의 사태를 대비해 준비해 두긴 했는데, 이곳에서 수술하고 싶진 않군. 치료하다가 위험하다 싶으면 저기 비상벨을 누르게. 대기 중인 의사와 간호사가 있네."

"그러죠. 침대에 편하게 누우세요."

"마사지하려고?"

"싫다고 하시면 그냥 진맥만 하겠습니다."

"아닐세. 마사지 솜씨 역시 일품이라고 들었는데 기대가 되는군."

"오늘은 그냥 주무르는 정돕니다."

빛나는 손으로 머리의 혈을 누르며 강창동의 몸을 살폈다. 머릿속으로 들어간 기운은 빠르게 경락과 혈관을 타고 흐르며 몸속을 살폈다.

좁디좁은 혈관. 동맥 경화증은 물론, 죽상 경화증으로 언제 막혀도 이상이 없을 만큼 좁은 곳이 뇌, 심장혈관, 동맥, 정맥에 10곳 이상이다.

또한, 경락은 군데군데 막혔고 림프절은 제 기능을 하기 힘겨운지 곳곳이 염증이다.

오장육부 역시 나이가 나이다 보니 기능이 썩 좋지 않다.

불행 중 다행이랄까. 워낙 나쁠 것이라 생각하고 있어서인지 생각보다 괜찮다.

그래 봐야 도긴개긴이지만.

다 살핀 후 어떻게 치료할지 생각하며 다리를 주무른다.

1단계는 역시 림프의 청소다.

몸에 찌꺼기가 너무 많다. 나이도 많은데 급작스럽게 빼면 신장에 무리가 가겠지? 운동해서 땀으로 노폐물을 배출하면 신장에 무리가 덜 갈 텐데.

"혹시 어르신의 즐거움 중에 운동도 있습니까?"

"큼! 관절이 좋지 않아 운동은 끊은 지 오래됐네."

숨 쉬는 운동도 끊었으면 좋았을걸. 그럼 만난 일이 없었을 텐데.

엉뚱한 생각도 잠시. 이가 없으면 잇몸으로 씹어야 하듯 다른 방법을 찾아보자.

신경을 자극할까? 아니다. 신경 자극으로 빠지는 땀과 운동으로 빠지는 땀은 다르다.

아! 방법이 있다. 하라의 몸속 마약 성분을 태워 배출시켰을 때처럼 기운으로 몸을 뜨겁게 만들어 찌꺼기들이 배출되게 만들면 되겠다.

'마사지로 근육이 운동하는 효과를 주면 잘될 거야.'

2단계는 혈액 속의 지방을 없애는 거다.

처묵처묵하고 운동을 하지 않으면, 피는 열심히 온몸 구석구석에 지방을 퍼 나른다. 그 와중에 혈관에 콜레스테롤이 붙어 쌓이고 혈관을 좁아지게 만든다.

먹는 걸 줄이면 좋겠는데, 불가능하겠지?

어쩔 수 없다. 신체 활성화를 다이어트하는 사람들보다 더 높일 수밖에.

이상 증상이 생길지도 모르겠다. 상관없다. 그때 식이요법을 병행하자고 하면 듣는 척이라도 하겠지.

3단계는 혈관에 쌓인 지방을 녹이고 혈전이 쌓인 곳을 뚫어야 한다.

이건 일단 피를 깨끗하게 한 후에 할 일이지, 1, 2단계를 거치지 않고 했다간 녹은 지방과 떨어진 혈전이 다른 곳을 막아 더 위험해질 수도 있다.

'3단계는 천천히 생각해 보기로 하고 일단 1, 2단계부터 성공시켜 보자.'

발 마사지를 끝으로 손을 떼자 그가 물었다.

"어떤가?"

잠시 머뭇거리다가 위험하다는 걸 자각했으면 하는 마음에 말했다.

"비상벨을 언제 누를지 고민하고 있습니다."

＊　　　　＊　　　　＊

방송 매체에서 수없이 건강에 대해 떠들고, 감기로 혹은 다른 질병으로 병원을 찾으면 의사가 습관처럼 건강해질 수 있는 방법을 떠든다.

운동을 해라, 담배를 끊어라, 술을 줄여라, 기름진 음식을 줄여라, 스트레칭을 해라, 약을 복용해라 등등.

그중 30퍼센트 정도는 건강식품을 팔아먹기 위한 광고지만, 설령 그 말을 믿는다고 해도 약간 비싼 가격에 산다는 것 말곤 건강에 도움이 된다.

그러나 사람은 망각의 동물답게 아플 당시 며칠은 노력하지만, 낫고 나면 금세 잊고 다시 몸을 마구잡이로 굴린다.

사는 게 바빠서, 시간이 없어서, 맛있게 먹으면 0칼로리니까. 변명거리는 많다. 그리고 그 결과 오늘도 병원은 많은 사람들로 북적인다.

병원 본관 로비에 들어선 두삼은 바쁘게 움직이는 사람들을 보다가 혈관외과 쪽으로 걸음을 옮겼다.

"어머! 한 선생님, 오랜만이에요!"

한동안 자주 봤던 간호사가 반갑게 인사했다.

"네! 문 간호사님 잘 지냈어요?"

"우리야 항상 그렇죠. 병원에서 조용하더니 미국에서 한 건 하셨던데요?"

"아이고! 그 얘긴 만나는 사람마다 하네요. 이거 미국에서 사온 건 아니지만 드세요."

백화점에서 사온 도너츠와 음료수를 건넸다.

"빈손으로 오셔도 되는데. 잘 먹을게요. 호호호!"

"전 선생님은 계시죠?"

"웬일로 사무실에 계시나 했더니, 한 선생님 기다리신 거구나. 들어가 보세요."

다음에 보자고 인사를 하고 전철희의 사무실로 들어갔다.

"선생님 잘 지내셨어요."

"어어~ 어서와, 히어로."

"…선생님까지 왜 그러세요?"

"왜 한국어로 '영웅'이라고 해줄까?"

"이건 뇌물입니다. 그러니 그 단어는 잊어주세요."

"뭐야? …양주네. 근데 백화점에서 사온 거 같다?"

"아는 사람이 한두 명이라야 면세점에서 사오죠."

"개그맨 전철희랑 나랑 헷갈린 건 아니고?"

"에이~ 그 형은 미국에서 같이 촬영했잖아요."

자의가 아니었지만 남들 열심히 일할 때 미국에 다녀왔으니 열쇠고리라도 하나씩 선물을 해야 했다. 물론 초등학생도 아닌데 열쇠고리를 줄 수 없어 적당한 가격의 양주로 대신했다.

"그러네. 아무튼 잘 마실게. 참! 상철인 만나봤냐? 한국에 왔는데 연락도 없다고 엄청 뭐라 하던데."

"안 그래도 어제 응급센터에 들렀습니다."

기자회견을 한 후부터 틈틈이 병원을 돌며 인사를 하는 중이다.

"뭐라 안 하디? 너 없다고 엄청 투덜댔는데."

"헤드록 당했죠. 앞으로 24시간 대기하라는 협박도 들었습니다."

"그럴 만도 하지. 누구 덕분에 요즘 사고가 났다 하면 우리 병원으로 많이 오거든. 휴우~ 그것 때문에 외과 전체가 난리도 아니다."

"왠지 제 탓이라고 들리네요."

"네 탓 맞거든! 차이나타운 사건까지 소문 다 났으니 앞으로 얼마나 더 바쁠지."

고개를 절레절레 흔드는 전철희를 자세히 보니 꽤나 피곤한지 얼굴이 푸석푸석하다.

이들만 바쁘게 해놓고 자신만 쏙 빠져서 한가롭게 있는 것 같아 미안했다.

"그렇다고 그렇게 미안한 표정 지을 필요 없다. 어차피 누가 해도 할 일인데 뭐. 그나저나 무슨 일로 보자고 한 거냐?"

"여쭈어보고 싶은 게 있어서요. 혈관에 붙은 중성지방을 제거할 수 있는 약이 있나 싶어서요."

"이제 내 영역까지 넘보려고?"

"에이~ 환자 한 명이 동맥경화증이 너무 심해서 여쭈어보는 거예요."

"혈액 속 지방이나 콜레스테롤을 감소시키는 건 있지. 한데 이미 들러붙어 버린 중성지방을 제거하는 약은 말만 많지, 확실한 효과를 보이는 건 없다고 봐야지. 괜히 스텐트 시술이나 인공혈관 우회술을 하는 게 아냐."

"오메가3나 폴리코사놀은요?"

"약간의 효과가 있다는 것이 밝혀지긴 했지만 그것도 초창기 동맥경화에나 효과가 있을 뿐이야. 이미 심해진 상태에선 큰 효과가 없어. 다만 더 심해지지 않으려면 복용을 하는 게 좋고."

"혈액엔 좋지만 들러붙은 중성지방과 콜레스테롤엔 소용이 없다는 말이군요?"

"유의미한 결과를 얻기가 힘들다는 거지. 그러나 운동과 병행하면 고혈압이나 고지혈증엔 확실한 효과를 얻을 수 있어. 환자나이가 몇 살인데?"

"78세요."

"어우야! 제거해도 문제다. 혈관이 탄력을 잃어서 오히려 터져버릴 가능성이 높거든. 그냥 지금부터 잘 관리해서 천수를 누리길 기대하는 수밖에."

"현재 인터넷에 나와 있는 것들도 비슷하겠군요?"

"먹여봐. 효과가 좋으면 나한테도 좀 알려주고."

그의 말투엔 기대감 따윈 전혀 없었다.

혹시나 자신이 모르는 새로운 약이 나왔을까 싶어 왔는데 헛걸음이다.

'결국 기운으로 뚫어야 하나?'

기운을 나사처럼 만들어 뚫어볼 생각도 하고 있었다. 그러나 곧 고개를 저었다.

심각한 곳 몇 곳이야 그렇게 뚫는다지만 전체적으로 하기엔 절대 무리다. 혈관의 길이는 무려 12만 킬로미터. 지구 3바퀴의 길인데 언제 일일이 뚫고 있을까.

이래저래 난관이다.

*　　　　*　　　　*

조슈아, 케빈, 부르스, 강창동 네 사람을 치료하며 사람들에게 인사를 하러 다니다 보니 어느새 전설을 따라서 촬영일이 다가왔다.

촬영 장소는 오가는 사람들이 적은 경해대 캠퍼스 미술대학 근처.

창밖으로 많이 변해 버린 캠퍼스를 보고 있자니 루시가 말했다.

─싫다, 싫다 하면서도 그리웠나 보네요?

"…그리움을 알아?"

—느낄 순 없죠. 그러나 분석할 순 있어요. 초점 없는 시선, 아련한 눈빛, 높아진 심장박동 등.

"네 시선이 무서워서 생각도 못 하겠다."

—방해했다면 죄송해요.

"그렇다고 사과를 할 필요는 없고. 아주 잠시 예전 생각이 난 것뿐이니까."

하란이 손을 본 건가? 루시는 좀 더 똑똑해진 느낌이다.

사실 경해대는 두 번 다시 오고 싶지 않으면서도 6년을 보낸 곳답게 추억이 많은 곳임은 분명했다.

깡 소주를 마시던 경영대 앞의 잔디밭, 더위와 선배들의 눈을 피해 들어갔던 숲속, 봄이면 관광객마저 구경 올 만큼 화려하게 피는 벚꽃.

변한 건 사람이지, 캠퍼스는 건물이 많아진 걸 빼면 거의 예전 그대로다.

촬영장에 도착하자 추운 날씨에도 부지런히 움직이고 있는 스태프들이 보인다.

주차를 하고 차에서 내리자 자신을 발견한 스태프들이 손을 흔든다. 두삼은 살짝 고개를 숙이는 걸로 그들의 인사에 답했다.

음향 담당 스태프가 조르르 달려와 마이크를 채워주며 말했다.

22살인 그는 음향 감독의 조카로 고교 졸업 후 군대를 다녀온 뒤 일을 배우고 있었다.

"기사랑 TV 잘 봤습니다, 선생님."

"오늘 그 얘기를 몇 번이나 들을까?"

"하하! 열댓 번은 듣지 않겠습니까?"

"그 정도라면 좋겠다."

아니나 다를까, 마이크를 차고 다가가자 스태프들이 일제히 말을 걸어왔다.

대단한 일을 했다고 엄지를 치켜세우는 이.

몸은 괜찮으냐고 묻는 이.

범인에 대해 욕을 하는 이.

······.

거짓말 안 하고 70명에 가까운 스태프들 중 3분의 2가 물어왔다. 스태프와 친한 게 오늘처럼 후회된 적이 없을 정도다. 그리고 사건에 대한 질문과 대답은 출연진들이 모두 도착해 밥차에서 토스트와 커피를 마실 때까지 계속됐다.

화제를 바꾼 건 고맙게도 진보라였다.

"오빠 경해대 나왔어요?"

"응."

"이야! 동문회에서 밥차를 보내주다니 꽤 인정을 받고 있나 봐요?"

"학교에서 촬영하니까 보내준 거겠지."

"에이~ 저도 학교에서 이런저런 촬영 해봤는데, 딱히 해주는 거 없던데요."

2번째 토스트를 먹고 있던 유민기가 나섰다.

"너랑 두삼이랑 같냐? 두삼인 프로페셔널, 넌 아마추어잖아."

"민기 오빠! 아마추어란 말 하지 말라고 했죠! 저도 엄연히 의원이라고요, 의! 원!"

"의원이긴 하지. 하지만 아마추어 의원이잖아. 지난 촬영 때 홍 의원님한테 혼났잖아. 생각 안 나?"

"그건……! 아무튼 나중엔 인정해 주셨다고요!"

발끈해서 외치는 진보라.

지난 촬영 때 무슨 일이 있었나 보다.

"무슨 일이 있었어?"

"있었지. 8대세가엔 못 들어갔지만, 침술로 유명했던 홍가한의원을 갔거든."

"악! 그 얘기를 왜 해요!"

손을 뻗어 입을 막으려 했다. 그러나 아담한 체형의 진보라가 입을 막기엔 유민기가 컸다.

"실력을 보인다고 다짜고짜 침통에서 침을 꺼내더니 홍 의원에게 꽂은 거야. 근데 다 꽂기도 전에 홍 의원이 버럭 소리를 질렀어. 어딜 소독도 하지 않고 침을 꽂느냐고 아마추어도 이러진 않을 거라고."

"그럼 아마추어보다도 못하다는 소리잖아?"

"…대박. 오빠가 민기 오빠보다 더 나빠요."

유민기의 입을 막기 위해 노력하던 진보라는 황당한 표정으로 두삼을 보며 중얼거렸다.

유민기나 자신이나 그런 그녀의 모습을 신경 쓰지 않았다.

"그건 그렇지. 근데 아마추어보다 못하는 사람을 어떻게 불러야 할지 모르겠더라. 그래서 아마추어라고 한 거지."

"생초보?"

"에이~ 우리 보라가 그 정도는 아니지."

"비전문가?"

"……."

"그건 아마추어랑 같은 뜻이고."

더 놀렸다간 울 것 같았기에 '개초보'라는 말을 삼켰다. 그리고 같은 길을 걷는 동료로 한마디 했다.

"전에 나한테도 그러더니. 예방주사 맞았다고 생각해. 위급한 상황이 아니라면 소독은 기본이야. 뭐, 나도 그런 적이 있지만."

"피이~ 그럼 오빠도 아마추어네요."

"크흠! 잠깐 프로답지 못한 거지."

"그런 걸 아마추어라고 하는 거거든요. 생초보! 비전문가!"

당한 걸 고스란히 돌려주는 그녀.

"개초보!"

…되로 주고 말로 받았다.

가스스토브에 잠시 몸을 녹인 후 신석호의 말로 촬영을 시작했다.

"지난주에 땡땡이를 쳤다고 놀렸던 한 선생이 미국에서 대단한 일을 하고 돌아와서 완전체가 되었네요."

"그러게요. 한 선생 없이 진 선생과 하려니 영 불안하더라고요."

"경철 오빠!"

"아이! 깜짝이야. 지난번에 홍 의원님한테 하도 혼나서 아직도 심장이 벌렁벌렁하거든!"

"오빠가 혼났어요, 내가 혼났지?"

"나도 혼났거든요."

장난스러운 오프닝. 물론 그 이후로도 많은 말들을 했다. 평균 오프닝 시간은 30분이지만, 방송에 나가는 건 5분도 되지 않는다.

출연진들이 하는 양을 지켜보다가 됐다 싶을 때 메인 작가가 화이트보드를 올리면 그제야 다음 단계로 들어간다.

이제 손발이 어느 정도 맞아서인지 카메라를 딱히 의식하지 않고 15분쯤 수다를 떨었을 때 메인 작가가 'PD와 대화'라는 글이 적힌 보드를 세웠다.

"근데 PD님 오늘은 뭘 어떻게 해야 하는 겁니까? 이미 목적지에 온 것 같은데요?"

"오늘은 편안하게 목적지까지 걸어가서 건강검진을 받으면 됩니다."

"건강검진이요?"

"네. 지금까지는 과거 유명했던 한의원과 그 자취를 살펴봤습니다. 그럼 현재에 그만한 한의원이 없을까요? 아닐 겁니다. 사장된 것이 있지만 그보다 더 발전된 것도 분명 있을 겁니다."

"아하! 요즘 유명한 한의원을 찾아간다?"

"그렇죠."

"그럼 앞으로 현재에 집중하는 겁니까?"

"아뇨. 과거의 한의원을 찾는 것엔 시간이 걸립니다. 없어진 곳도 많고요. 그래서 과거와 현재를 병행해서 한의학계를 조명해볼까 합니다."

"그렇구나. 그럼 오늘 방문할 곳은 경해대 한방병원이겠군요.

여기가 경해대 캠퍼스니까요."

"맞습니다. 1948년 동양대학관 설립 인가를 받아 올해 70주년이 됐습니다. 1965년 한의학과를 발족했고, 1972년 세계 최초로 무약물 침술 마취에 성공하기도 했습니다."

"헐! 두삼이가 잘하는 거 말이죠? 근데 1972년에 성공했다고요?"

"네. 하지만 수술에 사용되진 않았습니다. 그러나 대단한 일임엔 틀림이 없죠."

"두삼이가 잘하는 이유가 있었네요. 너 여기 다니지 않았어?"

"…하하! 그렇죠."

자신이 만든 전신마취가 마치 경해대에서 배운 것처럼 보이는 것이 마음에 들지 않았다.

그러나 할아버지에게 배운 것, 경해대에서 배운 것, 중국에서 배운 것, 타고난 재능이 더해져 만든 것이니 아니라고 말하기도 어려웠다.

"모교에 온 소감이 어때?"

"글쎄요. 애틋하네요. 하하하……."

어색한 웃음으로 문 PD에게 신호를 줬고 다행히 그는 화제를 바꿨다.

"아무튼, 자세한 설명은 천천히 하기로 하고 이만 병원으로 가 볼까요?"

"네!"

대답하고 마치 곧장 가는 듯이 카메라에서 벗어났다. 그리고 한방병원으로 향한 것은 카메라 감독이 준비를 끝낸 후였다.

차로 왔던 길을 천천히 걸으며 정문 앞에 있는 한방병원으로 이동했다.

사실 경해대 한방병원이 전설을 따라서 방송의 현대 한의학 첫 주자가 된 것은 이상한 일이 아니다.

1971년 경해 대학병원 부속 한방병원이 개원이 되면서 서양의학과 동양의학의 융합이 가장 먼저, 그리고 활발하게 이루어진 점만으로도 그 가치는 충분했다.

싫어하는 곳이라도 그 가치를 폄훼할 수는 없었다.

"어디가 한방병원이냐?"

정문 옆에 있는 두 개의 건물을 보며 유민기가 물었다.

"저기. 새로운 건물."

자신이 일하게 될 것이라 의심치 않았던 곳. 하지만 그럴 수 없었던 곳에 발을 들였다.

경해대 한방병원에 관해선 캠퍼스처럼 아련함이 있을 뿐이다.

규모와 전통에선 비교할 수 없지만, 한강대학병원에서 원하던 진료를 실컷 하고 교수 타이틀까지 달았는데 아쉬울 리가 없다.

굳이 불편함을 찾는다면 혹시나 예전에 자신을 비난했던 얼굴을 볼까 걱정된다는 정도.

촬영을 위해 로비 한쪽을 비워두고 있었다. 안으로 들어서 자연스럽게 그쪽으로 가 자리를 잡았다.

신석호가 로비를 두리번거리며 문 PD에게 말했다.

"지금부터 뭘 해요?"

"성격도 급하군요.. 어! 저기 한방병원에 관해 설명해 줄 분이 오셨군요. 일단 병원 한 바퀴 돈 후에 건강검진을 하도록 하죠."

대기 중이던 30대 초반의 여자가 조연출에게 뭔가를 들은 후 카메라 안으로 들어왔다.

무릎까지 오는 오피스룩에 스카프를 타이처럼 맨 것이 특징적이다.

"안녕하세요! 경해대 병원 홍보 팀의 정수라입니다."

"반갑습니다! 드라마에서 보면 홍보 팀엔 미인밖에 없던데 사실을 기반으로 했나 보네요."

전철희가 작업 멘트 같은 말을 날렸다.

실제 정수라가 상당한 미인이긴 하지만, 분위기 차원에서 한 얘기임을 모를 사람은 없었다.

홍보 팀이라 그런 건지, 원래 말발이 좋은 건지 그녀는 곧장 화답했다.

"호호호! 감사합니다. 의학 드라마에서 보면 선생님들이 다 미남, 미녀던데 그것도 사실을 기반으로 한 것 같은데요."

"어라? 개그맨은 안 그렇다는 말처럼 들리네요?"

"험! 여러분께 한방병원을 소개하게 되었는데 부족해도 좋게 봐주세요."

정수라는 전철희를 보고 예의상으로도 미남이라는 말이 나오지 않는지 어색한 표정으로 말을 돌렸다.

"정수라 씨? 제 말 안 들리시나요? 이런 경우 보통 예의상이라도 그렇다고 해주던데……."

"먼저 한의학 임상 연구 및 의약품 개발센터로 안내하겠습니다. 따라오시죠."

"……."

손석호를 시작으로 이경철, 유민기, 진보라가 전철희의 어깨를 토닥거리며 그녀의 뒤를 따랐다.

"거짓말 못 하는 성격인가 봐."

"예의상이라고 해도 하기 힘든 말이긴 하지."

"그리 생소한 말은 아니지 않나요?"

"…힘내요, 오빠."

두삼은 말 대신 황당한 표정을 짓고 있는 그의 허리를 잡고 같이 걸음을 옮겼다.

그러자 전철희가 물었다.

"넌 아무 말도 안 하냐?"

"왜 위로라도 해줘요? 형은 성격이 좋잖아요. 무엇보다도 타고난 개그맨이고요."

"헐! 무슨 위로가 그따위냐? 됐다, 이 자식아! 네가 제일 나빠!"

전철희는 꿀밤을 때렸지만 장난이라 그런지 아프진 않았다.

경해대 한방병원은 확실히 체계적이고 서양의학과 동양의학의 융합에 많은 공을 들이고 있었다.

보지 못한 기기와 장비들을 이용해 신약 개발과 신의료 기술을 만들기 위해 노력하는 모습이 부러웠다.

병원을 한 바퀴 돈 후 건강검진을 위해 이동하는데 정수라가 다가와 나지막이 말했다.

"둘러본 소감이 어때요, 선배님?"

"……"

"저도 경해대 나왔거든요. 카메라도 없는데… 선생님으로 부를까요?"

성격이 좋은 건지, 다른 목적이 있는 건지 꽤 친근한 목소리다. 딱히 선생이라는 단어에 집착하진 않았기에 대수롭지 않게 답했다.

"어느 쪽이든 상관없어요. 그리고 소감은 조금 부럽다는 정도?"

"어느 점이요?"

"양의학과 한의학이 융합이 잘됐다는 점이요."

"아하! 거의 50년 가까이 함께했으니까요. 다른 건 없어요? 가령, 이곳에서 일하고 싶다든가 하는?"

"없어요. 한강대학병원에 만족해요."

"이크! 단호하시네요. 선배님이 우리 병원에 오시면 홍보하는 게 참 재미있을 텐데요. 제가 선배님이었다고 해도 학교가 싫었을 거예요. 근데 이제 다 해결됐으니 괜찮지 않아요?"

해결돼? 뭐가? 임동환 부자는 사라졌지만 보기 싫은 얼굴은 여전히 있었다.

"…무슨 말인지?"

"어? 선배님 일로 한방병원이 발칵 뒤집혔는데 모르셨어요? 아! 모르셨구나. 선배님은 아실 거로 생각했는데. 제가 말실수를 했나 봐요, 죄송해요."

"후배님이 미안할 일은 아니죠. 그보다 내 일로 병원에 일이 있었다니, 설명 부탁해도 될까요?"

"어려울 건 없는데 소문인지라… 확실한 건 아니니 염두에 두고 들으세요."

고개를 끄덕이자 그녀는 뒤따라오는 카메라가 없는지를 보곤 말을 이었다.

"두 달 전쯤 학과장이자 한방병원 부원장이었던 임대룡 교수님이 돌연 사퇴를 하셨어요. 뒤이어 한방 부인과 과장님, 융합의학과 과장님 등 다섯 분 역시 줄줄이 사퇴했고요. 보통의 경우 교수직은 유지하는 편인데 교수직도 다 내려놓았죠."

"잘린 거군요?"

"맞아요. 사퇴의 형식을 빌었지만 잘린 거죠. 그래서 다들 왜 갑자기 병원의 한 축이라고 할 수 있는 과장님들이 잘렸는지 궁금해했어요. 그리고 조금 지나서 소문이 퍼졌어요."

정수라는 꽤 즐거운 모양이다. 무의식적으로 하는 건지는 몰라도 톤을 조절해서 긴장감을 줬다.

"무슨 소문이요?"

"과거 부원장님이랑 과장님들이 한 졸업생을 왕따시켰다는 얘기요. 근데 그 소문을 믿지 않았어요. 솔직히 학생 한 명을 왕따시켰다고 잘리기엔 병원에서나 대학에서나 상당한 권력을 가진 사람들이잖아요?"

"그렇긴 하죠."

졸업생은 물론 같은 교수를 왕따시켜도 문제가 될 일이 없는 사람들이다.

"그런데 그 졸업생이 누군지, 어떤 일을 겪었는지 알고는 다들 고개를 끄덕였어요."

"내 얘긴가 본데 내가 그 정도로 대단한 사람은 아니지 않나요?"

"선배님은 자신을 너무 과소평가하는 거 아녜요?"

"……?"

"아까 말했듯이 동양의학과 서양의학의 융합을 50년간 노력해 왔어요. 물론 80년대부터 서양의학의 중요성이 커지면서 융합을 게을리한 건 명백한 사실이죠. 그러나 그렇다고 해도 연구 개발 비를 따져보면 1조는 족히 넘을 거예요."

"음……."

"근데 그 시간과 연구비로도 불가능한 일을 한 사람이 있죠. 전신, 부분마취법을 개발하고, 침술로 환자를 구하고, 신약 개발 에 참여하고요."

신약 얘기는 또 어떻게 안 거야.

뭐, 워낙 좁은 바닥이니 알고자 한다면 알 수 있었겠지만 말 이다.

"게다가 과장을 조금 보태서 70년간 쌓은 한의학의 명성을 고 작 2년도 되지 않는 병원이 바싹 뒤쫓고 있으니 기가 막힐 노릇 이죠. 그것도 우리 학교 졸업생 때문에요."

"졸업생이라고 다 학교에 남는 건 아닙니다."

"그건 그렇죠. 한데 왕따를 당한 졸업생이 학교를 싫어하는 게 문제였대요."

"후우~ 그냥 나라고 편하게 말해요. 다 알고 있는 사람에게 3인칭으로 듣자니 뭔가 이상하네요."

"호호! 그럴게요. 아무튼, 잘나가는 졸업생이 모교를 싫어한다 니 동문회 회장님이 이상하게 생각하셨나 봐요. 그리고 조사 결 과 왕따한 것이 밝혀졌고요. 그다음은 아까 말한 것처럼 됐죠."

임동환 부자가 동문회에서 쫓겨났다는 얘기는 얼핏 들었다. 그런데 설마 이렇게까지 일이 크게 벌어진 줄은 몰랐다.

동문회장 송부성의 힘이 그렇게 좋았나 싶으면서도 교수 같지도 않은 인간들이 벌을 받아 마주칠 일이 없다고 생각하니 기분이 좋았다.

"얘기 고마워요."

"소문으로 들은 거라 정확한지는 모르겠어요. 그러니 자세히 알아보고, 한의과 대학과 병원에 대해 좋지 않은 감정이 있으면 푸세요."

대답은 하지 않았다. 그러나 쌓여 있던 감정이 조금씩 녹고 있는 건 분명했다.

건강검진을 받기 전에 환자복과 비슷한 옷으로 갈아입고 회의실 같은 곳에 들어가 대기했다. 항상 살펴보고 치료하는 처지였다가 받는 처지가 되니 뭔가 어색하다.

앞에 앉아 있던 유민기가 돌아보며 물었다.

"근데 두삼아 한방 건강검진은 뭐가 다르냐?"

"글쎄. 우리 병원에서는 아직 안 하고 있어서."

"그래?"

"예상하자면 진맥이랑, 수기요법을 통한 신체검사 같은 걸 하지 않을까 싶은데."

길게 생각할 필요가 없었다. 건강검진을 설명해 주기 위해 아는 얼굴이 들어왔다.

"안녕하세요. 건강검진과 촬영하는 동안 여러분과 함께할 주해인입니다."

짝짝짝짝!

꾸벅 인사를 한 그녀는 눈이 마주치자 눈을 반달처럼 구부리며 미소 지었다.

그러자 유민기가 손으로 입을 가리며 낮게 말했다.

"와우! 저 예쁜 의사가 날 향해 웃음 짓는 것 봤냐?"

"영업용 미소야."

"아니거든!"

"…알아서 생각해라."

잠깐 얘기하는 사이 그녀는 인사를 마치고 건강검진에 관해 설명했다.

"한방 건강검진은 지금까지 받아왔던 건강검진과는 조금 다를 거예요. 병원마다도 조금씩 다른데 경해대 한방병원에선 혈의 상태, 맥의 흐름, 신체의 건강, 성인병 검사 및 혈관 검사 등을 체크하고 건강을 유지, 관리하는 방법에 대해 말씀드릴 겁니다."

"혈관 검사를 하려면 시간이 오래 걸리지 않나요?"

진보라가 손을 들고 물었다.

"혈관 조영 검사와는 조금 다릅니다. 혈관 초음파와 혈압을 통해 상세함은 부족하지만 유의미한 결과를 도출할 수 있죠. 또 다른 질문 있으신가요?"

"시간은 얼마나 걸릴까요?"

"두 시간에서 세 시간 정도요. 사람마다 조금씩 차이가 있을 수 있어요."

"혹시 애인 있으신가요?"

"어우~ 에이~"

유민기의 질문에 출연진들은 질색하는 표정으로 부정적인 감탄사를 쏟아냈다.

"아니 왜! 다들 궁금하지 않아? 나만 궁금한가? 설령 그렇다고 해도 물어볼 수 있는 거 아닌가? 아닙니까, 주해인 선생님?"

"호호! 괜찮아요."

"거봐! 당사자가 괜찮다잖아. 있으신가요?"

"없어요. 호호! 지금은요."

"어떤 남자 스타일을 좋아하십니까?"

"글쎄요. 그저… 제가 좋아하고, 절 좋아해 줄 수 있는 남자면 좋겠어요. 대답이 됐나요?"

"네! 좋아하게만 만들면 된다는 소리네요. 하하하!"

"호호호! 재미있네요. 자! 남자와 여자는 따로 받게 될 거예요. 나이순으로 1명씩. 손석호 씨와 진보라 씨 두 분 먼저 나오세요. 밖으로 나가면 안내해 줄 사람이 기다리고 있을 거예요."

"이런, 억울해요. 가장 어린데 여자 중에 나이가 제일 많다니."

진보라는 너스레를 떨며 일어났고 손석호, 카메라맨 두 명과 함께 나갔다.

이후로 간격은 대략 15분.

이경철, 전철희, 유민기 순으로 나갔고. 방엔 한 명의 촬영감독과 두삼, 해인 두 사람만 남았다.

"카메라 감독님, 한 선생과 잠깐 얘기 좀 나눌 수 있을까요? 저희 동기거든요."

두삼을 담당하는 감독은 두삼을 흘깃 본 후 밖으로 나갔다.

그리고 그가 완전히 나가자 주혜인은 맞은편 의자에 앉았다.

두삼이 먼저 입을 열었다.

"잘 지냈어?"

"보다시피. 약간의 자존감과 자신감을 되찾았달까."

"다행이네."

"미안."

"뭐가?"

"그날 그런 말 해서. 그냥… 혼자 자기 무서웠어. 우울한데 호르몬도 내 맘대로 안 되고… 그래서……."

"굳이 설명하지 않아도 돼. 그건 잊었어."

"후우~ 고마워. 그 때문에 이불킥 엄청 했어."

"더는 안 해도 되겠네, 하하!"

"가끔은 할 것 같아. 그것 말고도 실수한 게 있으니까. 그건 아마 영원히 갈지도 모르겠다."

무슨 말인지 모르겠다. 그러나 묻지 않는 것이 좋을 것 같았다.

화제를 바꿨다.

"새로운 과장님은 어때?"

"안별아 선생님. 실력 있는 분이셔. 특히나 성인병에 관해선 내가 본 중에 최고야."

"그래? 혹시 혈관에 대해서도 잘 아셔?"

"응. 혈관 검사도 안 과장님이 하시거든. 거의 매일 보지만 정말 신기할 정도야. 혈관조영술과 거의 비슷하다고 보면 돼. 아! 심근경색이나 동맥경화 같은 경우는 찾는 건 오래 걸리긴 하지만."

"그게 어디야. 착실하게 배워서 더 발전시키면 되는 거지."

"후후! 그래 보려고."

"아! 맞다. 안 과장님이 혈관에 대해 잘 안다면 혹시 혈관에 쌓인 중성지방 녹이는 법도 아실까?"

"글쎄, 성인병에 관해 오랫동안 연구하셨다니까 아시지 않을까? 좀 이따 만나볼 테니까 그때 물어보든가."

"경쟁 병원인데 그래도 될까?"

"널 괴롭혔던 사람들도 다 없어졌으니 이제 그만 용서해라. 너무 그러면 속 좁아 보여. 그리고 과장님도 널 만나보고 싶어 하셨어. 물어보고 싶은 게 많은 것 같더라."

"쩝! 그런가."

"이제 나가야 할 시간이네."

"응. 점심이나 같이할까?"

"애인이 오해하면 어쩌려고?"

"안 해. 어제 허락 맡았거든."

"푸흡! 벌써 공처가가 다 됐네. 점심은 출연진들이랑 다 같이 먹자. 괜히 말 나올까 겁나."

"그러든가. 갔다 올게."

친구에게 하듯이 말한 후 회의실에서 나왔다.

조금 전 주해인이 했던 말이 생각난다.

용서하라고.

그래야 할 것 같다. 더러웠던 기억도, 가슴 아팠던 기억도, 서운했던 기억도 이젠 잊자.

봄이 와 벚꽃이 피면 하란이와 함께 캠퍼스에 벚꽃 구경을 와 야겠다.

*　　　　*　　　　*

확실히 한방 건강검진은 달랐다.

일반적인 건강검진과 차별점을 두기 위함도 있겠지만 동양의학과 서양의학의 치료 방법에서 오는 차이라고 할 수 있겠다.

동양의학이 '예방'을 강조한다면, 서양의학은 '발생한 병의 치료'에 무게를 둔다고 할까.

물론 어느 쪽이 좋다 나쁘다고 말할 순 없다. 또한, 동양의학이 무조건 예방을 강조한다고 볼 수도 없는 것이 한방병원이라고 해도 분야에 따라 치료에 중점을 두는 곳도 있기 때문이다.

여하튼 처음 받아보는 방식이라 흥미롭게 건강검진을 받고 있었다.

"잠깐만요."

손목의 맥과 귀밑의 맥 두 곳을 찬찬히 짚어보던 한의사—수련의 같다—는 컴퓨터에 기록했다.

자신에 대해 무슨 말을 적고 있나 궁금했다. 그러나 지금은 환자였기에 다음 말이 나오길 기다렸다.

"끝났습니다. 다음은 신체 건강검사실로 가시면 됩니다."

"수고하셨습니다."

방을 나와 다섯 번째 검사실인 신체 건강검사실로 갔다. 첫 번째 검사에서 이미 키와 몸무게, 체지방과 근육량 따위의 간단한 신체검사는 마쳤기에 신체 건강검사는 뭐가 다른지 궁금했다.

노크하고 안에 들어갔다. 벽을 따라 매트리스가 놓여 있는데 벽엔 그림과 글이 적혀 있었다.

"거기 매트리스에 서서 벽에 적힌 그림과 글대로 따라 하면 됩니다."

"아, 네."

똑바로 선 자세에서 발을 교차한 후 앉았다 일어나는 동작. 1m 떨어진 벽의 그림을 살폈다. 양손을 앞으로 뻗은 후 한 발을 들고 앉았다 일어나 자세였다.

두 자세를 보고 난 후에 신체 건강검사가 뭔지를 알 수 있었다.

단순한 동작으로 환자의 건강 상태를 체크하는 방법으로 무게중심을 통한 체형, 근골격계의 이상, 복부비만 등 신체의 외적인 이상 유무뿐만 아니라 뇌 기능, 척추의 상태 등 내적인 이상 유무까지 어느 정도 파악할 수 있었다.

'꽤 잘 짜인 검사 과정이야.'

한강대학병원 한방센터에 건강검진을 만든다면 표본으로 사용해도 될 만큼 좋다고 생각됐다.

시계 반대 방향으로 돌면서 다양한 동작을 따라 했다. 그리고 마지막으로 J자 모양으로 만드는 요가 자세를 단번에 취하자 담당 한의사가 감탄을 터뜨렸다.

"와! 그 자세가 되는 사람이 있군요. TV에선 봤지만 여기선 처음 봅니다."

5초 자세를 유지했다가 몸을 바로 하며 물었다.

"끙……! 안 되는 자세를 왜 만들어뒀대요?"

"저야 모르죠. 다만 그 자세를 하는 사람이면 신체 건강검사가 필요 없다고 하던데요."

"그럼 이걸 제일 처음에 해야 하지 않나요?"

"지금까지 한 사람이 없다니까요. 그래서 마지막에 둔 겁니다."

"……."

뭔가 이상했지만 따져봐야 같은 말이 반복될 거라는 걸 알았기에 그냥 입을 다물었다.

신체 건강검사를 마치고 찾은 곳은 초음파 혈관 검사실. 혈압기를 양팔과 양다리에 사용하며 초음파기기로 혈관의 흐름을 살피는 다소 독특한 방식을 이용했다.

사실 혈관을 볼 수 있는 두삼에겐 필요가 없어 잘 몰랐지만, 오른팔과 왼팔의 혈압을 각각 재는 것은 단순하면서도 쉽게 심장질환과 동맥경화로 인한 말초혈관질병을 찾을 수 있다.

가령 양팔의 혈압 차이가 15 이상이면 혈관 질환이 있다고 판단할 수 있다. 이땐 정밀검사를 반드시 하는 게 좋았다.

양다리 역시 마찬가지.

침대에 누워 편하게 혈관 검사를 마친 후 연이어 다른 검사를 받았다. 언제쯤 끝나나 싶어 물었다.

"2시간쯤 걸린다던데 몇 개나 더 남았죠?"

"다음 종합 진단실이 끝입니다. 피검사 결과를 제외한 진단을 해줄 겁니다."

"그렇군요. 수고하셨어요."

옷을 추스른 후 밖으로 나가 진단실로 갔다. 밖에서 대기 중이던 간호사가 말했다.

"유민기 씨가 아직 끝나지 않았으니 잠깐 대기해 주시겠어요?"

"그러죠."

"마실 거라도 드릴까요?"

"따뜻한 물이 있으면 부탁드릴게요."

간호사는 방긋 웃으며 물을 갖다줬다. 그리고 잠깐 머뭇거리다 조심스레 말했다.

"저… 한 선생님, 팬인데 사인 부탁드려도 될까요?"

"하하! 물론이죠."

전설을 따라서의 시청률의 높아지면서 사인 요청을 하는 이들이 늘었다.

그래 봐야 지금까지 100명쯤 했으려나?

사실 흔쾌히 사인을 해주는 겉모습과 달리 연예인 같은 게 아니라고 생각하고 있어서인지 사인을 하는 건 그리 달갑지 않았다.

하지만 방송료를 받고 자발적으로 TV 출연을 하는 이상 기본적인 예의라 생각했다.

간호사와 함께 사진까지 찍어주고 나자 종합 진단실 문이 열리며 유민기가 나왔다.

한데 안 좋은 소리라도 들었는지 충격을 받은 얼굴을 하고 있었다.

"왜 싫은 소리라도 들었냐?"

"…으응. 성인병 걸리기 싫으면 운동하래."

"당연한 소리를 들은 건데 뭘 놀란 표정을 지어?"

"네가 전에 나 건강하다고 했었잖아? 근데 어떻게 이런 결과가 나왔지?"

"그건 내가 미국 가기 전이지. LA에서 볼 때 조금 살이 쪘다 싶었는데, 지금은 조금 심하거든."

그의 뱃살을 손으로 잡자 한 움큼이다. 인상을 찌푸리며 말을 이었다.

"아무리 가을이라고 해도 너무 많이 먹은 거 아니냐? 이렇게 갑자기 살이 찌면 몸에 무리 가는 거 몰라?"

"…요즘 먹방에 출연해서 그래."

"그럼 그만큼 더 열심히 운동해야지. 아무튼, 이제라도 알게 됐으니 다행이다."

맛있게 먹어서 살을 찌웠으면 대가를 지불해야 하는 건 당연했다.

그의 어깨를 토닥거려 준 후 안으로 들어갔다.

경해대 한방병원 홈페이지에 봤던—사진과 달리 은테 안경을 쓰고 있어 조금 달라 보였지만—얼굴이 씩 웃으며 인사한다.

"반가워요, 한두삼 선생님."

"안녕하세요, 선생님? 처음 뵙겠습니다."

"우리 구면이죠?"

"네?"

"아! 나만 구면인가? 동문회 때 추모사 잘 들었어요."

"제가 그땐 경황이 없어서… 죄송합니다."

"아니에요. 사람이 많았는데 일일이 인사하긴 힘들죠. 앉으세요."

"네. 말씀 편하게 하세요, 선생님."

"다음에 개인적으로 만나면 그렇게 해요. 일단 할 일부터 할까요? 보자. 건강 상태가……."

모니터를 보던 그녀는 놀랐는지 살짝 눈이 커졌다.

"검사 기록만 보자면 흠잡을 데가 없네요. 평소 몸 관리를 잘하나 보군요?"

"일단 제가 건강해야 환자를 볼 수 있으니까요."

"그건 그렇죠. 하지만 이렇게 관리하는 사람은 거의 없다고 봐야죠."

맞는 말이다. 의사는 극한 직업이다.

수련의 과정 동안은 그냥 죽었다 생각하는 게 낫다. 외과의 경우 종종 과로사 뉴스가 나올 만큼 극악이다.

24시간 일하는 건 기본이고 환자로 의한 스트레스, 상사에 의한 스트레스, 스트레스를 풀기 위한 흡연과 폭주 등 다크서클은 가실 날이 없다.

운동할 시간? 없다. 그 시간에 잠깐 눈이라도 붙여야 일할 때 덜 힘들다.

다크서클을 친구 삼아 수련의를 마치고 나면 펠로우(전문의)가 되는데, 그때도 힘든 건 마찬가지다.

기술 개발을 위해선 시간과 공대생을 갈아 넣으면 된다는 농담처럼 병원은 의대생을 갈아 넣고 있었다.

물론 한의사는 외과 의사보단 편한 건 사실이다. 그러나 병원

소속이라면 직장인과 크게 다르지 않다.

"제가 있는 곳이 한강대학병원이잖아요."

"하긴."

함축적인 말이었지만 그녀는 바로 이해했다.

사실 한강대학병원은 한의사들에게 황금의 땅이나 다름이 없다.

일반 병원의 경우 수련의, 전문의, 전임 강사, 조교수, 정교수로 이루어져 있는데 한강대학병원 한방센터는 전문의에 불과한 두 삼이 정교수를 하고 있으니 말 다 했다.

당연히 실력이 받쳐줘야 가능하다.

민규식이 아무리 사람이 없다고 아무나 교수직에 앉힐 사람은 아니다.

"그래도 할 일은 해야겠죠. 맥 잡아볼게요."

손을 내밀자 안별아는 맥을 잡고 눈을 반개했다. 1분쯤 맥을 살펴보던 그녀는 모니터를 보며 수련의가 검사를 제대로 했는지 살폈다.

이상이 없다고 생각했는지 그녀는 손을 뗐다.

"깨끗해요. 다른 사람들과 달리 해줄 말이 없네요. 지금처럼 꾸준히 관리해요."

"네, 선생님."

"그럼, 끝낼까요?"

"끝내기 전에 질문 한 가지만 드려도 될까요?"

"곤란한 질문만 아니라면요."

"선생님께선 성인병 전문이라고 들었습니다. 혹시 혈관 내 쌓인 중성지방과 콜레스테롤을 제거하는 방법을 아시나요?"

"음, 개인적인 연구 목적의 질문인가요?"

"아뇨, 현재 치료하고 있는 환자 중에 혈전용해제를 꾸준히 복용하고 있는 환자가 있습니다."

"나이가 많겠네요?"

"여든 가까이 됩니다."

"혈관 속 기름을 녹이는 건 뭔지 알죠?"

"기름이죠."

"맞아요. 기름이 기름을 녹이죠. 오메가3도, 최근 나온 크릴새우의 크릴 오일도 모두 기름이에요. 그러나 혈관에 침착된 기름을 녹이는 데는 한계가 있어요."

"그렇다고 들었습니다. 역시 아직까진 불가능한가 보군요?"

그녀는 대답 대신 안경을 슥 올리며 카메라를 봤다. 카메라가 있어 말하기 곤란한 모양이다.

두삼이 양해를 구하기 위해 돌아보자 카메라맨은 눈치를 채고 밖으로 나갔다. 그제야 그녀는 다시 말했다.

"한 가지가 있어요. 올 초에 알아내서 표본은 이제 3명밖에 되지 않지만요."

"어떤 약입니까?"

"침향(沈香)이에요."

"네? 침향이요?"

뜬금없는 말에 두삼은 놀라 반문했다.

동의보감에 침향은 월경불순, 정력 감퇴, 빈뇨 개선 등 주로 생식기관에 좋은 것으로 나와 있다.

한데 혈관 내 혈전을 제거한다니 놀랄 수밖에.

"침향의 성분이 정유라는 건 알고 있나요?"

"…네. 천연수지죠."

"침향만으로는 큰 효과가 없지만 몇 가지 처리를 하면 가능해요."

의심은 들었지만 다른 방법이 없는 이상 믿을 수밖에 없었다.

"혹시 가르쳐 줄 수 있으신가요?"

안별아는 빙긋 웃으며 말했다.

*　　　　*　　　　*

1박 2일간 경해대 한방병원에서의 촬영을 끝낸 후, 집으로 돌아온 두삼은 루시에게 침향이 혈전용해와 관련이 있다는 자료를 검색해 달라고 부탁했다.

다음 날 아침, 평소보다 일찍 일어나 문서를 살폈다. 한참 문서를 살피던 두삼은 인상을 찌푸렸다.

문서 대부분은 베트남, 태국, 인도네시아 등 침향 산지에서 건강 보조 식품을 파는 업체의 글이었다.

병원에서도 포기한 말기 암 환자가 산속에 들어가 닥치는 대로 약초를 먹고 암을 극복했다는 얘기와 다를 바 없는 얘기랄까.

"근데 안 선생님이 나에게 거짓말을 할 이유가 없지 않나?"

시장에서 약을 파는 사람이 한 말이 아니라 병원 과장급이 한 말이다. 물론 과대 포장된 과장급도 있지만 주해인의 말을 빌리자면 안별아는 그런 류와는 달랐다.

게다가 거짓말을 해서 이익을 볼 것도 없다.

혈전용해가 가능한 침향 제조법을 가르쳐 주는 대신 인천 건물 붕괴 당시 사용했던 침술마취—아직 학계에 발표하지 않은—를 대가로 요구했다. 그러나 그것도 먼저 침향을 사용한 후 효과가 있을 때 가르쳐 주면 된다는 조건이다.

사실 먼저 가르쳐 준다고 해도 어차피 멀지 않아 학계에 발표할 생각이었기에 문제될 것도 없다.

이리저리 생각하다 보니 결론이 났다. 다만 침향에 대해 조금 알아본 후에 연락하기로 했다.

"일단 세 명 치료부터 하자."

하란을 깨워 같이 수영과 아침을 먹은 후 세 사람이 머무는 호텔로 향했다.

"…구우모닝, 한."

"좋은 아침, 조슈아."

먼저 찰스 가족의 방으로 들어가자 조슈아가 어눌하지만 환한 표정으로 반겨줬다.

최근 조슈아의 상태는 이러다 큰일 나는 건 아닐까 싶을 만큼 무섭게 좋아지고 있었다.

아니나 다를까, 사흘 만에 뇌전증 치료로 뇌신경이 죽은 영역의 5%에 추가로 뇌신경이 뻗쳐 있었다. 지금 속도대로라면 한 달이면 완전히 메워질 게 분명했다.

너무 빨라 기운을 넣지 말아야 하나 싶다.

70%까지는 지켜보자는 심정으로 기운을 주입하고 케빈에게

갔다.

촬영 때문에 사흘 만이었지만 시키는 대로 스트레칭을 잘했는지 혈관 생성은 잘되고 있었다.

부르스까지 치료하고 호텔 밖으로 나오자 11시 30분. 차에 올라 한강대학병원에 약재를 공급하는 약재상에게 연락했다.

―여어~ 이게 누구야! 히어로 선생 아냐?

"귀에 딱지 앉겠어요. 잘 지내셨죠? 저 없어서 그동안 편했겠어요?"

휴가 기간 중 침구과 장인규 과장과 류현수에게 약재의 구입을 부탁해 뒀다.

―으~ 편하기는 개뿔. 장인규 선생은 자네보다 두 배는 까탈스럽더군. 정말 공급을 포기해야 할까 고민했다니까. 한 선생 언제 와?

"3주 후에나 갈 것 같아요. 그나저나 혹시 침향도 취급하세요?"

―당연히 하고 있지. 요즘 침향 공진단이다 뭐다 해서 여러 군데 납품하고 있어. 한강대학병원에도 지난달부터 넣고 있어.

"그래요? 근데 개인적으로 필요해요."

―여유분은 있어.

"몇 등급인데요?"

―5~6등급쯤.

"3등급도 있어요?"

―구할 수는 있는데 믿을 수가 있어야지. 사실 전문가들도 구분하기 힘들거든. 진짜 전문가 찾으려면 부산에 유명한 사람

있어.

백문이 불여일견이라고 말로 들어선 잘 모르겠다.

"제가 점심 살 테니까 시간 좀 내주실래요?"

―지금? 음, 두 시부턴 배달 가야 하는데…….

"저도 2시까진 일 가야 해요."

―알았어. 어디야?

"제기동에 15분쯤이면 도착할 거예요. 주소 좀 보내주세요."

전화를 끊고 차를 출발시키자 곧 메시지가 왔다.

약재상 사장님의 사무실은 약재 골목 맞은편에 있는 약재 박물관 건물 뒤쪽이었다. 오래된 다세대주택 건물로 창고 겸 사무실로 쓰는 듯 보였다.

도착해서 사무실을 다 구경하기도 전에 나와 곧장 음식점으로 향했다.

"한 선생한테 전화를 받고 혹시나 해서 전에 침향 교육해 준 사람에게 연락해 봤어. 마침 근처에 있다고 해서 불렀는데 괜찮지?"

"상관없어요. 근데 사장님도 교육을 받았어요?"

"나라고 처음부터 침향에 대해 알았겠어?"

"하긴."

"교육비가 들어가긴 하는데, 사기당하는 것보단 싸게 먹히니까 배우고 장사하는 게 나아."

"그렇군요. 교육비는 얼마나 드는데요?"

"가서 물어봐. 비싸면 안 해도 되니 부담 갖지 마. 밥 한 끼사 먹이고 보내면 돼."

음식점은 허름하지만 넓은 반계탕 가게였다. 침향 교육자는 먼저 도착해서 자리를 잡고 있었다.

오 씨라 불리는 50대 초반의 남자와 인사를 한 후 곧장 교육에 대해 물었다. 그러자 그가 말했다.

"기본 교육은 50만, 고급 과정은 100만, 심화 과정은 200만입니다. 뭐, 많이 다른 건 아니고 체험에 사용되는 침향에 따라 교육비가 다른 것뿐이에요."

"200만 원이면 몇 등급까지 체험할 수 있는데요?"

"당연히 1등급이죠. 물론 1등급은 딱 한 번밖에 테스트 못 해요. 그램당 100만 원쯤 하는 건 알죠? 사실 비싸다고 생각할지 모르지만, 사용되는 침향 가격에 교육비 쬐금 더해진다고 보면 돼요."

그는 교육비의 정당성에 대해 구구절절 설명을 더했다. 두삼은 별 고민하지 않고 말했다.

"심화 과정으로 할게요."

"오! 화끈한 청년이네. 소 사장님이 소개해 줬으니까 10% 싸게 해줄게요."

"교육만 제대로 해주세요."

"그건 당연하죠. 하하하!"

두삼은 시간과 돈을 투자해 만들어진 정보라면 돈을 지급하는 건 당연하다고 생각했다.

물론 오 씨는 누군가에게 공짜로 배웠을 수도 있지만 그건 그의 능력일 뿐이다.

반계탕 가게는 단일 메뉴라서 그런지 주문을 별도로 하지 않았는데도 세 그릇의 반계탕이 나왔다.

맛은 쏘쏘. 그러나 기운을 사용하고 와서 그런지 양이 적었
다.

한 마리가 온전히 들어간 삼계탕은 안 파는 건가 물어봤더니
판단다. 다만 한 마리를 온전히 먹고 싶으면 들어올 때 얘기해야
한다고 했다.

그런 건 미리미리 말을 해주란 말이다.

국물까지 깔끔하게 먹고 나자 조금 아쉽긴 해도 참을 만했다.

약재상 사장님이 산 커피 한 잔씩을 들고 그의 사무실로 갔
다. 중간에 오 씨는 그의 트럭에 들러 제법 묵직해 보이는 여행
용 가방을 챙겼다.

사무실 소파에 가방을 놓고 열자 몇 가지 장비와 함께 지퍼
백에 든 나뭇조각들이 잔뜩 들어 있다. 그리고 그와 함께 퍼지
는 표현하기 힘든 향.

건강해지는 향이라고 할까.

아무튼 상당히 독특하다.

플라스틱 비커에 물까지 채운 후에야 준비가 끝났는지 소파에
앉으라고 했다.

자리에 앉으며 지갑에서 180만 원을 꺼내 그에게 건넸다.

대부분 카드를 이용하지만 가끔 병원 후배들 택시비나 술값
을 주기 위해 지갑에 항상 수표와 5만 원권을 가지고 다녔다.

"오! 현금. 계좌 이체도 괜찮은데."

"그게 편하면 그렇게 해드리고요."

"에이~ 이왕 꺼낸 건데. 현금을 받으니 더 기분이 좋긴 하군

요. 하하! 자! 교육을 시작하겠습니다."

그는 손뼉을 '짝!' 소리가 나게 친 후에 가방에 있는 물건을 꺼내며 설명했다.

"침향은 1등급부터 16등급까지 있어요. 침향나무가 상처를 입은 후 그 상처를 자가 치료 할 때 나오는 수지가 굳은 것이 침향입니다. 즉, 등급의 기준은 간단하게 포함된 수지의 양이라 생각하면 돼요."

어느새 16개의 침향을 한 줄로 쭉 배 나열했다.

"여기서부터 1등급입니다. 이건 2등급, 요건 3등급. 이렇게 보니 구분하기가 쉬운 거 같죠? 그럼 이건 몇 등급인 거 같아요?"

그는 새로운 침향을 지퍼 백에서 꺼내 두삼에게 건넸다.

두삼은 손에 들고 만져보고 냄새를 맡으며 말했다.

"3등급? 4등급? 음, 3등급에 가까운 것 같은데 애매하네요."

"⋯⋯!"

오 씨는 두삼의 말에 놀라 눈을 크게 떴다. 그리고 또 다른 침향을 건네며 물었다.

"요건요?"

"8등급쯤?"

"헐! 맞아요. 한의사라더니, 침향에 대해 전부터 알고 있었던 거 아녜요?"

"알고 있었으면 200⋯ 180이나 주고 배울 리가 없지 않겠어요?"

"근데 어떻게 알았어요. 색깔도 다르고, 촉감도 다르고, 향도 다른데요?"

"그건… 그냥 느낌?"

사실 그냥 느낌이 아니다. 기운을 볼 수 있는 두삼의 사기적인 능력 때문이다.

1등급은 기운이 반짝반짝 빛난다면 16등급은 그냥 살짝 어려 있는 정도. 빛의 세기로 16단계를 파악하는 건 어렵지 않았다.

물론 1등급부터 16등급까지 샘플로 눈앞에 펼쳐져 있는 덕분이긴 했다.

"…난 몇 년에 걸쳐 겨우 알아냈는데 단번에 알아내다니 허탈하군요."

"한 선생, 약재에 대해선 내가 본 사람 중에 최고야. 농약 묻은 것도 바로 알아맞히는데, 뭘. 타고난 능력이 있나 보지."

이거 잘난 척이 되어버렸다.

"운이 좋았어요. 이렇게 펼쳐놓은 덕분이기도 하고요. 그냥 보면 헷갈릴 겁니다."

"그럴 수도 있죠. 사실 알았다 싶다가도 곧잘 헷갈리니까요. 아무튼 계속 설명하죠. 요 3등급과 한 선생님이 들고 있는 3등급은 산지 차이예요. 베트남산과 인도네시아산이죠. 냄새를 맡아볼까요? 어때요?"

"베트남산이 냄새가 더 진하고 좋은 것 같네요."

"정확해요. 나무 종류는 같지만 자라는 환경의 영향으로 다른 침향이 생기는 거죠. 자세히 보면 낮은 등급의 경우 이렇게 보푸라기가 있는 게 태국, 혹은 인도네시아산이라고 보면 돼요. 이번엔 직접 태워서 향을 맡아보죠. 그럼 좀 더 정확하게 알 수 있어요."

　침향은 산지, 향기, 태웠을 때 연기 모양 등에 따라 조금씩 달랐는데, 그게 다시 16등급까지 나눠지니 복잡할 수밖에 없었다.

　그러나 다양한 약재를 많이 접해보고 좋고 나쁨을 쉽게 구분할 수 있었던 두삼에겐 어려울 것이 없었다. 그에 오 씨가 말하는 구분법을 머릿속에 차곡차곡 쌓아갔다.

　"물에 가라앉는 것이 침향이다, 라는 말이 있어요. 맞는 말이긴 한데 사기꾼들은 그 점을 노리고 물에 가라앉는 나무를 이용해 향을 입힌 후 침향이라고 팔아먹기도 해요."

　"그럴 땐 태운 향기로 구분해야겠군요?"

　"그게 제일 좋아요. 가짜는 아무리 향을 비슷하게 만들어봐야 태울 때는 다를 수밖에 없거든요. 1, 2등급의 경우 가격이 워낙 나가니 연구소에 의뢰하기도 하죠. 자, 마지막 테스트를 해보죠. 이 두 개 중에 진짜 침향은 어떤 걸까요?"

　오 씨는 두 개의 침향 조각을 두삼에게 건넸다.

　하나는 가짜. 냄새는 구분을 거의 못할 만큼 비슷하다. 그러나 두삼은 그가 건넬 때부터 이미 답을 알고 있었다.

　시간을 끄는 이유는 즉각적으로 얘기했다가 아까처럼 비행기를 태울 것 같아서다.

　1분쯤 이리저리 살피는 척하다 말했다.

　"둘 다 가짜네요. 향이 인공적이에요."

　"쩝! 이럴 땐 틀려주고 해야 하는데. 가르치는 맛이 없군요. 어쨌든 정답. 둘 다 가짜예요. 태워보면 더 정확하게 알 수 있어요."

그는 가짜 침향의 일부를 태웠다.

기름이 아닌지라 지글지글 타지 않고 향 역시 비릿하면서도
역한 냄새가 났다.

"큭! 바로 구분이 되네요."

"그렇죠? 나중엔 어떤 가짜가 나올지 모르지만 지금은 작은
조각을 태워서 냄새를 확인하는 방법이 제일 좋아요. 소 사장님
잠깐 환기 좀 시켜주세요. 이제 1등급 침향이 어떤 향을 내는지
봐야 하지 않겠어요?"

"오오! 기대되는군."

소 사장은 기대되는지 들뜬 목소리로 외치며 창문을 열어 환
기를 시켰다.

설명을 들으며 이미 3등급, 4등급, 7등급, 9등급, 11등급의 향
을 맡아본 두삼은 솔직히 큰 기대는 없었다.

후각이 예민한 그지만 3등급이나 4등급 향의 차이는 아주 미
세했다.

사무실의 향이 빠지는 동안 오 씨는 1등급 침향과 훈증기를
제외하곤 가방을 모두 챙겼다. 그리고 향이 어느 정도 빠지자
창을 닫고 말했다.

"많은 양을 쓰지는 못하니 가까이 붙으세요. 사실 1등급 침향
의 경우 최근엔 거의 없다고 보시면 됩니다. 적어도 60, 70년 이
상 기다려야 하는데, 침향이 좋다고 너도나도 채취하다 보니 그
시간까지 살아 있는 나무가 드물거든요."

그는 말을 끝내고 도구로 1등급 침향을 슥슥 긁었다. 가다랑

어포의 작은 조각처럼 생긴 침향이 훈증기 위에 몇 개 떨어졌다. 그리고 연기가 피어올랐다.

"후으읍!"

큰 기대감 없이 그램당 100만 원짜리 연기를 깊게 들이마셨다.

한데 1등급이라 그런가 확실하게 향이 달랐다. 아주 찐한, 그리고 마음을 편안하게 해주는 향. 여전히 설명할 길은 없지만 3등급과는 확실히 달랐다.

"으음! 아랫도리가 왠지 불끈해지는 기분이네."

소 사장도 좋은지 깊게 들이마신 후 감탄했다.

그의 말에 피식 웃음이 나왔다. 향을 맡을 때마다 내부를 살펴보고 있는데 혈액이 미세하게 빨리 돌 뿐, 몸에 특별한 변화는 없었다.

물론 플라세보효과라도 얻고 있는 소 사장의 산통을 깰 마음은 없었다.

오 씨는 침향이 생식기관, 혈관질환, 심장질환, 뇌질환, 심지어 항암효과 등에 뛰어나 많은 사람이 찾고 있다고 했는데 그의 말에 따르면 만병통치약이나 다름이 없었다.

그러나 그렇게 따지면 우리가 먹는 마늘이나 대파, 양파 같은 것도 만병통치약이었다.

1등급 침향 1g의 향은 그리 오래 가지 않았다. 100만 원이 정말 바람처럼 사라졌달까.

교육이 끝난 후 작별 인사를 하고 밖으로 나온 두삼은 곧장 안별아에게 연락했다.

―웅, 한 선생, 결정했나 보네?

"네, 선생님. 하겠습니다."

쉬운 길을 놔두고 돌아갈 이유는 없었다.

＊　　　　＊　　　　＊

안별아의 침향을 이용한 혈전 제거법은 혼자 연구했다면 몇 년이 지나도 알아내지 못했을 만큼 복잡했다.

1~3등급의 침향을 이용해 향(香), 차(茶), 단(丹)을 만들어 세 가지를 한꺼번에 사용해야 했는데, 향과 단을 만들 땐 다른 약초와 기름이 섞여야 했다.

'치료 기간이 100일이라니 상당한 양이 필요하겠어. 1, 2등급은 비싸니 3등급으로 해야겠어.'

내친김에 주문을 해둘까 하다가 아직 림프도 깨끗하게 못 했는데 설레발치는 것 같아 천천히 구매하기로 하고 강창동의 집으로 갔다.

그의 집 앞에 도착해 간에 좋은 한약을 들고 안으로 들어갔다.

"어서 오게. 촬영은 잘했나?"

"……"

그가 반갑게 인사를 했지만 기름진 전에 술을 마시는 모습에 얼굴이 굳었다.

반주라면 이해라도 한다. 한두 잔의 술은 혈액순환에 도움을 주니 말이다. 한데 이미 비어 있는 소주병과 거의 비어가는 소주

병을 보니 술도 좋아하나 보다.

음식에, 흡연에, 이젠 술까지.

소개해 준 민규식의 얼굴을 봐서라도 참으려 했는데 이젠 한계다.

말해보고 안 되면 포기할 생각으로 입을 열었다.

"술도 좋아하시나 봅니다?"

"핫핫핫! 술이야말로 인생의 낙 아닌가."

비꼬는 말임을 모르지 않을 텐데. 그 양반 인생의 낙 참 많다.

두삼은 심각한 표정을 거두지 않고 자리에 앉았다. 그리고 말했다.

"먹는 즐거움, 이해할 수 있습니다. 흡연, 검진 기록상으로는 아직 폐가 튼튼하니 그것도 말리지 않겠습니다. 하지만 술은 안 됩니다. 이제부터 간이 해야 할 일이 많습니다. 멀쩡한 간이라고 해도 무리가 갈 수밖에 없습니다."

"전에도 말했다시피 약간의 수명 연장을 위해 즐거움을 포기할 생각 없네."

"그럼 그러십시오. 대신 전 여기까지 하겠습니다."

"......"

그의 표정이 굳었다.

뭐 하는 양반인지 모르지만, 그가 두려워서 치료하고 있는 것이 아니다. 환자니까, 민규식의 소개니까 나쁜 상황에서도 최선을 다하려 했다.

"제가 할 수 있는 걸 즐거움이라는 말로 다 쓸모없이 만들어놓았는데 제가 뭘 할 수 있겠습니까. 민 원장님껜 제가 말할 테니 즐거움 마음껏 즐기세요."

"솔직히 능력 없는 건 아니고?"

"네. 맞습니다. 기름진 음식에, 담배에, 술까지 먹는 혈관질환자를 고칠 능력은 없습니다. 솔직한 걸 좋아하시는 것 같으니 저도 솔직하게 여쭈어보죠. 더 오래 살고 싶어 절 선택한 거 아닙니까?"

그는 당장에라도 화를 낼 듯한 표정으로 바뀌었다. 그리고 한껏 치켜 올라간 눈으로 노려봤다.

무서워하라고 짓는 것 같은데 솔직히 웃길 뿐이다.

정말이지 나이만 비슷했어도 싸대기를 날려 버렸을지도 모르겠다.

"……."

"……."

한참 눈싸움을 벌였다. 그마저도 슬슬 짜증이 나 이만 일어나겠다고 말하려 할 때였다.

그는 돌연 큰 소리로 웃었다.

"핫핫핫핫핫!! 내가 늙긴 늙었나 보군. 예전에 날 그렇게 빤히 쳐다보는 사람은 아무도 없었는데 말이야."

버르장머리가 예나 지금이나 없었나 보다.

"그래. 맞네. 솔직히 더 오래 살고 싶네. 한 가지 더 묻지. 술을 끊으면 더 오래 살 수 있나?"

"지금처럼 마시는 것보단 오래 살 겁니다."

"장담하나?"

"장담합니다!"

"좋네. 그럼 마시지 않도록 하지."

"옳은 결정입니다."

"다만 더 오래 살지 못하면 자네에게 책임을 물을 거야. 그것도 아주 무거운 책임!"

"좋습니다. 오늘은 술기운 때문에 곤란하니 내일부터 이 한약을 드십시오. 혈전용해제를 제외한 어떠한 약도 드시면 안 됩니다."

"혈압 약도?"

"약 먹는 것도 즐거움입니까?"

"그럴 리가 그건 고통이지."

"좋습니다. 그럼 바로 마사지를 받으러 가시죠."

거실을 지나 치료실로 갈 때였다. 지금까진 무심코 지나갔던 정면의 장식장 속에 추상화처럼 제멋대로 생긴 나무가 눈에 보였다.

"어? 어르신, 저 나무 혹시 침향 아닙니까?"

"어떤 거? 아! 저거. 아마 그럴 걸세. 전에 누군가 향이 좋다고 줬는데 담배를 피우는 나한테는 별로 필요가 없더군. 그래서 저렇게 넣어뒀지. 왜? 탐나나?"

"탐나기보단 어르신 치료를 위해선 꼭 필요한 것이라서요."

"가져가게."

"…제가 보기에 1등급 같은데, 저 정도면 수십억은 족히 할 텐데요."

"며칠 더 살 수 있다면 그 정돈 아깝지 않지."

별일 아니라는 듯 말하고 치료실로 들어가는 거 보니 허세는 아닌 것 같은데.

즐거움을 찾는 건 짜증이 나지만, 통이 큰 건 마음에 들었다.

81. 힘냅시다!

케빈과 부르스의 저녁 치료를 일찍 마치고 집 앞에 이르자 여행용 가방과 쇼핑백을 든 하란이 집 앞에 기다리고 있었다.

　얼른 나가 트렁크에 가방을 실었다.

　"왜 나와 있어?"

　"루시가 도착한다고 알려줬어."

　"급할 것도 없는데……"

　"아버님, 어머님이 기다리시잖아. 운전은 내가 할 테니까 빨리 타기나 해서."

　오늘은 부모님을 찾아뵙기로 했다.

　서울에 있는 장모님이야 바로 찾아뵀지만, 시골에 계신 부모님을 찾아뵙는 건 쉽지 않았다.

　그래서 전화 연락만 드리고 설날 때나 찾아뵈려 했는데, 하란이 안 된다고 고집을 피워 짧게라도 다녀오기로 했다.

고속도로를 타자 루시에게 차를 맡긴 하란이 말했다.

"그냥 주말에 나 혼자 다녀올 걸 그랬나?"

"불편하잖아."

"전혀 안 불편한데. 오빤 울 엄마 만날 때 불편해?"

"아니. 장모님이랑 나야 치료랑 마사지 때문에 둘이 자주 만났 잖아. 난 장모님 좋아해."

지금도 한 달에 한 번은 연락을 하고 찾아가 마사지를 겸해서 몸 내부를 살폈다. 암이 사라졌다고 해도 5년은 꾸준히 지켜봐 야 했다.

"나도 오빠 부모님 좋아해."

"하하! 고맙다."

TV나 매체에선 '시월드, 일방적인 희생, 명절 증후군' 따위의 자극적인 제목으로 남녀 편을 갈라 싸우게 하려고 한다. 그러나 대부분은 서로를 이해하며 알콩달콩 살아간다.

일부의 주장에 휘둘릴 필요 없다.

설령 일부가 아니고 다수의 의견이라 해도 상관없다. 그러게 되면 대부분의 선진국에서 그랬듯이 반작용이 일어나게 마련이 다.

오늘 루시의 운전은 성격 급한 운전자의 그것과 비슷했다. 과 속카메라가 있으면 규정 속도로 달리고 없을 땐 150km의 속도로 내뺐다.

덕분에 8시쯤 고향 집에 도착할 수 있었다.

부모님과 삼촌 내외가(이봉래, 노혜자 부부) 문 앞까지 나와 반겨주신다.

"저희 왔어요."

"아버님, 어머님, 작은 아버님, 작은 어머님 잘 지내셨어요?"

"우리야 잘 지내지. 근데 뭐 한다고 이렇게 와. 시간될 때 천천히 와도 되는데. 저녁은 안 먹었지? 들어와 얼른 먹으렴."

"추석 때도 찾아뵙지 못했잖아요. 죄송해요, 어머님."

"미국에 일하러 갔다는 거 아는데, 뭘. 그나저나 두삼이 저 녀석 때문에 마음고생 많았지?"

"아니에요."

"아니긴. 이렇게 예쁜 아가씨를 두고 잘못되기라도 했으면 어쩌려고. 그런 건 좀 아버지를 닮을 것이지."

"갑자기 내 얘기가 왜 나와!"

"위험은 일단 피하고 보자는 게 당신 모토잖아요?"

"허어~ 무슨 소릴. 내가 한 때 마을 자경단까지 했던 사람이야."

"그건 술 마시려고 했던 거죠. 쓸데없는 얘기하지 말고 얼른 짐이나 들어요."

어머닌 하란의 손에 들린 짐을 받아 아버지께 건네고 하란을 데리고 본채로 올라가셨다.

아버지와 삼촌, 두삼은 짐을 들고 천천히 그들의 뒤따라 걸었다.

아버지가 넌지시 말했다.

"훌륭한 일을 했더구나? 그래도 너무 위험한 일엔 네 엄마 말처럼 적당히 하려무나."

"어쩌다 보니 그렇게 됐습니다."

"네 할아버지가 살아계셨으면 좋아하셨을 게다."

할아버지도 아버지와 비슷한 말을 하지 않았을까 생각해 본다.

"고친 집은 어떠세요?"

"좋다. 근데 산골에 집에 너무 많은 돈을 쓴 건 아닌지 모르겠다."

"좋으면 됐죠."

리모델링비로 웬만한 아파트 가격은 들어갔다.

만일 내일 당장 이 집을 판다고 하면 그 5분의 1이나 받을까. 그러나 후회는 없다. 평생 왔다 갔다 할 곳이니 말이다.

강창동의 집처럼 화려하지는 않지만 깔끔하고 현대식으로 리모델링된 방에 큰 상이 두 개나 깔려 있었다. 그리고 그 상에 빈틈이 없을 정도로 많은 음식이 놓여 있었다.

"헐! 이걸 언제 다 준비하셨대요?"

"말도 마라. 니 엄마랑 제수씨가 온종일 했다. 원, 애들이 굶고 다니는 것도 아닌데……. 쯧!"

"먹고 싶지 않으면 당신은 먹지 말아요. 두삼아, 아가. 앉아라. 얼른 먹자."

"큼! 애들이 오니까 남편은 보이지도 않는 모양이네. 봉래, 우리는 조용히 술이나 마시자고."

"허허허! 네 형님."

차린 정성을 생각해 이것저것 먹었지만 그리 티가 나지 않았다.

빵빵하게 배를 채우고 나서 아버지와 삼촌이 주는 과일주를 마셨다.

그리고 대화의 시간이 되면 부모님이 으레 하는 말.

"근데 결혼은 언제 할 생각이니?"

경우가 조금 다르지만 자식이 얼른 안정을 찾길 바라는 건 똑같은가 보다.

하란과 결혼을 언제쯤 할지는 이미 얘기를 했기에 답하는 데 어려울 것도 없었다.

"내년 가을이나 내후년 봄쯤에요."

"내후년까지 끌지 말고 내년 가을에 해. 애 키우는 거 걱정은 하지 말고. 엄마가 도와줄게."

"우리 엄마 또 멀리 본다. 애는 결혼한 후에 생각해요. 자! 마셔요."

"새벽에 올라가야 한다면서. 적당히 마셔."

대신 운전해 줄 인공지능이 있다면 좀 안심하실까.

이래도 걱정, 저래도 걱정하는 어머니의 모습에 괜한 걱정을 한다 싶으면서도 자신을 위해 하는 말임을 알기에 마음 한구석이 따뜻해졌다.

저녁 겸 술자리는 11시쯤 끝났다. 아버지는 서운해하셨지만, 내일 새벽에 떠날 사람들을 붙잡고 있다는 어머니의 말씀에 결국 술잔을 내려놓았다.

이어 어머니, 작은어머니, 하란이 서로 설거지를 한다고 잠깐 실랑이가 있었지만, 자신이 먼저 싱크대를 차지했다.

들어가서 쉬라는 어머니의 등짝 스매싱이 있었으나, 묵묵히 하자 결국 포기하시곤 잠깐이나마 하란과 얘기를 나누셨다.

"주무세요."

"편히 쉬세요, 아버님, 어머님."

"얼마 자지도 못하겠네. 들어가서 얼른 쉬어."

두 분이 들어가는 걸 본 후 하란은 처음 만났을 때가 생각나는지 한 바퀴 돌자고 했다.

"바람이 찬데 괜찮겠어?"

"술도 깰 겸 잠깐이면 돼."

"그러자."

품에 꼭 안고 천천히 걸음을 옮겼다.

마당 한 곳에 이르자 하란은 걸음을 멈추고 말했다.

"기억나? 내가 여기서 요가 하던 모습?"

"새벽에 말이지? 잊을 수가 없지. 살면서 본 최고의 미인이 착 달라붙는 요가복을 입고 있었는데. 내 눈이 어둠을 꿰뚫어 볼 수 없다는 게 한스러웠다니까."

"풋! 내 기억하곤 완전히 다른데?"

"네 기억은 어땠는데?"

"저건 뭐 하는 물건이지, 라는 표정?"

"에이~ 설마. 혹시 '나를 대수롭지 않게 본 남자는 네가 처음이야!'라는 생각에 마음이 흔들렸던 거야?"

"약간은."

"착각이야. 마음속으론 좀 더 자세히 볼 수 있게 얼른 태양이 떠서 널 비추길 간절히 바랐거든."

"오늘따라 입이 너무 매끄러운데?"

"오늘은 이렇게 가까이에서 볼 수 있는 건 물론이고, 이렇게 만질 수 있어서가 아닐까. 하하!"

한가한 왼손이 슬쩍 가슴 쪽으로 향하자 하란은 손등을 가볍게 쳤다.

"미쳤어! 누가 보면 어쩌려고?"

"그런가? 그럼 키스 정도로 만족할까?"

"됐거든! 누가… 흡!"

처음엔 약간의 머뭇거림이 있었지만, 곧 평소처럼 부드럽게 내 입술을 받아준다.

키스는 길지 않았다. 그러나 키스가 끝난 후 우리는 더욱 서로를 껴안고 산책을 했다.

하늘엔 은하수마저 보일 만큼 온통 별로 가득하다.

*   *   *

12월의 한강대학병원은 바쁘다.

종합병원이 언제는 바쁘지 않겠느냐마는 매년 12월 6,000명이 넘는 전 직원을 대상으로 건강검진이 이루어지기 때문이다.

특히, 2년에 한 번씩은 병원 내 손꼽히는 의료진에게 종합 건강검진을 받을 수 있는 특혜(?)가 주어진다.

손꼽히는 의료진은 투표로 이루어지며 당첨된 의사는 예외 없이 한 달간 직원들의 건강검진에 참여해야 했다.

이왕 하는 거 왜 최고의 의료진이 아닌 손꼽히는 의료진이냐고 의문을 가질 수 있을 것이다.

이유는 간단하다. 예외가 있기 때문이다.

최고의 의료진은 대부분 각과의 장들이었고, 10에 10은 바빴다.

아무리 직원들의 건강과 복지를 중요하게 여기는 민규식이나 병원인 이상 환자가 우선이었다.

센터장급 회의실.

2년마다 한 번씩 하는 행사라 크게 회의가 길어지거나 할 이유는 없었다. 그러나 올해는 회의가 유독 길어지고 있다.

뇌전증 치료제 3차 임상 시험, 두삼의 활약으로 인한 뜻밖의 특수, 암센터의 약진이 더해지면서 병원 전체적으로 너무 바빴기 때문이다.

"그냥 작년 수준으로 하고 내년에 종합 건강검진을 하는 건 어떻습니까?"

얘기가 길어지자 부원장이 타협안을 꺼냈다. 그에 암센터장 정시형이 동조했다.

"그러시죠. 6,000명이 넘는 인원들의 암 검사를 하려면 우리 센터는 마비가 될 겁니다."

2년마다 있는 종합 건강검진의 중심은 누가 뭐라고 해도 암 검사였다. 위내시경과 대장내시경을 암센터에서만 하는 건 아니지만, 암센터가 많은 부담을 지는 건 사실이었다.

가만히 듣고 있던 민규식이 입을 열었다.

"불가합니다."

"원장님!"

"들어보세요. 올해 우리 병원 직원 중 4대 중증질환(암, 심장, 뇌

혈관, 희귀 난치 질환)자가 몇 명이나 발생한 줄 압니까? 모두 10명입니다. 그중 암이 일곱, 심장과 뇌혈관이 둘입니다. 다른 병까지 합친다면 100명이 넘어요."

"직원들의 모든 병을 병원에서 제어할 수는 없는 일 아닙니까."

"맞는 말입니다. 흡연, 지나친 음주, 폭식 등 개개인의 취향을 일일이 제어하는 건 말도 안 되죠. 그래서 종합 건강검진은 더 필요하다는 거예요."

"검사실 사람들의 업무 강도가 30% 이상 증가하게 될 겁니다. 생각을 해주십시오."

"저도 웬만하면 편하게 넘어가고 싶어요. 하지만 이사장님의 생각은 확고하십니다. 다들 들어 알잖아요. 이사장님이 건강검진을 등한시했다가 어떤 일을 겪었는지. 1월까지 하는 한이 있더라도 꼭 하라는 지시가 있었어요."

"……."

이사장의 지시 사항이라는 말에 회의실은 다시 조용해졌다.

민규식은 진즉에 센터장들의 불만을 억누를 수 있었다. 그러나 어느 정도 불만을 토로할 시간을 가지는 것도 나쁘지 않다고 생각해 내버려 둔 것이다.

"다들 그렇게 하기로 했으니 이번엔 각 과에서 어떤 선생들을 제외할 건지 살펴보죠. 내과부터 할까요?"

"과장급과 고형준, 김순아, 조정훈 선생은 참여하기 힘들 것 같습니다."

"음, 과장급이야 그렇다 치고 세 사람은 왜요?"

"그게 하는 일들이 많아서……."

"쯧! 교수들 편해지자고 그런 거네."

외과센터장이 혀를 차며 중얼거렸다. 그러나 중얼거린 것치곤 모두의 귀에 다 들릴 만큼 컸다.

"…지금 그걸 말이라고 하신 겁니까?"

"혼잣말을 크게 한 건 미안하지만 완전히 틀린 말은 아니지 않나요? 이럴 때라도 좀 바쁘면 좋으련만."

"이 선생님! 내과가 한가하다고 말하는 겁니까?"

"내가 언제 그런 말을 했어요? 그냥 그렇다는 거죠."

"……"

끝까지 이죽거리는 외과센터장을 보고 내과센터장은 화가 났지만 더 말하진 않았다.

평소 외과와 내과는 내과에서 외과로, 외과에서 내과로 환자를 보내는 경우가 많다 보니 친했다. 그러나 연말이 되면 외과의 센터장과 일부 과장들의 신경은 날카로워졌다.

연말엔 외과가 마법에 걸리는 달이랄까.

이유는 인턴들이 본격적으로 전공의 과정을 선택할 때가 연말이기 때문이다.

외과의 전공의 지원율은 비참하다.

안과, 이비인후과, 성형외과를 제외하곤 0.5 정도. 10명이 필요한데 5명밖에 지원을 하지 않는다.

흉부외과와 비뇨기과는 0.4이하다.

이러다 보니 전체 평균에 비해 높다는 한강대학병원마저 매년 정원을 채우는 게 힘들다.

의대를 다닐 때부터 장학금을 줘도 외과 지원자를 키우는데도 이 모양이다.

매년 지원자가 적다 보니 이젠 악순환에 빠졌다.

전공을 외과로 선택했다가 포기하는 인원들도 속출한다. 수련의들이 오죽했으면 그럴까.

각설하고 연말엔 아무리 치사하고 더러워도 외과 사람들과 말을 섞지 않는 게 좋았다.

게다가 민규식 원장은 외과 편이었다.

"상(喪)이 난 게 아니라면 과장급만 빠지는 걸로 하지요. 다음 암센터."

외과의 몽니가 있은 후론 암센터를 제외하고 모두가 협조적으로 바뀌었다.

"다들 불만들이 왜 없겠어요. 그러나 우리끼리라도 서로를 챙겨야 하지 않겠어요? 다들 고생해 주시고 한 해 마무리 잘합시다. 회의는 여기까지 하죠."

"…네."

다들 힘없이 대답을 하고 회의를 일어나려 할 때 정시형이 손을 들며 말했다.

"원장님, 한방센터는 빠지는 겁니까?"

"한방센터는 건강검진과 관련이 없어서 한약과 건강 보조 식품을 서포트하는 걸로 할 생각인데 왜 다른 의견이 있나?"

"투표에 참여시킬 사람이 한 명 있지 않습니까?"

"누구? 아! 한 선생. 근데 휴가 중이잖나?"

"한국에 와 있지 않습니까. 그 친구만 참여해도 시간과 비용을 대폭 줄일 수 있을 것 같은데요."

민규식은 고민했다. 오늘 회의에서 한 말이 있으니 두삼이 지금도 일을 하고 있다는 걸로 감싸기엔 무리가 있었다.

"일단 물어보고 한다면 투표에 올려보도록 하지."

두삼의 휴가는 사실상 끝나고 있었다.

*　　　　*　　　　*

"그러니까 병원 직원들을 대상으로 하는 건강검진에 참여하라는 말씀인가요?"

─일단 투표에 올려도 되는지 묻는 걸세. 직원들이 뽑지 않으면 굳이 신경 쓰지 않아도 되네.

"그렇군요. 그럼 뽑히게 되면 건강검진 시간은 어떻게 되는 겁니까?"

─가능한 시간을 말해주면 일정과 시간을 짤 걸세.

"알겠습니다. 그럼 올려주세요."

─고맙네. 결과가 나오면 알려주지.

원래 미국에서 온 세 사람을 병원 VIP실에 입원시킬 생각이었다. 뜻밖에 휴가가 연장되는 바람에 호텔에 머물고 있는데, 이번 기회에 입원을 시키는 것도 괜찮을 것 같았다.

정확한 건 투표 결과가 나와봐야 알겠지만, 99% 될 거라고 생각됐다.

잘난 척하는 건 아니다. 진의모와의 대결 이후 만나는 사람들 대부분은 은근히 진료를 받길 원했는데, 이번에 호기심에서라도 자신에게 투표할 게 분명했다.

슥슥!

통화를 끝낸 두삼은 강판에 강창동의 집에서 가져온 침향을 다시 갈기 시작했다.

드디어 림프 마사지가 끝난 시점이라 지금부터 준비해 둬야 적절한 시점에 사용할 수 있었다.

젊은 사람이라면 한 번에 끝났을 림프 마사지가 일주일이 넘게 걸린 건 그의 기름진 몸 때문이었다. 마치 고깃집의 환기구처럼 림프관마저 잔뜩 기름져 있었다.

"음, 이게 무슨 향이야?"

추워서인지, 술을 한잔한 건지 볼이 살짝 빨개진 채 들어온 하란이 물었다.

최근 그녀는 또다시 뭔가를 준비하는지 부지런히 밖으로 다니고 있었다.

"침향이야. 만난다는 사람은 만났어?"

"다행히 만났어. 오빠 저녁은 먹었어?"

"먹고 온다고 해서 먹었지."

"일찍 먹었으면 뭐 좀 해줄까?"

"괜찮아. 호박죽 해뒀으니까 혹시 출출하면 먹어."

"잔뜩 먹어서 배불러. 내일 먹어야지. 그나저나 향이 되게 독특하네?"

"괜찮아?"

"응. 옅게 풍겨오는 낙엽 타는 냄새 같기도 하고 아침 일찍 일어나 마시는 상쾌한 시골의 아침 공기 같기도 하고. 좋네."

"괜찮으면 이거 끝내고 향 만들어줄게. 씻어."

1㎏ 조금 안 되는 침향의 3분의 2를 갈고 나서야 강판에 가는 작업을 멈췄다. 이어 작은 쇠 절구에 넣고 찧어 더 작은 분말로 만들었다.

"오늘은 여기까지만 할까."

오늘은 밀가루처럼 만드는 것에 만족하기로 했다.

내일 다른 약재와 기름과 섞은 다음 숙성을 시키고 사흘 후에 향과 단을 만들면 될 것이다.

손을 씻고 조르르 침실로 갔다.

아무리 바빠도 하란과 TV를 보고, 얘기하고, 마사지를 해주고, 흐뭇한 시간을 보내는 즐거움을 양보할 생각은 없다.

*　　　　*　　　　*

역시 예상대로다. 이틀간 이루어진 건강검진 투표에 압도적인 1등을 했다.

이래서 유명인은 피곤하다니까.

하루 만에 당첨권 안에 들었는지 민규식에게 준비하라는 연락을 받았다. 그래서 세 사람—강창동은 결코 집을 떠날 생각이 없어서 저녁에 보기로 했다—을 병원에 입원시켰다.

"흐~ 가운 입은 모습을 보니 한이 의사라는 게 실감이 나는군요."

이제 스트레칭을 해도 고통이 없어서인지 케빈이 농담을 했다.

"살 만한가 보네. 팔 한번 최대한 들어봐."

"끄응!"

케빈의 팔이 거의 140도까지 올라갔다.

"이제 슬슬 다음 단계로 넘어가도 되겠다."

"헉헉! 드디어 공을 던질 수 있는 건가요?"

"다시 처음부터 시작하려면 그러든가. 내가 됐다고 하기 전까지 팔 휘두르는 것도 금지야."

"한은 의사가 아니라 악마예요!"

"넌 악마에게 영혼과 몸을 맡긴 가련한 인간이지."

"모, 몸은 안 돼요!"

큰 덩치가 오랑우탄 같은 팔로 자신을 감싸며 여자인 척을 하다니…… 죽일까?

"…미안해요. 근데 다음 단계는 뭐예요?"

"별거 아냐. 온몸 스트레칭. 오늘 잠깐 맛만 볼까?"

스트레칭의 시작은 뭐니 뭐니 해도 다리 찢기가 제격이겠지.

잠시 후,

"악악! 이 악마! 얼른 놔주어어어어어어어워!!"

케빈은 죽을 듯이 비명을 질렀다.

물론 시작하기 전 양팔을 못 움직이게 해놓는 걸 잊지 않았다. 발작하다가 상하면 그건 곤란했다.

양다리를 벌렸을 때 100도 정도밖에 벌어지지 않던 다리가 170도까지 벌어졌으니 맛보기로 딱이었다.

케빈에게 F-word를 실컷 듣고 부르스까지 치료한 후에야 VIP실에서 내려왔다.

오랜만에 푸드 코트에서 점심을 먹고 1시부터 예정된 건강검진 팀 회의에 참석하기 위해 움직였다.

너무 일찍 왔는지 아무도 없었다. 잠깐 앉아 스마트폰을 보고 있는데 문이 열리며 커피를 든 이상윤이 들어왔다.

"여어! 팔자 좋게 놀다가 복귀한 기분이 어때?"

"…노는 꼴 보기 싫어서 환자를 소개해 줬냐?"

"실력 녹슬지 말라고 소개해 준 거지. 나한테 진 다음 놀고 와서 졌다는 핑계 대지 못하게 말이야."

하여간 잘도 갖다 붙인다.

일신우일신이라는데 얘는 어떻게 된 게 석 달이 지나도 변함이 없다. 다행이라면 차이나타운 얘기를 하지 않는다는 정도랄까.

"그나저나 얼마 전에 들렀더니 수술 중이더라? 바쁜가 봐?"

"외과가 그렇지."

"그래서 건강검진까지 할 수 있겠냐?"

"나 같은 사람이 한 가지 일만 하면 국가적인 손해지. 그리고 내가 가끔 빠져줘야 다른 선생들 수술도 늘지 않겠어?"

"……."

이상윤의 재수 없는 말이 짜증이 날 때쯤 한 사람이 들어왔다. 이상윤이 소화기내과 과장이라고 귀띔했다.

소화기내과 과장은 의자가 아닌 단상 앞에 서더니 두삼과 이상윤에게 말했다.

"거기 두 사람 이 앞으로 오도록."

"예! 선생님."

맨 앞자리에 앉자 그는 곧장 말을 이었다.

"올해 종합 건강검진을 맡게 된 국세찬이다. 말 편하게 할게. 혹시 불만 있으면 와서 회의 끝나고 나서 말해. 높임말을 모르는 것은 아니니까."

굵고 강단 있는 목소리. 불만을 토로하면 회의 끝나고 혼쭐을 내겠다는 것처럼 들렸다.

두삼은 손을 들었다.

"오! 불만 있나, 한두삼 선생?"

"그럴 리가요. 질문이 있어서 들었습니다."

"질문할 거 있으면 그냥 해. 초등학생도 아니고 손까지 들 필요 없어."

"예. 회의라고 들었는데 저희 둘만 하는 겁니까?"

"응. 일단 자네 둘만 먼저 하려고. 솔직히 말해. 이번 건강검진은 한 선생이 어떤 결정을 하느냐에 따라 많이 달라질 수밖에 없거든."

"……?"

"자네가 진의모? 전의모? 하여튼 그 단체와의 대결에서 보여준 실력을 건강검진에서 사용하면 솔직히 다른 사람들이 필요 없지 않나?"

"그야 그렇지만 시간문제가 있지 않나요?"

"맞아. 한 사람 진료 시간이 30분이면 하루 10시간씩 일에 매달린다고 해도 20명. 6,000명을 전부 하려면 쉬지 않고 해도 300일이 걸리지."

아무리 두삼이 빠르게 살핀다고 해도 환자가 들어오고, 진맥

하고, 결과를 기록하려면 최소 10분은 걸린다. 그렇게 해도 100일이 필요하다.

많은 사람을 건강검진하는 데 있어선 자신의 어떠한 실력을 갖추고 있던 하나의 톱니바퀴에 불과하다는 걸 두삼은 이미 알고 있었다.

"그 점은 알고 있습니다. 근데 어떻게 저의 결정에 따라 달라진다는 건지 이해가 안 되네요."

"복잡하게 생각할 거 없어. 일부라도 그렇게 해주면 충분해. 하루 10명만 해줘도 10명의 3시간쯤 걸리는 위장 내시경을 해야 하는 소화기내과가 사람들이 잠시라도 편해질 테고, 피검사를 담당하는 연구진도 여유가 생기겠지. 자네가 5%의 직원을 담당하면 병원의 5%로가 편해지는 거야. 그건 엄청난 일이야."

"…건강검진을 독립적으로 하란 말씀입니까?"

"원래 그걸 묻고 싶었어. 하라면 할 텐가?"

"……!"

국세찬이 한 말은 두삼에게 꽤 크게 다가왔다.

지금까지와는 달리, 실력을 직접 확인시켜 주지 않았음에도 자신의 실력을 믿는 의사의 출연이랄까.

민규식, 신경과의 김영태 교수, 응급센터의 노상철, 혈관외과의 전철희, 암센터의 정시형 등 현재 두삼의 실력을 의심하지 않는 사람은 직접 실력을 확인한 사람들이었다.

그에 반해 실력을 보지 않은 사람들은 의심했다.

TV에서 보여주고, 여러 가지 사건을 해결했지만, 여전히 두삼의 실력을 운으로 치부하는 이들이 많았다.

한의학에 대한 의심인지, 인정하고 싶지 않은 마음 때문인지는 모르겠다.

한데 오늘 같이 일해본 적 없는 국세찬이 자신을 인정하는 듯 말을 하니 기분이 새로울 수밖에.

"맡겨주신다면 기꺼이요."

"알았어. 그럼 해."

두삼의 기분을 아는지 모르는지 그는 너무 쉽게 대답했다.

"하루에 몇 명이나 할 수 있지? 이건 중요한 일이니까 깊게 생각해서 해. 결정 나면 밤을 새워서라도 그 숫자를 맞춰야 할 거야."

현재 두삼이 낼 수 있는 시간은 최대 5시간.

실력을 온전히 보인다고 좋은 건 아니다. 10분 만에 후다닥 끝나는 시술을 믿는 사람은 드물다.

'20분씩 잡으면 15명. 일이라는 게 어떻게 될지 모르니 여유는 줘야겠지?'

"12명이요."

"내 경고를 확실히 듣고 말하는 거지?"

"네."

"알았어. 그 숫자로 계획을 짜지. 참! 도와줄 사람은 알아서 꾸려."

"알겠습니다."

"다음은 이 선생. 이 선생 역시 한 선생처럼 아주 중요해."

"그 말을 못 들었으면 서운했을 겁니다."

국세찬은 사람을 다룰 줄 알았다.

회의 같지 않은 회의를 끝내고 두삼은 곧장 한방센터로 향했다.

당장 내일부터 종합 건강검진이 시작되기에 준비할 것이 있었다. 가장 먼저 찾은 곳은 센터장실.

차를 마시고 있던 고웅섭이 반갑게 맞이해준다.

"허허허! 어서 오게. 식사는 했나?"

"네, 선생님. 점심은 드셨어요?"

"다른 센터장들과 먹었지. 오늘 찾아온 건 건강검진 때문이겠군?"

"네. 도움을 청할 일이 있어서요."

"고생하는군. 말하게. 건강검진에 참여하는 이들을 최선을 다해 도우라는 원장의 명령이 있었으니까."

"일단 일을 도와줄 사람이 필요합니다."

"누구든 말만 하게."

"수련의 양태일 외 두어 명만 있으면 됩니다."

"요즘 안마과가 한가하니 거기서 인원 충원을 하면 되겠군. 바로 연락해 놓음세. 다른 건?"

"하루 12명에서 15명이 안마실을 이용할 수 있었으면 좋겠습니다."

"나쁘지 않은 생각이군. 어차피 요즘 많이 한가하니 그 이상 이용해도 문제없을 거야."

"그래요?"

비만클리닉을 할 땐 한두 명이라면 모를까 12명을 추가하는 건 쉽지 않았다. 한데 대번에 된다고 하니 의아했다.

"쯧! 남이 잘하면 우연으로 치부하는 욕심 많고 어리석은 이들이 비만클리닉을 시작했으니 제대로 될 리가 없지. 그나마 부인과 성 교수가 함께해서 인원 감축 얘기가 안 나오고 있는 걸 다행으로 생각하고 있다네."

"…하하. 점점 나아지겠죠."

"나아지지 않으면 큰일이지. 무능이 증명되면 어떻게 되겠나? 과를 맡게 되었다고, 교수가 되었다고 안일하게 굴다간… 큼! 내가 괜한 말을 했군."

"못 들은 거로 하겠습니다."

"그래 주게. 다른 필요한 것은?"

"한약은 이미 사용해도 된다고 허락하셨으니 그 두 가지면 충분합니다."

"필요한 게 있으면 언제든 전화하게."

약속을 받고 다음으로 안마과로 이동했다.

센터장의 허락을 맡았다고 해도 이방익에게 말을 해야 했다.

대기실엔 한창 바쁠 시간임에도 고객들이 그리 많지 않았다.

도 간호사와 잠깐 얘기를 나눈 후에 이방익의 방으로 들어갈 수 있었다.

"센터장님 전화 받았는데 뭣 하러 왔어?"

"애들 빼가는데, 과장님께 말은 드려야죠."

"마음껏 빼가. 어차피 요즘 하는 일도 없이 빈둥거려서 보기 싫던 참이었어."

"감사합니다. 근데 클리닉은 정하셨어요?"

허락만 날름 받고 가기 뭐해서 물은 질문이다.

"두 개 중 하나 고민 중이야. 하나는 척추클리닉 다른 하나는 성기능클리닉."

"…투표권이 있다면 척추클리닉에 한 표를 던지고 싶네요."

"나도 그러고 싶다. 근데 그게 그리 만만치가 않아. 재활의학과에서 재활클리닉이랑 겹친다고 불편한 시선으로 보더라."

"그럼 다른 클리닉으로……."

"돈 되는 게 없잖아. 이왕 시작하는 거 기본은 해야지. 가만! 근데 너 웃긴다. 성기능클리닉이 어때서? 너 전에 비슷한 일 했었잖아."

"선생님 앞이라 말하는 거지만 좀 민망하잖아요."

"민망하긴 개뿔! 사람들이 밥만 먹고 사나! 범국가적인 일이라고."

"범국가적인 일이랄 것까진……."

"성 기능이 좋아지면 뭘 하겠어? 그러다 보면 우연히 아이를 가질 수 있는 거고. 그럼 우리나라의 출산율에 이바지할 수 있는 거잖아!"

이 양반이 성 기능에 문제가 있나. 왜 이렇게 흥분해?

"선생님이 알아서 하세요. 다만 좀 더 좋은 클리닉이 있을 거예요."

"그럼 네가 좀 알아보든가."

"생각해 볼게요. 수고하세요."

괜한 소리가 더 나올까 얼른 나왔다.

*　　　　*　　　　*

김재성은 흉부외과 레지던트 2년 차다.

어떻게 보냈는지 모를 정도로 정신없이 바빴기에 1년 차를 무사히 보냈지만, 2년 차가 되면서 체력의 한계를 뼈저리게 느끼고 있는 중이다.

남들은 주 50시간 노동이다, 뭐다 해서 난리지만, 레지던트는 80시간이 의무다. 최대 88시간.

근데 이건 레지던트 인원이 완편됐을 때나 가능한 얘기다. 완편이 되는 날이 있을까, 아무튼 인원이 부족하다 보니 자연 시간은 늘어날 수밖에 없었다.

2년 차 평균으로 따지면 족히 주 90시간은 넘겼을 것이다.

다른 병원 흉부외과에선 100시간 이상 근무하면서 100시간이라도 제대로 지켜줬으면 한다니 복에 겹다고 할지도 모르겠다.

24시간 근무 12시간 휴식.

말이 12시간 휴식이지, 인수인계하고 출근 시간보다 조금 일찍 나오는 걸 생각하면 10시간도 되지 않는다. 거기에 퇴근 직전 수술실에 들어가거나, 씻고 먹고 하는 것까지 빼면 정말이지 사람이 할 짓이 못된다.

'2년을 포기하고 편안한 내과로 갈까?'

조금 전 입원 환자들의 드레싱을 마치고 중환자실에 온 그는 환자들의 상태를 기록한 후 의자에 앉았다. 그리고 저절로 감기는 눈을 억지로 뜨며 미래에 대한 고민을 해본다.

전공의 과정을 포기하고 다른 과를 선택하면 다시 1년 차부터 시작해야 함에도 저울추는 언제나 전과 쪽으로 기운다.

그러나 고생하는 교수, 조교수, 선배들, 후배들을 떠올리자 저울추가 다시 평행을 이룬다. 자신이 도망치면 자신이 일하던 시간을 누군가가 대신해야 했다.

'…씨발. 그래도 열렬히 도망가고 싶다.'

잘해준다는 선배의 꾐에 빠져 선택한 흉부외과. 정말 필요한 과라는 건 인정한다. 근데 도무지 미래가 보이지 않는다.

내년에도, 펠로우가 되어도, 조교수가 되어도, 수술과 과로의 늪에서 벗어날 수 없을 것 같다.

물론 단점만 있는 건 아니다.

다들 힘들게 일을 하다 보니 흉부외과 전체가 가족 같은 분위기다. 물론 엎친 데 덮친 격으로 '좆같은' 곳도 있을 테지만 한강대학병원 흉부외과는 가족 같다.

드라마에 나온 것처럼 버럭 소리친다고 해서 '그따위로 할 것 같으면 그만둬!'라고 소리치는 사람 없다. 혼을 내더라도 바로 다독여 줘야 한다.

김재성만 하더라도 1년 차를 혼내고 나면 그만둔다는 애기가 나올까봐 얼른 다독인다.

널널한 과에 다니는 동기 놈들이 그래서 무슨 제대로 된 교육이 되겠냐고 하지만 그건 실정을 모르고 하는 소리다.

수술을 하다가 환자가 죽어도 슬퍼할 시간 없이 다음 수술에 들어가야 할 만큼 열악한 곳이다 보니 폐급이 아닌 이상, 떠밀리듯이 실력이 는다.

*　　　　*　　　　*

"…헉! 헉헉!"

젠장! 자신도 모르게 잠들었다. 얼마나 잠든 거지?

재빨리 중환자실을 둘러봤다. 언제 왔는지 민청하 선생이 환자들을 살피고 있다.

얼른 일어나 다가가서 고개를 숙였다.

"…죄송합니다. 선생님."

"그럴 수도 있지. 나도 그랬으니까. 근데 자면서 엄청 욕하더라? 혹시 3년 차 꿈꿨니?"

"헉! 그걸 어떻게 아셨어요?"

"호호! 3년 차라 억울해서 전과를 못하겠다고 하던데? 왜, 전과하고 싶어?"

"…아, 아닙니다."

"아니긴. 많이 힘들면 나한테 말해. 휴가라도 며칠 줄게. 그래도 못 버티겠으면 또 말하고. 네가 원하는 과에 가게 해줄 테니까."

"……."

"못 믿어? 내가 누군지 알잖아?"

그녀가 허튼소리하지 않는다는 걸 흉부외과 사람들은 다 알고 있다.

실제로 작년에 2년 차였던 선배 중 한 명이 전과를 하겠다고 민청하에게 말한 이가 있었다.

다음 날로 그는 나흘간의 휴가를 얻었다.

휴가를 마치고 난 그 선배는 이번엔 전과를 하겠다고 다시 그녀를 찾아갔다. 근데 그냥 돌아왔고 여전히 흉부외과에 잘 다니고 왔다.

당시 그 선배 동기 중 한 명이 왜 그냥 돌아왔냐고 물었을 때 그가 대답했었다.

'내가 휴가 가 있는 동안 민 선배가 내 일을 대신했대. 당장 쓰러질 것 같은 얼굴로 웃는데 도저히 전과하겠다는 말이 안 나오더라.'

그 이후론 아직까지 전과하겠다는 이는 없었다.

뭐랄까, 민청하를 힘들게 하면 안 된다는 분위기가 생겼달까.

김재성 역시 그렇게 생각하는 부류 중 하나였다.

"믿습니다! 다만 아직은 버틸 만합니다."

"그렇다면 다행이고. 아! 맞다. 아침에 건강검진 스케줄표 받았지?"

"예. 30분 후라 안 그래도 여기 교대하자마자 가볼 생각입니다."

"그럼 지금 종합 건강검진 다녀와. 여긴 내가 있을게."

"괜찮습니다. 교대하고 가도 됩니다."

"가는 김에 따뜻한 음료수나 한 잔 먹고 가."

"근데 선생님 건강검진 받으려면 금식해야 하지 않습니까?"

"올해는 안 해도 돼. 이번에 센터장님이 센터장 회의 때 성질 좀 부리셨나봐. 덕분에 외과, 레지던트, 펠로우 순으로 한방센터 한 선생님한테 받게 될 거야."

"아! 의벤저스요?"

"의벤저스?"

"미국에서 활약한 히어로잖아요. 그리고 한의사고요. 그래서 저희끼린 그렇게 부릅니다. 근데 저도 그 선생님 뽑긴 했는데 잘 할까요?"

"내 생각으론 한 선생님한테 받는 사람들은 행운아야. 더 떠들어봐야 뭐 해. 직접 받아봐."

떠밀리다시피 중환자실에서 나왔다.

잠깐 머뭇거리다가 그녀의 말처럼 1층 푸드 코트로 가서 음료수 한 잔을 마신 후에 2층에 마련된 종합 건강검진센터로 올라갔다.

계단으로 올라가자 직원으로 보이는 이가 말했다.

"우측은 A코스, 좌측은 B코스입니다."

김재성의 경우는 B코스. 직원을 기준으로 좌측으로 갔다. 북적이는 걸 기대한 건 아니지만 너무 조용했다. 한방센터 수련의로 보이는 이가 태블릿을 들고 대기하고 있지 않았더라면 건강검진을 하고 있는지도 몰랐을 것이다.

"안녕하세요, 성함이 어떻게 되시죠?"

"흉부외과 김재성입니다."

"안으로 들어가셔서 안내를 받으세요."

가리키는 방으로 들어갔다. 대기실인지 편안해 보이는 의자가 보였다.

또 다른 수련의가 말했다.

"탈의실로 가서 옷으로 갈아입고 나오세요."

"아, 네."

그가 건네는 환자복을 탈의실에서 갈아입고 밖으로 나와 소파에 앉았다.

푹신한 자리에 앉자마자 조건반사처럼 멍해지며 눈꺼풀이 무거워졌다. 그리고 어느새 꾸벅꾸벅 졸았다.

"…선생님, 김재성 선생님."

"…아! 네네!"

"진료실로 들어가셔도 됩니다."

완전 꿀잠이었는데.

조금만 늦게 깨웠으면 더 좋았을 텐데, 라는 되도 않는 생각을 하며 우측으로 난 문으로 들어갔다.

책상 컴퓨터에 뭔가를 작성하는 두삼과 안마용 침대를 정리하는 한의사가 보였다.

"안녕하세요."

"어서 오세요. 차트 작성 중이니 잠깐만요."

인사를 하자 활기찬 목소리로 반겨준다.

'영상으로 볼 때보다 더 젊네.'

깔끔한 헤어스타일, 20대 중반쯤 되어 보이는 꽤 단정한 외모. 탈의실에 있던 거울 속 퀭한 그 자신의 모습과는 사뭇 다르다.

시기심 따윈 생기지 않았다.

분야가 다른 것도 있지만 두삼이 행했던 일들을 소문으로 듣고 TV를 통해 몇 번 봐서 그런지 연예인처럼 느껴졌다.

"김재성 선생님, 이곳에 엎드리세요."

진의모와 대결 영상을 봤기에 별다른 의문 없이 침대에 엎드렸다. 그제야 키보드에서 손을 뗀 두삼이 머리 쪽으로 다가왔다.

"마사지를 하면서 몸 내부를 살필 겁니다. 몸 상태에 따라 조금 아플 수 있어요."

아프다는 말에 자신도 모르게 물었다.

"…얼마나요?"

"건강이 안 좋은 만큼?"

덜컥 겁이 났다.

솔직히 아직 20대임에도 불구하고—끝자락이긴 하지만—스스로의 건강에 자신이 없었다.

머리카락 사이로 두삼의 손가락이 들어오는 것이 느껴졌다. 그리고 그의 손가락이 머리의 혈을 누르는 순간 '악!' 하고 비명을 질렀다.

머리가 새하얗게 될 만큼 아프거나 하진 않았지만, 예상을 뛰어넘는 아픔이라 소리를 지른 것이다.

"관리를 저~언혀 안 했군요?"

"바빠서……"

"이해는 하지만 조금은 자신에게 신경을 쓰세요."

"끙! 예. 근데 많이 안 좋나요?"

"더 살펴봐야 하지만 심각한 건 아니에요. 과도한 일과 스트레스로 인해 몸에 노폐물이 많은 쌓여서 그래요. 이런 상태라면 잠을 자도 개운해지지 않죠."

"끙! 그럼 어떻게 해야 합니까?"

"스트레칭과 약간의 운동만으로도 지금보다 한결 좋아질 겁니다. 끝나고 알려드릴 테니 틈틈이 할 수 있도록 해봐요."

"예, 선생님."

반복할수록 아픔은 사라지고 시원하다는 느낌이 들었다. 물론 머리가 끝나고 목, 어깨, 허리, 다리 등 처음 마사지를 할 땐 눈물이 핑 돌만큼 아팠다.

나른함에 눈이 감기 전 마사지가 끝났다.

좀 더 해달라는 말이 목구멍까지 올라왔지만 초인적인 힘으로 참았다.

침대에서 내려와 책상 앞에 앉자 두삼이 말했다.

"역류성 식도염, 위염 말곤 특별한 이상이 없네요."

안도의 한숨을 내뱉으려는데 두삼의 말이 이어졌다.

"내부적으로는 그렇다는 거예요."

"외부적으로는 아니라는 말씀이세요?"

"네. 과다한 일로 인한 수면 부족과 스트레스, 폭식, 폭음. 거기에 운동 부족이 더해지면서 마른 비만이에요."

솔직히 이번 얘기는 충격적이지 않았다.

흉부외과 의사들은 두 종류라고 과언이 아니다. 체질에 따라서 뚱뚱한 비만, 마른 비만. 운동을 하는 사람은 두세 명이나 될까.

생각을 읽었는지 두삼이 한숨을 뱉으며 말했다.

"하아~ 외과 레지던트들이라 그런지 다들 무덤덤하네요."

"죄송합니다."

"죄송은 본인의 몸에게 해야죠. 현 상태에서 악화하면 어떤 일이 벌어질지 다 알고 있을 테니 말은 안 할게요. 다만 요건 꼭 해요."

두삼은 몇 가지 운동 방법이 그려진 코팅된 종이를 건넸다.

"평소 일하면서 틈틈이 할 운동과 자기 전에 하면 숙면 취할 수 있는 운동이니까 웬만하면 해요. 할 수 있죠?"

진심으로 안타까워하는 모습에 그러겠노라 답할 수밖에 없었다.

"네, 선생님. 노력하겠습니다. 이제 끝난 건가요?"

"진료는 끝났어요. 다만 한방센터 2층에 가면 안마해 줄 테니 받아요."

"……."

안마! 복귀? 순간 고민이 됐다.

지금도 각자의 일에 전념하고 있을 선후배를 생각하면 안마 따위 버리고 가야지 옳았다.

근데 몸이 방금 받은 안마를 기억하고 있는지 자꾸 더 받으라는 신호를 보내고 있었다. 1시간쯤 더 받으면 피곤이 확 풀릴 것 같은 느낌이랄까.

고작 20분 받았는데 기분이 좋을 정도면 1시간 받으면 어떨까 싶다.

'미친! 안마 1시간 받는다고 무슨 차이가 있다고.'

애초에 이기적이고, 결정력이 있고, 아픈 환자를 외면할 수 냉철함이 있었다면, 그는 진즉에 흉부외과를 때려치웠을 것이다.

물려받을 병원이 있는 것도, 돈을 많이 벌 수 있는 것도 아닌데 여전히 버티는 건……

자신이 조금 피곤한 게 낫지 남들에게 싫은 소리를 하지 못하는 성격 때문이었다.

생각을 정리하고 막 말하려는데 두삼이 먼저였다.

"건강검진에 속한 부분이에요. 5시간은 무조건 검진시간으로 잡아놨으니까. 복귀해도 쉬어야 해요."

그런 말이 있었든가? 못 본 것 같은데.

그나저나 무조건 받아야 한다는 말에 왜 이렇게 기분이 좋아지는 건지 모르겠다.

"아! 아직 공지에 안 올라갔나? 김재성 선생 전에 왔던 세 사람이 하도 복귀를 해야 한다고 해서 원장님께 연락해서 5시간으로 못 박았어요. 그러니 편안하게 받고 천천히 복귀하세요."

"…그렇군요."

5시간으로 못 박았다고 해도 안마를 그만큼 오래 해주진 않을 터. 안마를 받고 복귀하면 되겠다 생각했다.

"그리고 나흘 후에 한약이 도착할 거니까 아침저녁으로 챙겨 먹어요. 복용하는 동안 꼭 금주하고 피치 못할 땐 술 먹기 전후 12시간은 복용하지 말고요."

한약까지 주다니 개이득이다.

가끔 그 자신이 환자에게 하던 잔소리 같았지만, 묵묵히 들었다. 의벤져스도 가운을 입으면 똑같은 잔소리를 한다는 생각을 하면서.

끝났다는 말이 떨어진 후 인사를 하고 막 나가려고 할 때 아직 할 말이 있는지 그의 말이 들렸다.

"힘내세요! 아니, 우리 힘냅시다, 김 선생님."

"…네, 한 선생님."

같은 의사로서 힘내자는 건가?

모르겠다.

…근데 의벤져스의 말이라 그런지 심장이 살짝 두근거린다. 처음 흉부외과를 선택한 그날처럼.

밖으로 나오자 입구에서 봤던 수련의가 옷가지가 든 바구니를 들고 기다리고 있었다.

"어차피 가서 또 갈아입어야 하니까 이거 들고 이쪽으로 이동하세요. 화살표 따라가면 한방센터 2층 안마실에 도착할 겁니다."

"감사합니다. 수고하세요."

그가 가리킨 방향으로 가자 곧장 계단이 나왔다.

병원에 이런 길이 있었나 싶을 정도로 조용한 길을 화살표 방향으로 따라가자 한방센터가 나왔다. 그리고 다시 계단을 통해 2층으로 올라가자 안마실이 나왔다.

"건강검진 때문에 오셨죠? 이리 오세요."

안마사로 보이는 청년의 안내로 독립된 방으로 이동했다. 그리고 곧장 안마를 받았다.

'…좋다.'

아주 가끔 받는 안마 의자완 비교할 수 없는 뭔가가 있었다. 그게 뭔지는 정확히 모르겠지만 좋다는 것만은 확실했다.

'좋긴 좋은데……. 환자 보러 가봐야 하는… 데…….'

김재성의 생각은 길게 이어지지 않았다. 금세 코를 골며 잠에 빠졌다.

*   *   *

건강검진 계획표를 받기 전엔 과장급 이상들이 몰려오지 않을까 생각했다. 한데 막상 뚜껑을 열고 나니 죄다 레지던트들이었다.

그것도 죄다 외과.

실력을 믿지 못해서 보낸 건지, 아니면 이틀 걸리는 일반 건강검진보다 빨리 끝내고 바로 굴리기 위해 보낸 건지 모르겠다.

하긴, 어느 쪽이든

누가 그런 결정을 했는지 모르고, 설령 안다고 해도 속마음을 알 수도 없는데.

그냥 내 할 일을 열심히 하면 될 뿐이다.

"…선생님? 한 선생님?"

"…으응."

안마실 이준호의 부름에 상념에서 깼다.

오늘치 건강검진을 마치고 VIP실에 들렀다가 퇴근 전 안마실에 들렀다.

안마실에서 신나게 자는 레지던트들을 흘깃 본 후 말했다.

"안마룸 12개를 차지해서 어떻게 해?"

"괜찮아요. 퇴근 시간이기도 하지만 최근 손님도 많이 없어요."

"그 얘긴 들었는데. 차츰 좋아지겠지. 근데 맨 처음 했던 선생은 깨워야 할 때가 되지 않았어?"

"아! 그게, 아까 외과센터장님이 오셨는데 깨어날 때까지 내버려 두라고 하시더라고요."

"…그래?"

세상 삐딱하게 보는 건 쉽게 고쳐지지 않는 모양이다. 괜한 의심을 한 것 같아 미안했다.

"근데 넌 퇴근 안 해?"

"저도 당직 한번 해보려고요. 하하! 어떻게 지내야 하나같이 저렇게 곯아떨어지는지 경험해 보고 싶네요."

"훗! 그러든가. 저녁은?"

"좀 이따 먹어야죠."

"자! 당직비."

"당직비를 왜 선생님이 주세요?"

"그럼 간식비라고 생각하든가."

"저도 돈 있어요. 그리고 뭔 간식비를 이렇게 많이 줘요? 배 터지겠네."

"레지던트들 깨어나면 배 많이 고플 테니까 미리 보쌈이나 족발 같은 야식 많이 시켜두라고 주는 거야. 간다, 수고해라!"

이준호와 헤어져 퇴근을 위해 엘리베이터에 오른 두삼은 지하 주차장 버튼을 누르려다가 멈췄다. 오늘도 밤늦게 온다는 하란의 말이 생각나서다.

집에 가서 밥을 차리려니 은근히 귀찮다는 생각에 1층을 눌렀다.

퇴근 시간이 제법 지나 경비원만 있는 로비를 지나 밖으로 나왔다. 병원 근처의 음식점에서 저녁을 먹고 들어갈 생각이었다.

"백반집이었던 것 같은데 언제 바뀌었지?"

적당한 가격에 적당한 맛을 보장하던 백반집이 '맞춤 초밥 전문'이라 적힌 초밥집으로 바뀌어 있었다.

백반을 먹을 생각이었지만 초밥도 나쁘지 않을 것 같아 안으로 들어갔다.

10평 정도의 규모로 주방을 빙 둘러 놓여 있는 우드 테이블이 인상적이다.

오픈발인지, 음식이 괜찮은지 사람이 많았다.

"어서 오세요. 몇 분이죠?"

"혼자입니다."

"그럼 이쪽으로 앉으세요."

"네. 감사… 아! 저기 아는 사람이 있네요. 저기에 합석할게요."

반대편 구석 2인석에 공동희가 초밥을 맛있게 먹고 있다. 다가가 의자를 빼고 앉자 그제야 고개를 든다.

"스타가 여긴 웬일이야?"

"스타는 무슨. 날 낯 뜨거운 별명으로 부르는 것까진 이해가 되는데 제발 통일 좀 해줬으면 좋겠다."

"원하는 별명이 뭔데, 친구?"

"제발 참아줘, 친구. 그보단 뭐가 맛있는지 추천이나 해보지?"

"모듬초밥 괜찮아."

"술은?"

"차 가지고 오지 않았어?"

"너랑 오랜만에 하는 저녁인데 술이 빠질 수 있나."

"…연말이라 이틀 밤새고 사흘 만에 퇴근하는 거야. 지금 술 먹으면 내일 못 일어나."

"엄살은. 내가 힘 펄펄 나는 환 만들어줄게."

"차이나타운의 생환 같은?"

"생환처럼 범용적인 환은 만들기 힘들지. 다만 너한테는 생환보다 좋을 거야."

"콜! 사장님! 여기 모듬초밥 하나랑 사케 시원하게 해서 한 병 주세요."

"도미회도 주세요."

안주는 두삼이 주문했다.

술은 금방 나왔고 모듬초밥과 안주는 술을 두어 잔 마신 후에 나왔다.

"건강검진하는 건 어때?"

"같은 병원에서 일하는 사람들이라 조금 더 신경이 쓰인다는 거 빼곤 환자 보는 거랑 크게 다를 거 없어."

"그래. 그렇게 환자 보듯이 해."

"우물우물! 뭔가 해줄 말이 있나 보네?"

"별 것 아냐. 너처럼 검진 결과를 곧장 알 수 있는 것이 단점이 될 수 있거든."

"……?"

공동회는 술을 마신 후 도미회를 한 점 입에 넣은 후 말을 이었다.

"매년 6,000명이 넘는 직원들을 건강검진을 하다 보면 병을 가진 사람이 나오게 마련이야. 근데 심각한 병에 걸린 사람이 같은 과의 동료이거나 선후배, 친한 사이일 경우 아무래도 감정적으로 될 수밖에 없거든."

매년 발생하는 암 환자는 만 명이 넘는다. 5,000명 중 한 명은 암에 걸린다는 얘기다.

병원에 근무한다고 암이 피해가진 않을 터. 적어도 건강검진을 받는 직원 중 한 명은 암에 걸렸을 가능성이 크다.

민규식, 이방익, 류현수, 공동희 등 친한 사람이 심각한 병에 걸렸다고 생각하니 가슴이 찌릿하다.

담당의라면 어떻게 말해야 할까? 담담하게 말할 수 있을까?

술을 먹어서인지 감정이입이 너무 잘 됐다.

"…먹먹해서 말하기 쉽지 않을 거 같아."

"그렇다고 하더라. 그 때문에 휴직한 사람도 몇 명 생겼거든. 그래서 3년 전부터 검사 결과는 직원이 서류를 전달하는 거로 바뀌었어."

"남의 일 같지 않았겠지."

"열심히 일한 대가가 병이니……. 아무튼 넌 바로 결과를 알 수 있으니 혹시 그런 일이 있더라도 너무 충격받지 말라고 미리 말해두는 거야."

"난 일하는 곳이 다르잖아. 뭐, 네가 아프다면 마음이 조금 걸리긴 하겠다."

"…누굴 환자로 만들려고 해. 난 건강하거든!"

"하하! 말이 그렇다는 거지. 쓸데없는 얘기 말고 술이나 마시자. 모두가 무사하길 바라며! 건배!"

쨍~ 화제를 바꿀 겸 건강검진에서 큰 병이 걸린 사람이 없기를 바라며 건배했다.

솔직히 일하는 곳이 다르다고 해도 어린 레지던트들이 심각한 병에 걸렸다는 걸 확인하고 그들에게 통보하고 싶지 않았다.

　　　　　*　　　　　*　　　　　*

언제나 통하지 않던 바람이 이번엔 통했나 보다. 건강검진이 9일째 계속되고 있지만 심각한 병에 걸린 이는 나오지 않았다.

"수고들 했다."

"수고하셨습니다!"

"태일아, 내일은 휴일이니까 애들 데리고 가서 맛있는 거 사줘라."

양태일에게 카드를 건넸다.

"어? 선생님이 직접 사주시는 거 아닙니까? 오늘 비싼 거 사달라던 참이었는데."

"그러고 싶은데 일하러 가야 해. 네가 말하는 비싼 게 뭔지 모르지만 먹어라. 끝나는 날은 무슨 일이 있더라도 시간 낼게."

서운해했지만 어쩔 수 없다.

오늘 강창동에게 침향을 사용하는 날이다. 이틀 전에 할 수 있는 일이었지만, 밤새워 지켜볼 요량으로 휴일 전날인 오늘을 D—day로 잡았다.

퇴근 시간이라 제법 막히는 길을 뚫고 강창동의 집에 도착했다.

운동을 싫어한다던 그가 러닝머신에서 빠르게 걷기를 하고 있었다.

"헉헉! 어서 와. 잠깐 앉아 기다리게. 오백 걸음만 더 걸으면 만 보니까."

"급할 거 없으니 천천히 하세요."

불과 10여 일 만에 강창동은 턱선이 보일 정도로 살이 빠져 있었다.

그도 그럴 만한 것이 신체 활성화를 40% 가까이 올려둔 상태라 평소 그가 먹는 양으론 에너지 소모량을 따라갈 수 없었다.

혈관 속 지방을 분해해서 에너지로 사용하고, 그것으로 부족해 몸 구석구석 자리한 지방도 에너지원으로 사용하고 있었다.

5분쯤 지나자 강창동은 숨을 헐떡이며 왔다. 그리고 곧장 자리에 앉으며 말했다.

"헉헉! 오랜만에 운동하니 힘들구먼. 그래도 상쾌하니 아주 좋아. 핫핫!"

"무슨 바람이 불어 갑작스럽게 운동을 하신 겁니까? 잠시 진맥 좀 하겠습니다."

"살이 빠져서 그런지 무릎이 아프지 않더라고. 그래서 가볍게 걷다 보니 이렇게 됐네."

"어지럽지는 않으세요?"

"약간 그런 것 같기도 한데 문제 있나?"

있을 뻔했다.

에너지 결핍 상태, 영양부족으로 쓰러질 수 있었다.

운동하지 않는다고 해서 축적된 지방이 분해될 정도로 아슬아슬하게 활성화를 맞춰뒀는데 뜬금없이 운동을 해버렸으니 영양소가 상대적으로 부족해진 것이다.

"제가 처치해 놓은 것과 맞물리면서 과한 운동을 한 것처럼 됐습니다."

"그런가? 운동하는 것도 조심해야겠군."

"매일 오늘처럼 운동한다면 신체 대사를 조절하면 됩니다. 매일 걷기를 하시겠습니까?"

"지금이라면 하고 싶군. 근데 건강에 괜찮은 건가?"

"당연히 괜찮죠. 제가 한 일은 일종의 편법입니다. 더 나쁜 것을 제거하기 위해 조금 덜 나쁜 치료를 하는 거랄까요."

"그럼 그렇게 하지."

강창동은 살이 빠지고 혈관 속 지방이 사라지니 건강에 욕심이 생긴 모양이다.

좋은 현상이다.

집착이 좋은 것은 아니지만 삶에 대한, 건강에 대한 집착은 어느 정도 필요하다.

"오늘부터 혈관에 침착된 혈전을 제거해 볼 생각입니다. 준비해 달라는 건 어떻게 됐습니까?"

"해뒀네. 목이 마르니 물 한 잔 마시고 가지. 천안댁, 여기 시원한… 미지근한 물로 한 잔 갖다 줘. 이 친구한테는 전에 들어온 좋은 꿀차가 좋겠어."

시원한 물을 마시는 즐거움(?)을 포기하다니 이 청개구리 같은 양반에게 확실히 심적 변화가 있었던 게 분명했다.

침향을 쓰기에 앞서 그에게 부탁한 건 향에서 피어오른 연기를 온전히 마실 수 있는 적당히 밀폐된 공간이었다.

근데 마땅한 밀폐된 공간이 없었을까, 아니면 시술을 하는 동안 답답한 방에 있는 것이 싫어서일까, 정원 한쪽에 공항에 있는 흡연 부스처럼 생긴 방을 만들어 별도로 만들어뒀다.

두삼으로서도 꽉 막힌 방보다는 멋진 정원이 보이는 것이 나았기에 밀폐가 잘 되었는지만 확인했다.

두삼은 큰 여행용 가방을 부스 안 의자에 올려놓고 지퍼를 열었다.

"전에 주신 침향으로 만든 것들입니다. 만들다 보니 150일 치가 나오더라고요. 일단 하루 세 번, 5시간마다 향을 피우고 차를 마십니다. 그리고 저녁엔 이 환을 복용하면 되고요."

"순서나 주의할 점은 없나?"

"편하게 향을 피우고 차를 마시며 환을 씹어서 삼키면 됩니다."

향, 차, 환의 만드는 법은 어려웠지만, 사용법은 아주 간단했다.

"그럼 시작에 앞서 피검사부터 하겠습니다."

그의 집에 있는 혈액 체크기를 이용해 혈당과 중성지방, 콜레스테롤 수치 등을 측정했다.

침향 시술을 통해 침착된 중성지방과 콜레스테롤이 녹는지를 체크하기 위한 사전 검사였다.

측정 후, 곧장 향꽂이에 향을 꽂고 불을 붙였다. 그리고 따뜻한 물에 침향 티백을 넣었다.

연기가 피어오르자 강창동이 말했다.

"음, 향이 아주 좋군."

"싫어하시면 다른 향을 첨가해야 하나 했는데, 마음에 드신다니 다행이네요."

"그럼 약효가 떨어지는 건 아니고?"

"그건 아닙니다. 다만 10만 원짜리 향인데, 이왕이면 침향의 향을 느끼는 게 더 낫지 않을까 싶어서요."

"요거 하나에 10만 원? 비싸군."

"수십억짜리를 통째로 주실 때는 아까워하지 않으시더니 이건 아까우신가 봅니다."

"그러게. 단위가 커지면 별로 아까운 줄 모르겠던데 의외로 적은 돈에는 연연하게 되더군. 핫핫핫!"

오늘 참 의외의 모습을 많이 본다. 자신만만한 웃음소리는 여전히 똑같았지만.

"향은 한 번에 3개. 혹시 부족하다 싶으면 4개 사용하면 됩니다. 차는 70도 정도 되는 물에 두 번 우려서 마시고요."

"알았네."

"차와 함께 환을 복용하십시오. 향이 모두 탄 후에 들어오겠습니다."

"왜, 같이 있지 않고? 혹시 비싸다고 해서 그런 거면 있어도 되네. 함께 마시는 연기를 아까워할 만큼 구두쇠는 아닐세."

"그게 아니라, 향은 온전히 어르신이 맡으셔야 하거든요."

"그런가. 그럼 사색이나 해야겠군."

"그동안 전 식사나 하고 오겠습니다."

태워본 결과 향 한 개에 20분가량. 1시간 정도 여유가 있었다.

"밖에서? 허어~ 그럼 쓰나. 안에서 식사를 하게. 치료 때문에 밤새는 사람에게 음식도 대접하지 않는다면 욕먹을 짓이지."

극구 사양을 했지만, 그는 비서를 불렀고 안에서 식사를 해야 했다.

천안댁이라 불리는 아주머니가 타주는 커피를 마신 후 50분쯤 지났을 때 부스로 갔다.

마침 향이 거의 다 탔기에 안으로 들어갔다.

"이상한 느낌이 들거나 하진 않으세요?"

"계속 연기를 마셔서 좀 답답하다는 느낌이 들었네만 다른 건 이상 없었어."

"그럼 피검사를 하고 나가시죠."

두 번째 피검사. 1시간 만에 특별한 변화가 있을까 싶어 별 기대감 없이 결과를 기다렸다.

그러나 결과를 본 순간 놀랄 수밖에 없었다. 그의 혈중 중성지방 수치가 상승해 있었다.

82. 꼭 약을 먹어야
낫는 건 아니다

또라이 질량보존의법칙이라는 말이 있다.

사람 다섯이 모이면 그중 한 명은 또라이다, 라는 말도 있다.

군대에도, 직장에도 있는데 병원이라고 없을까.

정형외과에는 유명한 또라이가 있다. 올해 펠로우가 된 신선길.

강약약강. 강한 자에겐 약하고, 약자에게 강한 그의 또라이 기질은 학교 다닐 때부터 유명했다.

그가 정형외과를 선택하자 이듬해부터 정형외과 지원자 수가 확 격감했다는 건 당연한 일이었다. 자연 부족한 인원은 타 학교 졸업생들로 채워졌고, 그에 그의 또라이 짓은 더욱 심해졌다.

악순환은 그가 펠로우가 된 올해도 계속되고 있었고, 또라이 짓은 오늘도 하는 중이다.

"넌 도대체 뭐하는 애야? 치프라는 게 애들 관리 이따위로 할 거야?"

"…죄송합니다."

레지던트 3년 차인 오유진은 고개를 숙이며 사과했다.

"죄송할 일은 안 해야 하는 거 아냐? 펠로우인 내가 애들 스케줄까지 신경 써야 해?"

"건강검진 때문에……."

"건강검진하면 병원 생활 끝나는 거야? 그 한방센터 그치한테 받으면 30분이면 끝난다며? 근데 응급실에서 왜 나한테까지 노티가 들어오느냐고!"

"그건 센터장님이랑 과장님께서 적어도 5시간은 놔두라고 해서……."

"어휴! 이걸!"

신선길이 들고 있던 차트를 들며 때리려 하자 오유진의 어깨가 움찔 움츠려든다.

때리지는 않았다. 영악한 놈답게 말로 조지고 때려도 탈이 없는 애들만 때렸다.

"알아서 빨리 오게 만들어야지! 너 내년에 4년 차 된다고 개기는 거냐? 내가 제대로 꼬이게 해줘? 응?"

"……."

"어쭈! 말 씹냐? 하여간 이래서 지네 학교에서도 수련의 생활 못 하는 것들을 받으면 안 돼요."

"…죄송합니다."

"왜, 자존심 상해?"

"아닙니다."

"아니긴, 한 대 칠 기센데. 제발 좀 잘하자, 응? 내가 이 나이에 선생님한테 욕을 먹어야겠냐?"

신선길의 갈굼은 끝이 없었다.

간호사들의 태움을 배우기라도 했는지 자존심을 뭉개는 것은 기본이고 도돌이표 노래를 부르듯 같은 잔소리를 반복했다.

끝이 없을 것 같던 잔소리는 응급실에서 걸려온 전화 덕분에 끝날 수 있었다.

콧노래를 부르며 사라지는 신선길을 죽일 듯이 바라보던 오유진은 한숨을 쉬며 돌아섰다.

노려봐야 그녀가 할 수 있는 건 없었다.

오전에 건강검진을 갔다가 늦게 복귀한 2년 차가 쭈뼛거리며 다가와 고개를 숙였다.

"죄송합니다. 치프."

"됐어. 네 잘못이 아니잖아."

"그래도……."

"그냥 잔소리를 하고 싶어 온 거야. 설령 너희가 제때 왔다고 해도 다른 걸로 꼬투리 잡을 사람이었어. 잘 알잖아!"

"……."

또라이 옆에 있으면 또라이를 닮아간다더니, 오유진은 자신도 모르게 버럭 소리를 질렀다는 걸 깨닫곤 마음을 추슬렀다.

"신경 쓰지 마. 하루 이틀 일도 아니잖아."

"네, 치프. 근데 이제 건강검진 받으러 가셔야 할 시간 아닙니까?"

"노티 왔다며. 일단 받은 건 해결하고 가야지."

"아! 그건 신 선생님 말이 너무 길어지기에……."

그녀는 무슨 말인지 금방 알아들었다.

"가짜라고?"

"저희 때문에 혼나시는 게 죄송해서요. 죄송합니다."

"휴~ 다음부턴 그러지 마. 어차피 30, 40분 잔소리하면 끝나는데 괜한 거짓말 했다간 집합이야. 밤새 깨지고 싶어?"

"…아뇨."

"그럼 건강검진 갔다 올게. 아무튼, 고맙다."

오유진은 지친 표정으로 돌아서 엘리베이터로 갔다.

그녀라고 후배들에게 화나는 게 왜 없을까. 그러나 자신마저 화를 내면 버틸 애들이 없을 게 분명했다.

"아으!"

오른쪽 가슴 아래가 찌릿해지면서 자신도 모르게 신음을 흘렸다.

스트레스 때문인지 종종 몸이 찌릿찌릿할 때가 있었다. 작년에도 비슷했는데 건강검진에서 아무 이상이 없다는 검사 결과가 나와 큰 걱정은 안 됐다.

'그나저나 마사지를 받을 수 있으려나?'

후배들이 마사지가 예술이라고 해서 기대하고 있었는데, 아무래도 받고 왔다간 또 다시 잔소리를 들을 것 같았다.

적당한 핑계를 대고 빠져나와야겠다고 생각을 하며 2층 버튼을 눌렀다.

        ＊   ＊   ＊

안별아 선생의 침향을 이용한 침착된 혈전 용해법은 효과가 있는 것 같았다.

같았다라고 표현하는 이유는 하루 이틀 만에 알아차릴 정도는 아니었기 때문이다.

분명 혈 중 중성지방 수치는 유의미하게 증가했다. 여러 조건으로 몇 번을 테스트해도 마찬가지. 그러나 12만 킬로미터의 혈관에 쌓인 혈전이 얼마나 깎여 나갔는지를 측정하기엔 쉽지 않았다.

동맥의 한 부분을 확대해서 며칠 간 뚫어지게 살펴보면 알 수 있겠지만, 그렇게 봐서 알 정도라면 굳이 애쓸 필요가 없었다.

어차피 100일 동안 지켜봐야 할 일이다.

안별아 선생에게 가르쳐 주기로 했던 침술마취법은 이미 알려 줬다. 연말 건강검진이 끝나면 가서 제대로 실습만 시켜주면 거래 완료다.

두삼은 막 또 한 명의 정형외과 레지던트 오유진을 마사지하고 자리에 앉았다. 그리고 컴퓨터에 그의 검진 결과를 적었다.

[생리 불순, 위염, 폐 염증, 기타 몸속 염증 다수 발견. 방치 시 만성 염증으로 발전 가능.]

염증은 세균 바이러스 원인으로 발생하는 급성염증과 스트레스, 흡연, 비만, 식품첨가물 섭취 등으로 인해 발생하는 만성 염증으로 나눌 수 있다.

오유진의 경우 아직 어느 쪽에도 속한다고 볼 수 없지만, 지금 상태가 계속되면 만성 염증으로 발생할 가능성이 높다.

만성 염증의 경우 혈관을 통해 온몸으로 염증이 퍼지며 만병의 근원이 된다.

혈관에 염증이 일어나면 뇌경색, 심근경색이 되고 장기에 붙으면 암으로 발전한다.

오유진이 옷을 바로 하고 앞자리에 앉자 두삼이 말했다.

"염증이 심해요."

"…얼마나요?"

"관리하지 않으면 조만간 많이 아플 겁니다. 특히 폐는 위험해요."

"당장 치료를 받아야 할 정도인가요?"

"약 처방은 받는 게 좋아요."

"증상이 나타난 건 아직 없다는 얘기군요?"

"그렇긴 한데 예방이 최우선이라는 건 알죠?"

"알죠. 근데 스트레스는 어떻게 할 수가 없네요."

의사를 진료하는 장점은 증상을 얘기하면 병명부터 치료법까지 꿰고 있어서 딱히 설명을 할 필요가 없다는 것이다.

단점은 알면서도 행동하지 않는다는 것이랄까.

"상사 때문에요?"

"훗! 대번에 아시네요? 가해자는 아니시죠?"

"가끔은 가해자죠. 다만 스트레스가 병이 될 만큼 괴롭히진 않죠."

"때린 사람은 모르는 법이니까요."

"그럴 수도 있겠네요. 혹시 속 시원하게 한번 들이박아 버리는 건 어때요?"

"그게 쉽나요. 전 한강대 출신도 아니고 이제 1년 남았는데, 괜히 미운털 박히면 어떻게 해요. 이 바닥 의외로 좁잖아요."

"쩝! 정형외과 레지던트 선생님들 큰일이군요."

"저 말고도 그래요?"

"네. 위염이 아주 심한 사람도 있고, 원형탈모증인 사람도 있어요. 대체적으로 상태가 많이 안 좋아요."

위염이 심해 끙끙 앓고 있는 1년 차 레지던트에게 듣기론 펠로우 한 명이 아주 꼴통 짓을 하고 있는 모양이었다. 그 덕에 줄줄이 상태가 좋지 않았다.

"솔직히 안 아픈 게 이상하죠. 근데 도울 수 있는 처지도 아니에요. 힘도 없고요. 그저 시간이 가길 바라는 수밖에요."

"그런가요?"

"그래요."

하긴 방법이 있었다면 진즉에 썼을 것이다.

강제할 수도 없었기에 설득을 포기하고 한의학적인 예방법을 알려줬다.

"항산화 물질이 많이 들어가 있는 시금치, 양배추, 브로콜리, 당근 많이 드세요. 마사지를 받고 오늘 하루 만이라도 편하게 쉬고요."

"마사지는 안 받으면 안 될까요? 바빠서요."

"안 됩니다. 5시간은 건강검진 시간인 걸 원장님 지시사항인 거 못 들었어요?"

"알고 있어요. 근데 정말 급해요."

"정형외과가 오 선생님 혼자 움직이는 과라고 해도 안 되는 건 안 돼요."

"해결하고 다시 오면 안 될까요? 편하게 쉬라면서요. 지금 마사지를 받으면 절대 편히 쉴 수 없을 거예요."

"……."

이 부분에 관해서 만큼은 물러날 생각이 없었는데, 이토록 간절하게 말하니 마음이 흔들렸다.

위급한 중환자라도 보고 있는 건지도 모르겠다.

"…꼭 와야 합니다."

"물론이죠."

"좋아요. 그럼 오늘은 여기까지 하죠."

"고마워요, 선생님."

오유진은 혹시나 두삼의 마음이 바뀔까 도망치듯이 진료실을 나갔다.

그녀가 사라진 문을 보며 양태일에게 물었다.

"혹시 우리 과에 스트레스 받게 하는 사람 있냐?"

"일인데 스트레스가 완전히 없을 순 없죠. 그런데 심하진 않아요. 아니, 다른 과에 비교하면 엄청 편하고 잘 대해주는 편입니다."

"다른 과는 심하다는 것처럼 들린다?"

"그건 아닌데 어딜 가든 비슷하잖아요. 선생님들이 보기엔 수련의들이 한없이 부족해 보일 테니까요. 물론 정형외과만큼 심한 곳은 없을 것 같네요."

"네가 만일 정형외과에 다닌다면 어떨 것 같아?"

"글쎄요. 선후배 관계, 좁은 의료계, 미래 등 이것저것 생각하면 참지 않았을까 싶어요."

"그렇단 말이지."

두삼은 검지로 자신의 볼을 꾹꾹 찌르며 생각하다가 말을 이었다.

"너 정형외과에 좀 다녀와라."

"정형외과에요? 혹시 오 선생이 뭘 하는지 보고 오라는 건가요?"

"응. 아무래도 마음에 걸려. 1시간만 지켜보다가 와."

"알겠습니다."

허락해 놓고 의심하는 건 미안했지만 꼭 확인해야 할 일이었다.

분업화 사회, 부품화된 사람이 한 명 빠진다고 해도 잠시 이상이 있을지언정 조직은 잘 돌아간다. 그걸 알기에 외과센터장도 레지던트들의 휴식을 방해하지 않았던 것이다.

오유진 이후 두 명의 레지던트의 검진을 마치고 나자 양태일이 돌아왔다.

"급한 일이디?"

"아뇨. 서류 정리하고 있더라고요. 그러다 신선일인지, 신선한 생선인지 하는 양반한테 깨지던데요."

"이유가 뭐래?"

"글쎄요. 듣긴 들었는데 이유가 또렷이 없었어요. 그냥 트집을 잡아 혼내는 것 같더라고요. 오 선생이 빨리 오라고 해서 왔다니까 당연한 일로 칭찬받고 싶었냐면서 지랄하고, 아니라고 하니까 빨리 오라고 해서 불만 있느냐고 지랄하고. 완전 또라이던데요.”

“그래? 고생했다.”

“어쩌시려고요? 따지시려는 거면 그러지 마세요. 오 선생을 저희가 지켜줄 수 있는 것도 아니잖아요.”

“따질 거 아닌데.”

“그럼요?”

“그냥 아픈 곳을 낫게 하려는 것뿐이야.”

“……?”

갸웃거리는 양태일을 놔두고 키보드에 손을 올려 오유진의 검진 기록에 글을 덧붙였다.

그리고 그 글을 복사해 정형외과 레지던트들의 검진 기록에 붙여넣기를 했다.

[정형외과 내 태움이 원인일 가능성이 높음.]

오지랖인지 모르지만 한약을 통한 치료보다 이 문장이 더 도움이 될 것 같았다.

＊   ＊   ＊

8시에 출근한 정형외과 과장은 옷을 갈아입고 바로 회진을 시작했다.

입원 환자들 중 나이든 환자들이 많아 이런저런 질문을 하거나 말을 걸어오는 경우가 많았는데 웬일로 오늘은 다들 조용한 덕분에 평소보다 15분 일찍 끝낼 수 있었다.

외래진료 전, 느긋하게 커피를 마시며 태블릿으로 어제 건강검진을 마친 이들의 검진 기록을 살폈다.

각 과의 과장은 각 과의 검진 기록을, 센터장은 센터의 검진 기록을 볼 수 있었는데 아픈 사람이 있으면 그에 대한 조치를 취해야 했기에 매일 확인했다.

"…응?!"

뭔가를 본 그는 입으로 가져가던 커피 잔을 내려놓고 태블릿을 들고 앞뒤로 움직이며 초점을 맞췄다.

그리고 병명 밑에 기록된 '정형외과 내 태움이 원인일 가능성이 높음'이라는 글을 읽는 순간 얼굴이 와락 구겨졌다.

레지던트들 검진 기록마다 똑같은 문장.

"이, 이 미친 새끼! 누구 망하는 꼴을 보려고!"

담당의인 두삼을 욕하는 건지, 태움을 한 의사를 욕하는 건지 모르지만 그의 입에서 욕설이 터져 나왔다.

이걸 원장이나 센터장이 보면 어떻게 될지 머릿속이 하얘졌다.

"…일단 지우는 게 우선이야!"

기록을 수정할 수 있는 이는 공식적으로 담당의밖에 없으니 담당의에게 연락을 해야 했다.

두삼의 연락처를 알아보기 위해 스마트폰을 꺼내는 순간.

우우우우웅! 우우우우웅!

진동이 울렸다. 그리고 화면에는 '센터장님'이라는 글이 떠있었다.

일을 막기엔 너무 늦었다.

"…예, 선배님."

―야이! 새끼야! 너 뭐하는 놈이야!

성질 더러운 센터장이 폭발했다.

＊　　　　＊　　　　＊

외과센터장이 착한 사람은 아니다.

외과가 주목받던 시절에 레지던트와 펠로우를 마쳤다는 점을 제외한다면 6년간 머리가 깨질 만큼 공부하고, 5년간 수련의를 마치고, 2년간 거의 무보수로 펠로우(보통 1년이지만 병원에 따라 2, 3년 차도 있다)를 거친 것은 남들과 똑같았다.

어쩌면 지원자가 북적이던 시절에 과장을 달고, 교수가 되고, 센터장이 되었으니 병원 내 정치력은 검증된 것이 다름없다.

착한 사람은 아니지만 그렇다고 나쁜 놈도 아니었다.

과장일 땐 과와 후배들을 알뜰히 챙겼고, 센터장이 된 후에 센터를 챙겼다.

특히나 외과의 지원율이 급감하면서 그러한 경향은 더욱 강해졌다.

물론 모든 외과가 지원율이 떨어진 것은 아니다. 아이러니하게 지원율 원톱과 투톱이 성형외과와 정형외과니 말이다.

항상 힘들어하는 과를 먼저 챙기다 보니 자연 잘되고 있는 과엔 관심이 덜 갈 수밖에 없었다.

근데 일이 터졌다.

대수롭지 않은 듯 보이는 검진 결과에 적힌 한 문장.

어이가 없었다. 의사의 실정을 모르는 한의사의 치기 어린 글
이라고 생각했다.

설령 그렇다고 해도 이미 기록이 된 이상 병원장에게 설명을
해야 할 가능성이 높았다. 그래서 정형외과의 각종 서류들을 살
폈다.

근데 서류를 살피는 센터장의 표정은 점점 굳어갔다.

결국 정형외과 과장에게 연락해 욕을 퍼부었다.

똑똑!

"들어와!"

누군지 알기에 그의 말투는 사나웠다.

그의 4년 후배인 정형외과 과장은 굳은 표정으로 들어와 꾸벅
인사를 했다.

얼떨떨한 표정을 보니 검진 기록을 본 지 얼마 되지 않은 모
양이다.

"검진 기록 언제 봤어?"

"회진 끝나고 조금 전에……."

"그럼 뭐 때문에 불렀는지 모르겠네?"

"…짐작은 갑니다."

모른다고 했으면 다시 욕을 했을 것이다. 왜냐하면 그만큼 과
에 관심이 없다는 얘기일 테니 말이다.

"설명해 봐."

"저희 과에 신선일 펠로우가 있는데 평소 후배들 교육을 좀
심하게 한다는 얘길 들었습니다."

"그게 다야?"

"…신선일 선생은 신우천 선배의 조카입니다."

"신우천? 못 들어본 이름인데?"

"선배님보다 10년쯤 위일 겁니다."

센터장은 인상을 찌푸렸다. 정형외과 과장과 알고 있는 사이인 것 같은데 그 때문에 갈굼을 방치했다면 이만저만 실망이 아니었다.

"그 양반한테 돈이라도 먹었어? 아니면 병원 잘리면 도와주기라도 한대?"

"아, 아닙니다. 그저 술 몇 번 먹고 친하게 지내는 사이입니다."

"좋아. 그 부분은 넘어가. 신선일이 교육을 조금 심하게 했다는 얘길 들었다고 했지? 그래서 어떤 조치를 취했어?"

"그건……. 그저 일반적인 교육이라 생각해서……."

과장은 미치고 환장할 노릇이었다. 뭐라도 알고 왔으면 적당한 변명이라도 할 텐데 다짜고짜 불려온 덕분에 우물쭈물할 수밖에 없었다.

"하! 내가 지금까지 널 잘못 봤구나. 전에 내가 말한 차기 센터장 얘긴 없는 걸로 한다."

"선배님! 고작 이런 일로……."

"고작 이런 일? 이 새끼야! 그럼 좀 잘하든가! 이걸 봐! 정형외과 지원률을 보란 말이야! 신선일인지 그 자식이 들어온 다음부터 100% 가까웠던 학교 내 지원율이 15%도 안 되잖아! 다 타학교 출신이야. 이게 뭘 말하는지 모르겠어?"

"……."

"학교 내에서도 피해야 한다는 소문이 날 만큼 미친 새끼라는 거 아냐? 네가 이걸 몰랐다고 할 수 있어?"

신선일이 그 정도로 또라이라는 건 몰랐다. 선배들에겐 워낙 살갑게 대했기 때문이다.

다만 학교 내 지원율이 낮다는 건 알고 있었다. 그러나 그건 알면서도 방치할 만큼 괜찮은 현상이었다.

전문의 과정 지원자가 넘치지만 어차피 펠로우 이후의 병원 정원은 정해져 있었다. 실력이 아주 특출 나지 않는 이상 타 학교 졸업생에게까지 돌아갈 자리는 없으니 지원율이 낮을수록 학교 후배들끼리 치열하게 경쟁할 필요가 없었다.

과장에게도, 후배들에게도 좋은 현상이랄까.

아무튼 센터장은 고래고래 고함을 지르며 과장을 질타했다. 5분쯤 그러고 나자 화가 풀렸는지 그의 목소리는 낮아졌다.

"후우~ 지금쯤이면 원장님께서 아셨을 거야. 좀 있다가 날 부르시겠지. 그러고는 신선일 선생에 대해서도 물으실 테고. 난 그 자식에 대해서 몰라. 그러니 자네가 최대한 빨리 알아와."

"…알겠습니다."

"마지막으로 부탁 하나 하자. 고생하는 애들 학교 따져가며 차별하지 마라. 그럼 우리 학교 애들도 다른 곳에 가서 그렇게 당한다. 나가 봐."

"…예."

과장은 입이 열 개라도 할 말이 없었기에 조용히 나와 사무실로 돌아왔다. 그리고 수간호사를 불러 외래진료를 뒤로 미룬 후 레지던트들을 불러오게 했다.

　　　　*　　　　　*　　　　　*

　"쌍! 제까짓 게 뭐라고 비싼 척이야! 미친년!"

　신선일은 어젯밤 클럽에서 만난 여자를 생각하며 거칠게 욕했다. 자신의 스타일이라 호텔에 가자고 제안을 했는데, 돌아온 건 경멸 어린 눈빛과 콧방귀였다. 함께 간 친구들의 비웃음과 덤이었다.

　차창을 연 후 담배를 피우고 침을 뱉어보지만 기분은 풀리지 않았다.

　하지만 그는 애써 화를 풀려고 하지 않았다. 화를 푸는 곳이 그에겐 따로 있었기 때문이다.

　그가 어떤 말을 하고 어떤 지랄을 해도 꼼짝 못하고 고개를 조아리는 인간, 수십이 있는 병원이었다.

　병원에 도착해 주차를 했다. 탈의실로 향하며 오늘은 누구를 괴롭혀 줄까 생각하니 어젯밤의 더러웠던 기분이 벌써부터 희석되는 느낌이다.

　"으음~ 웅웅~"

　콧노래를 흥얼거리며 타깃을 찾아 두리번거렸다.

　근데 분위기가 묘했다. 오늘따라 간호사들이 유독 자신을 보며 힐끗거리는 것 같았다.

　'뭐야? 얼굴에 잘생김이라도 묻었나?'

　기분 좋은 착각을 하고 있을 때 퀭한 모습으로 반쯤 졸면서 걷고 있는 1년 차 레지던트가 보였다.

　회진 전에 가볍게 혼내기엔 1년 차 가 적당했다. 한데 녀석을 부르려 할 때 누군가 뒤에서 그의 이름을 부르며 어깨를 툭 쳤다.

"야, 신선일."

"…뭐야? 너였냐?"

돌아보니 동기 녀석이었다.

자신이 후배들에게 충고를 하고 있으면 꼭 방해를 하는 녀석으로 1년만 늦게 들어왔으면 죽도록 괴롭혔을 것이다.

"과장님이 부르셔. 가봐."

"무슨 일인데?"

"…가봐. 당장."

뭔가 말하려는 듯하다가 휙 하니 가버린다. 역시 재수가 없다.

누구의 부름이라고 머뭇거릴까. 스트레스 해소는 뒤로 미루고 과장실로 갔다.

과장실엔 과장 혼자가 아니었다. 정형외과 선생들 대부분이 한쪽에 자리하고 있었는데 눈빛이 왠지 모르게 싸늘했다.

평소 살갑게 대해 사이가 좋았던 선생들의 표정은 잔뜩 일그러져 있었다.

'젠장! 대체 무슨 일이지? 레지던트 놈들이 무슨 실수라도 했나?'

이틀 전 근무할 때 뭔가 잘못한 것이 있나 생각해 봤다. 수술도 잘했고, 해야 할 일도 깔끔하게 처리했다.

근데 이 분위기는 뭐란 말인가?

일단 고개를 숙인 채 검지로 매끈한 이마를 툭툭 치고 있는 과장에게 인사를 했다.

"부르셔서… 왔습니다, …과장님."

"……."

대답 대신 자리를 박차고 뚜벅뚜벅 다가오는 과장의 얼굴은 잔뜩 일그러져 있었다.

머릿속에 빨간불이 켜졌다. 심상치 않은 일이 벌어졌고 그것이 자신 때문임을 깨달았다.

"과장님, 제가 무슨 잘못을……."

퍽!

"큭!"

질문이 끝나기 전에 왼쪽 정강이가 얼얼해졌다. 조인트를 맞은 것이다.

"신선일, 너 이 자식! 대체 전공의들한테 무슨 짓을 하고 다닌 거야!"

"……!"

"애들 괴롭히는 게 네 취미야? 도대체 뭐가 부족해서 그런 짓을 하고 다닌 거냐? 말해 봐, 말해보라고! 이 자식아!"

갑작스러운 조인트에 얼떨떨했는데 과장이 왜 불렀는지 알게 되자 정신이 번쩍 들었다.

'어느 놈이 꼰지른 게 분명해! 어떤 개자식이……!'

당장 씹어 먹어도 시원찮을 놈이지만 일단은 이 자리를 무사히 벗어나는 게 우선이었다.

"…아, 아닙니다. 후배들이 잘했으면 하는 바람에 잔소리했는데 그게 후배들 생각에 심하게 느껴졌나 봅니다. 죄송합니다."

스스로 생각해도 만족할 만한 대답이었다. 작은아버지와 관계가 있는 과장이라면 이 정도로도 충분한 변명이 될 것이라 생각했다.

그러나 신선일은 과장이 누군가의 고자질로 인해 화가 났다고 착각하고 있었다.

어제 그가 쉬는 동안 모든 레지던트와 상담을 하고 간호사들의 증언을 들었다는 걸 알았다면 결코 지금처럼 어설픈 변명은 하지 않았을 것이다.

"허! 이놈 말하는 거 봐라. 잔소리? 애들이 착각했다고? 의사라는 놈이 후배들 하나같이 병자로 만들어놓고 뭐가 어쩌고 어째?"

"벼, 병자라뇨. 오햅니다. 가볍게 손을 댄 적은 있지만 심하게 때린 적은 없습니다."

"말로 조지고, 자존심 상하게 때리는 것도 폭력이야! 이번 건강검진 결과 봐. 우리 과 전공의들 상태가 다른 과와 얼마나 다른지!"

과장은 두툼한 서류를 그의 가슴팍에 퍽 소리가 나도록 던졌다.

흩날렸다가 바닥에 떨어지는 서류들. 한 장, 한 장마다 형광펜으로 밑줄이 그어지고 뭔가가 잔뜩 쓰여 있는데 거짓말처럼 눈에 들어왔다.

[⋯폭언과 욕을 매일 들어야 했음. 걸핏하면 집합을 시켜 휴식을 제대로 취할 수 없음. 자존감을 떨어뜨리는 폭력도 잦음. 학교 욕과 가족 욕을 은근히⋯⋯.]

서류마다 저것과 같은 글이 적혀 있는 게 분명했다. 신선일은 이제야 보통 일이 아님을 깨달을 수 있었다.

'…이건 음모야. 날 깎아내리기 위한 음모라고! 얼른 설명해야 해. 이대로라면……'

막 입을 열려 할 때 과장이 먼저 입을 열었다.

"센터 차원에서 징계위원회가 열릴 거야."

"……!"

"그동안 병원에 나오지 않아도 돼. 결과가 나오면 연락할 거야."

"…마, 말도 안 됩니다. 제, 제가 얼마나 열심히 했는지 아시지 않습니까?"

"열심히 괴롭히긴 했더군."

징계위원회라는 단어와 병원에 나오지 말라는 말에 신선일의 머리는 마비가 되어버렸다.

어떤 징계가 나올지 빤히 보였다.

더는 서울 한강대학병원에선 일을 하지 못하게 되리라. 잘해야 지방 병원으로 가거나 그것도 여의치 않으면 다른 병원으로 가야 할 것이다.

변명 따윈 떠오르지 않았다.

오직 하나, 매달려서라도 과장의 마음을 바꿔야 한다는 것이었다.

어느 병원에서든 타 학교 출신들이 어떤 취급을 받는지 누구보다도 잘 아는 그였다.

"과, 과장님! 제발! 정말 억울합니다. 한 번만, 한 번만 더 기회를 주십시오."

"억울? 너 지금 억울하다고 했냐? 너의 재미로 한 행동에 얼마나 많은 사람이 지금 피해를 보게 생겼는지 알아? 나, 그리고 저기 서 있는 네 선배들. 너의 행동을 묵인했다는 것 때문에 너랑 똑같이 징계위원회에 올라갔어! 성질 같아선… 으휴!"

"……."

"그러니 억울하다고 징징대지 말고 얌전히 보내줄 때 집에 가서 대기해. 저기 있는 선생들의 분노를 감당할 수 있으면 버텨보든가."

얘기를 하면서 과장의 손이 몇 번이고 위로 올라갔다. 때리진 않았지만, 그가 얼마나 참고 있는지 알 수 있었다.

조심스레 옆에 서 있는 선생들을 봤다.

움찔!

그들의 눈빛은 보는 순간 몸이 움츠러들 정도로 뜨거웠다.

소나기는 피해랬다고, 일단은 물러나는 게 나을 것 같았다.

*　　　　　*　　　　　*

양태일이 물었다.

"선생님, 대체 무슨 생각으로 그런 글을 검진 기록에 적으셨어요?"

"의사로서 진단을 내린 것뿐이야."

"다른 의도는 전혀 없으셨어요? 가령 본관에 빅엿을 먹이려 했다든가 하는 의도 말이에요."

"…본관에 빅엿을 먹여서 좋을 게 뭐가 있다고. 내가 트러블메이커인 줄 아냐?"

"순수하셨다?"

순수했냐고 물으면, 글쎄?

아니라고 말해야 할 것이다.

사실 교육적인 차원에서의 혼냄이냐, 그를 빙자한 괴롭힘이냐의 문제일 뿐. 어느 과든 갈굼은 존재했다.

두삼 역시 갈굼에서 자유롭지 못했다. 게다가 갈굼의 필요성을 어느 정도 인정했다.

구타가 금지된 군대에서 실수가 곧장 사람의 목숨과 연관이 있는 사격장에선 구타를 허용하듯이, 병원도 생명을 다루는 곳이다.

이상한 논리인가?

아무튼, 이번 일을 행한 건 내로남불이라기보단 너무 심하다싶어 적은 것이다. 물론 이렇게 커질 줄은 몰랐지만.

후회는 없다.

단순한 문장 하나에 문제가 커졌다는 건 언제든 터질 가능성이 컸다는 뜻 아닐까. 미리 예방주사 맞췄다고 생각하면 편했다.

"그게 왜 궁금한데?"

"그냥요. 혹시 일이 커져서 걱정하시나 싶어서요."

"내가 걱정하면 위로라도 해주려고?"

"예. '잘한 일이니 자책 마세요!'라고요. 하하하!"

"내 걱정하지 말고 네 걱정이나 해. 림프 마사지에 대한 논문은 어떻게 되어가?"

"…하하. 피검진자 오셨다네요. 들어오세요!"

오른쪽에 있는 입구가 아닌 정면에 있는 출구의 문이 열리며 오유진이 들어왔다.

"어서 오세요. 오 선생님."

"…약속대로 마사지 받으러 왔어요."

"바로 한방센터 2층으로 가셔도 되는데."

"이거 전해드리려고요."

그녀는 비타민 음료 한 박스를 내밀었다.

"감사합니다."

"치료를 한 것도 아니고 검진을 한 것뿐인데 감사를 들을 일 인가 싶네요."

"꼭 약을 먹어야 낫는 건 아니잖아요?"

"그런가요? 아무튼 잘 마실게요."

그녀가 준 비타민 음료는 건강검진 팀에 잠시나마 활력을 줬 다.

83. 치료는 스포츠물이 아나

양태일은 일이 커졌다고 걱정했지만, 신선일과 정형외과 선생들의 징계가 결정된 후엔 언제 그랬느냐는 듯 조용해졌다.

신선일은 지방 병원으로 발령이 났고 정형외과 선생들의 경우 감봉 처분을 받았다.

레지던트들이 병을 얻을 만큼 갈군 것에 비하면 약한 감이 있지만, 적절한 징계였다고 생각한다.

어쩌면 그에겐 다른 처분보다 더 큰 고통이 될지도.

외과센터장과 정형외과 과장이 벼르고 있다는 소문이 돌긴 했지만, 진짜 소문일 뿐이었다.

한창 바쁘게 움직이던 12월 중순, 기쁜 일이 생겼다.

뇌전증 치료를 위해 죽였던 신경세포 자리에 새로운 신경세포로 가득 찼다.

혹시나 폭주하여 성장하지 않을까 하는 걱정은 기우에 불과했다. 딱 빈 공간만을 채우고 성장을 멈췄다.

이런 걸 보면 참 신기하다. 나이가 들어 은퇴를 할 때까지 인체의 신비를 알아낼 수 있을까 싶다.

며칠 더 지켜보다가 찰스 부부에게 알렸다.

"감사합니다, 닥터 한. 그러면 이제 정상적인 생활이 가능할까요?"

"솔직히 그건 모르겠습니다."

어눌함은 사라졌지만 느릿함은 여전한 상태. 원래 조슈아가 어땠는지 알지 못하니 확답을 할 수가 없었다.

"정신건강의학과 선생님을 소개시켜 드릴 테니 좀 더 머물면서 살펴보는 건 어떠세요? 한 달 정도는 더 지켜보고 싶네요."

"그러는 게 좋을 것 같군요."

"참! 퇴원은 하세요. 호텔에서 지내면서 조슈아가 많은 자극을 받을 수 있도록 돌아다녀 주세요."

"그럴게요."

"병원에 예약 상황 보고 연락드리죠. 열흘 혹은 보름에 한 번 정도만 확인하면 될 겁니다."

"네. 약속드렸던 치료비는 어떻게 드릴까요?"

맞다. 정신이 들게 해주면 상당한 금액을 준다고 했었지. 얼마였는지 정확히 기억이 나지 않는다.

200만 달러였나?

충분히 값어치를 한 것 같으니 받기로 했다. 하란의 미국 계좌를 알려줬다.

조슈아의 퇴원 결정을 내린 후 민규식에게 연락해 약속을 잡았다.

케빈과 부르스의 치료를 끝내고 내려갔다.

비서실에 들어서자 3명의 비서진 중에 30대 중반의 김 비서만 업무를 보고 있었다.

"안녕하세요, 김 비서님."

"원장님 아직 수술이 끝나지 않았어요."

"제가 조금 일찍 왔네요. 잠깐 기다려도 될까요?"

"물론이죠. 앉으세요. 마실 거 드릴까요?"

"앉아 있어요. 제가 타 먹을게요. 근데 곧 출산이지 않아요?"

"예정일은 내년 1월 초인데 어떻게 될지 모르죠."

"너무 무리하는 거 아니에요?"

"산부인과 선생님 말로는 부지런히 움직여야 낳을 때 편하대요."

"전문의가 말한 거면 그런 거겠죠. 출산 선물은 뭐로 가지고 싶으세요? 다음에 올 때 드릴게요."

"선물이요? 딱히 필요 없는데……. 아! 아니다. 나중에 우리 둥이(태명) 아플 때 어디가 아픈지 좀 봐주세요. 말 못하는 애들이 아플 때 제일 속이 탄다고 그러더라고요."

"그건 당연히 해드려야죠. 그것 말고 받고 싶은 거 없어요? 요즘 공기청정기 많이 한다던데."

"그건 실장님이 해주기로 했어요."

"유모차는?"

"동생이 해주기로 했어요."

이것저것 말해봤지만 부담스러운 건지, 발이 넓은 건지 다 선물받기로 했단다. 결국 출산 선물은 진료를 봐주는 거로 끝내기로 했다.

민규식이 와 원장실로 자리를 옮겼다.

"미안. 좀 늦었네."

"이 정도면 늦은 것도 아니죠. 수술은 잘하셨어요?"

"글쎄, 수술은 잘 됐는데 상태가 썩 좋은 편이 아니네. 근데 바쁠 텐데 웬일로 보자고 했나?"

"정형외과 일 사과드리려고요.

"자네가 사과를 왜 해? 오히려 옮기 전에 알려줘서 상이라도 줘야 할 판국에."

"상 받을 일은 아니죠. 아! 그리고 기부도 조금 할까 합니다."

"기부라면 언제든 환영이지. 허허허!"

"이젠 안 말리시네요?"

"요즘 돈 잘 번다는 얘기 들었거든. 허허허! 그렇다면 조금씩 베풀며 사는 것도 나쁘지 않지."

베푼다는 말은 당치도 않다. 솔직히 아직은 특별한 생각 없이 내키는 대로 하고 있다.

오늘만 해도 그렇다.

조슈아의 치료비를 받은 김에 건강검진을 하면서 레지던트들에게 필요하겠다 싶었던 것을 구체화시키는 것뿐이다.

"그래, 기부는 돈으로 할 텐가, 의료 기술로 할 텐가?"

"안마 의자로 100대쯤 할까 하는데요."

"안마 의자? 휴게실에 안마 의자를 갖다 놓았을 텐데?"

"이번 건강검진을 하면서 들었는데 그걸로 많이 부족하다고 하더군요. 기다리다가 휴식 시간이 끝날 때가 더 많고, 자신들의 차례까지 오기 힘들다고요."

"그럴 수 있겠군. 알았네. 지시를 내려놓을 테니까 어떤 식으로 기부할지 담당자와 얘기하게."

"감사합니다."

"내가 고맙지. 참! 강 회장님 치료는 잘 되어간다고 들었네."

"아직 지켜봐야 하는 상탭니다. 혈관 건강이 개선되지 않는이상, 다른 치료는 무의미해질 수밖에 없거든요."

"허허! 강 회장님은 만족하는 것 같은데 자네가 오히려 만족을 못하나 보군."

"그 어르신은 음식을 먹고 담배를 피우기 위해 아무렇지도 않게 건강해졌다고, 만족한다고 말할 사람이니까요."

"헛헛헛! 신랄하군. 맞아 그런 분이지. 하지만 자네에 대해선 아주 신뢰하고 계시더군."

"반갑지 않은 얘기네요. 시간 내주셔서 감사합니다. 건강검진을 해야 해서 이만 일어나야겠네요."

"연말엔 힘들고 신년에 식사 한번 하세."

"네. 연락드리겠습니다."

원장실에서 나온 두삼은 뛰다시피 건강검진센터로 향했다.

*   *   *

방송을 할 때 웬만해선 잘난 척을 하지 않으려 애쓴다. 출연하는 한의원과 한의사가 더 돋보이도록 하기 위해서였다.

근데 2주 전부터 '전설을 찾아서'인지 '두삼을 찾아서'인지 모를 정도로 문 PD가 얼굴에 금칠을 했다.

미국에 있어서 촬영에 참여하지 못한 에피소드인데 방송 내내 나왔다. 게다가 낯이 뜨거워질 정도로 찬양일색이랄까.

아무리 물 들어온 김에 노를 저어야 한다고 하지만 특집 방송처럼 내보내는 걸 시청자가 좋아할 리가…….

…좋아하더라.

인천 건물 붕괴 사건 때 찍었던 최고 시청률을 갱신했고, 채널 H에서는 '차이나타운의 히어로는 떡잎부터 달랐다!'라는 괴상한 프로그램까지 만들어 방송했다.

그딴 괴상한 프로그램이 인기 역시 좋았다.

아주 좋았다.

문 PD에게 연락해서 허락받지 않는 프로그램을 계속 만들면 고소하겠다는 얘길 하지 않았다면, 더 괴상한 프로그램이 만들어졌을지도 모르겠다.

아무튼 그 때문인지 모르지만 방송에 참여하는 한방병원과 한의사들의 눈빛이 미묘하게 달라졌다. 묘한 승부욕을 불태운다고 할까.

이번 촬영지인 재생한의원은 유독 그랬다.

"이 요추 추나요법은 이일균 원장님이 개발한 방법으로 전국 20여 개 도시의 분원에서 사용되고 있습니다. 이 환자의 경우 디스크 압박으로 인한 다리 저림으로 내원해 주셨는데요. 현재는 꾸준한 치료로 인해 거의 나았습니다. 한 선생님? 선생님께서 해보시겠어요?"

"…아닙니다. 추나요법을 배우지 않았는데 함부로 나설 수 없죠."

"하긴 잘못하면 디스크가 더 심해질 수 있을 테니까요. 배우는 건 잠시 후 원장님께서 직접 가르쳐 주실 겁니다. 다음 환자로 가볼까요?"

"……."

지금처럼 말이다.

은근히 까면서 자신들의 뛰어남을 내세웠다.

뭐, 약간 불편하긴 한데 크게 신경이 쓰이진 않았다.

방송에 나온 병원으로선 홍보하는 게 당연했고, 방송 콘셉트 역시 한의학의 장점과 가능성을 보여주는 것이니 자랑하는 게 당연하달까.

그에 관대하게 넘어갔다.

실습 장면을 다 찍고 다음 장소로 이동을 하는데 진보라가 와서 낮게 중얼거렸다.

"저 사람들의 용기가 부러워요."

"뜬금없이 뭔 소리야?"

"오빠한테 도발하는 거요."

"난 또 뭐라고. 방송인데 그럴 수 있지. 근데 부러울 것이 없어서 도발하는 게 부럽냐? 뭐, 너도 마음껏 도발해. 허락할 테니까."

"못하니까 부럽다는 거죠. 하지만 저들의 무지함은 절대 배우고 싶지 않아요."

무슨 말을 하려는지 짐작이 됐다. 비행기를 태워주려고 하는 모양이다.

진보라는 가끔 '우리 오빠는 이래서 잘났어요!'라는 식으로 칭찬해 사람의 손발을 오그라들게 만든다.

아니나 다를까 그녀는 곧장 말을 이었다.

"나 참, 방송만 제대로 봐도 오빠 실력을 가늠할 수 있을 텐데, 어쭙잖은 실력으로 도발을 하니 하는 말이에요."

내 실력 대변인이냐?

이런 장면이 방송에 나가면 비호감이 되는 건 시간문제일 것이다.

"가늠할 실력이 안 되나?"

"…보라야, 그만하자. 날 생각해 주는 건 고마워. 근데 좀 전에도 말했다시피 방송이잖아. 아무렇지도 않아."

"짖는 개는 무섭지 않다는 건가요?"

"……"

누가 얘 좀 말려줬으면 좋겠다.

점심시간, 재생한의원에서 스태프와 출연진을 대접하겠다며 중국 음식점을 통째로 빌렸다. 잘나가는 병원답게 씀씀이가 훌륭했다.

이럴 때 맛있게 먹어주는 것이 예의가 아닐까.

식당으로 들어가려는데 건물 한쪽에 있는 흡연장에서 문 PD가 불렀다.

"방송 얘기라면 안 하시는 게 좋겠네요."

"방송 PD가 방송 얘기 안 하면 뭐하냐? 연예인 뒷담화라도 해주라?"

"그거 좋죠."

"지난번 방송 때문이라면 미안하다니까. 나도 어쩔 수 없었어. 후배 녀석이 자기 데뷔작 하는데 망할 수 없다고 무릎까지 꿇는 데 어떻게 해? 그 이후론 아무것도 안 하잖아."

문 PD와는 직업적으로 만났지만 이젠 제법 친해져 개인적으로 그가 잘 되길 바라고 있다. 그러나 너무 내버려 두면 어디로 갈지 몰라 태클을 거는 거였다.

"아무것도 안 하긴. 방송 틀면 온종일 전설을 찾아서밖에 안 하더구먼."

"나름 킬러 콘텐츠잖아. 얘기 안 했나? 채널H 작년에 1,000억 적자였던 거? 오죽했으면 병원에서 밥 사는 거 김영란법에 걸리는데도 얻어먹겠냐?"

"갖다 붙이기는. 이번엔 뭔데요?"

"너, 담휘가 이번에 프로그램 맡은 거 알지?"

"에? 노 PD님이요? 그러고 보니 오늘 안 보이네요?"

노담휘는 알다시피 '전설을 찾아서' 조연출이다. 그의 나이를 생각하면 많이 늦었다.

"몰랐어? 1달 전쯤에 결정 났어. 미국에 있을 때라 잘 몰랐겠구나. 아무튼, 그렇게 됐어."

"축하할 일이네요. 첫 프로그램인가요?"

"내가 채널H로 오기 전에 두어 개 말아먹었다곤 하는데 규모를 생각하면 입봉작이나 마찬가지야."

"근데요?"

"말아먹은 기억 때문인지 나름대로 열심히 준비 중인데 네가 도움을 줬으면 하는 눈치더라고."

"음……."

문 PD만큼은 아니지만 함께 지낸 시간이 있어서 웬만하면 도와주고 싶다. 하지만 방송에 더 많은 시간을 뺏기는 건 무리다.

"무슨 프로그램을 기획하고 있기에 제 도움이 필요하데요?"

"아직은 이것저것 생각 중인가 봐."

"엥? 아직 결정도 안 됐는데 도와달라는 건 뭐예요?"

"널 염두에 두고 계획을 짜겠다는 거겠지. 주변에 인기인이 있으면 어떻게든 써먹으려는 게 PD거든. 물론 담휘의 경우는 제작비 때문에 그런 거지만."

"…그런 소리하면서 잘도 도와달라고 하는군요. 돕고 싶긴 한데 긴 시간을 내는 건 곤란해요."

"그건 담휘도 알 거야."

잠깐 고민하다 말했다.

"긍정적으로 생각할 테니까 일단 계획이 서면 다시 말해주세요. 솔직히 과의 진료 과목이 바뀌고, 내년 수업 준비도 해야 해서 어떻게 될지 모르겠어요."

"알았다. 그렇게 전할게. 고맙다."

"아직 결정된 거 없다니까요!"

"자식이 그냥 넘어가는 법이 없어. 밥 먹으러 가자. 사전 촬영 때 와봤는데 여기 음식 맛있더라."

얘기가 조금 길어져서인지 안으로 들어가자 출연진과 재생한 의원 한의사들이 긴 테이블에 앉아 같이 식사를 하고 있었다.

비어 있는 자리에 앉아 이미 나와 있는 게살스프를 먹었다.

"맛있네!"

"그렇지? 탕수육도 먹어봐. 아주 제대로야."

유민기가 연신 젓가락질을 하며 말했다.

"근데 너 다이어트한다고 하지 않았냐?"

"닥쳐! 다이어트는 내일부터 하는 거라고!"

"…네네."

알아서 하겠지.

그나저나 앞에 앉아 있는 한의사가 연신 힐끔거리는데 상당히 부담스럽다.

말쑥한 얼굴과 달리 두툼한 손과 굵은 손가락 마디가 꽤 인상적이다.

'노력을 많이 한 손이네.'

수기요법이나 마사지를 하는 모든 사람이 그런 건 아니지만 손아귀의 힘이 많이 들 수밖에 없다. 타고나는 것이 아니라면 결국 힘을 기르기 위해 노력해야 하는데 그러다 보면 자연 마디가 굵어졌다.

두삼 역시 한때는 꽤 거친 손을 가지고 있었지만, 각성(?)을 하고 난 후부턴 전력을 다 할 일이 없어서인지 점점 부드러워지고 있었다.

그의 손을 물끄러미 바라봐서인지 그 역시 두삼의 손을 물끄러미 보더니 중얼거렸다.

"수기요법을 잘할 것 같지 않은데……."

옆에 사람도 듣지 못할 정도로 낮은 목소리였지만 유달리 청각이 좋은 두삼에겐 또렷이 들렸다.

꽤나 공격적인 어투였기에 두삼은 씩 웃으며 말했다.

"그렇게 생각할 수도 있겠네요. 하지만 손이 판단에 도움은 되겠지만, 절대 기준은 되지 않아요."

"……!"

아! 모른 척할걸.

눈이 대번에 사나워졌다. 아니나 다를까 그는 다른 사람들이 다 들릴 정도로 큰 소리로 물었다.

"그럼 한 선생님이 생각하는 절대 기준은 뭡니까?"

이제 와서 뺄 수도 없고.

"글쎄요. 절대 기준이라는 게 있을까요? 굳이 있다면 실력이 아닐까요?"

"…실력에 자신이 있다는 얘기군요?"

"말이 그렇게 되나요? 하지만 개인의 실력을 판별하는 절대 기준이 없으니……."

"이제 와서 발을 빼는 것도 우습지 않습니까?"

"발을 빼는 게 아니라 절대 기준이라는 게……."

탁!

그는 자리에서 일어나 손가락으로 두삼을 가리키며 말했다.

"한두삼 선생님, 당신과 대결을 하고 싶습니다!"

"……."

…이 사람 열혈 스포츠물을 너무 많이 본 거 아냐?

테이블 전체의 시선이 두 사람에게 향했다.

　　　　*　　　　　*　　　　　*

　이영웅은 아버지의 영향으로 초등학교 입학 전부터 한의사가 되길 바랐다. 그리고 단 한 번도 그 꿈은 바뀌지 않았다.

　또한, 꿈을 꾸기 시작한 때부터 한의사가 되기 위한 준비를 했다.

　어릴 땐 공부와 체력을 키웠고, 어느 정도 자라선 아버지와 형들의 진료하는 모습을 어깨 너머로 배우며 차곡차곡 실력을 키워 나갔다.

　열정에 비해 공부의 재능이 조금 부족했는지 재수를 하였고, 원하는 한의학과를 가진 못했다. 그러나 입학을 한 후부터 완전히 달랐다.

　6년간 죽기 살기로 외워야 하는 수많은 공부거리와 실습은 그에겐 너무나 익숙한 일이었다.

　장학금을 놓친 적이 없고 학교와 자매결연 한 중국의 명문대학에서 2년간 공부했다. 그것도 부족해 군대제대 후엔 태국의 수기요법을 배우기 위해 유학까지 다녀왔다.

　한의사가 된 그의 다음 목표는 수기요법의 우수성을 알려 전문의 과정에 포함시키는 일이었다. 그에 이방익의 병원에 들어가 그와 함께 하려 했는데……

　'왜 내가 아니라 저 녀석과 함께 하고 있는 거야!'

　촬영 중인 두삼을 보는 이영웅의 눈빛은 승부욕으로 이글거렸다.

　아는 만큼 보인다고, 두삼의 실력이 좋다는 건 알고 있었다.

그의 아버지조차 TV를 보면서 '진짜'라고 표현할 만큼이니 의심할 여지가 없었다.

다만 수기요법에 있어서만큼은 자신의 아래라고 생각했다.

환자의 몸을 만지다 보면 뼈는 물론이고, 미세하게나마 이상 유무가 느껴지는 감각을 가진 자신이 질 리가 없다고 생각했다.

짜악!

깔끔하게 때리는 손길에 시선을 돌렸다.

통통하지만 귀여운 인상의 여자가 방긋 웃고 있었다.

"아야! 어째 때리는 내가 더 아프냐? 근육 좀 적당히 키워라."

"나도 아프거든. 누나가 여긴 웬일이야?"

"네가 또 초딩 같은 짓했다는 소문 듣고 왔지. 어째 넌 나이를 먹어도 변함이 없니?"

"초딩 같은 짓이라니! 이건 남자의 승부라고!"

"그게 초딩 같은 짓이라는 거야. 이 밥팅아. 이겨도 본전, 지면 개망신당하는 승부를 왜 해?"

"…이기면 좋은 거지 왜 본전이야?"

"휴우~ 근육을 늘이더니 뇌까지 근육이 된 거니? 방송 콘셉트를 생각해 봐. 우리 병원의 홍보 성격이 강하단 말이야. 그리고 한 선생이 진다고 시청자들이 진짜 졌다고 생각할까?"

"당연하지!"

"…어처구니가 없어서 말이 안 나온다. 너 한 선생처럼 환자의 병을 찾을 수 있어?"

"척추 이상은 자신 있어."

"그 자신감은 어디서 나오는 거니? 근육? 그럼 침술마취는?"

"그건… 안 되지."

"출혈은 잡을 수 있고?"

"……."

"너 자신 있다는 마사지는? 대번에 몸 상태를 파악해서 가뿐하게 만들 수 있어?"

"그 정도는……."

"할 수 있다는 말 하지 마. 내가 몸이 찌뿌듯하다고 했을 때 네 마사지를 받고 더 아팠다는 거 기억해?"

"그건 누나에게 복수를……."

"뭐!"

"아, 아냐. 아무것도."

"봐봐. 눈 씻고 봐도 네가 잘하는 게 하나도 없는데 '쇼부다!'라니 일본 만화책 너무 많이 본 거 아니니?"

"……."

"이제라도 가서 사과하고 끝내. 생방송이 아니니 문제 될 것도 없잖아."

듣고 보니 조금 오버한 감이 없잖아 있다. 한데 질 것 같다는 생각은 없었다.

"…이길 수 있어."

"응?"

"이길 수 있다고! 아니, 반드시 이길 거야!"

"에휴! 누가 널 말리니. 알아서 해라. 단 지면 편집해 달라고 할 테니까 그리 알고."

"그러지 마!"

"이게 뭘 잘했다고 자꾸 큰소리야. 너 진짜 죽어볼래? 너 이리
와."

"아악! 진짜 누나만 아니면……."

"아니면, 뭐? 오냐오냐해 줬더니."

"악! 자, 잘못했어. 아악!"

귀밑머리 공격에 이영웅은 연신 비명을 질렀다.

잠깐 촬영이 멈춘 틈에 두삼은 두 사람이 하는 양을 볼 수 있
었다.

손석호가 어깨를 잡으며 물었다.

"대결을 하려니 긴장돼?"

"아뇨. 담담해요."

"하긴 총알이 빗발치는 곳에서도 치료를 했던 강심장인데 떨
리가 없겠네. 그나저나 저 친구도 꽤 강심장인가 봐. 너랑 대결
을 앞두고 여자랑 시시덕거리고 있으니 말이야."

"누나 같은데요. 닮았어요, 두 사람."

"대박! 여기서 저기 있는 사람 얼굴이 보이냐?"

좀 멀긴 해도 못 볼 정도는 아니다.

"근데 거절해도 됐을 텐데 왜 대결을 받아준 거야?"

"아, 그게……."

맞는 말이다. 이영웅이 대결하자고 했을 때 '싫은데요' 했으면
끝날 일이다. 근데 그러지 않았다. 아니, 못 했다고 하는 게 맞을
것이다.

시작은 삐딱했지만 대결을 하자고 말할 때 예의 바른 말투와
이글거리는 열정에 자신도 모르게 거절할 타이밍을 놓쳤다.

그리고 기분 역시 나쁘지 않았다.

인정받는 기분이랄까.

'큭! 유치해. 정신 차려, 한두삼. 치료는 열혈 스포츠물이 아
냐.'

치료의 대상은 누군가의 부모이고, 누군가의 자녀다. 결코 의
술을 뽐내기 위한 대상이 되어서는 안 된다.

다음 촬영은 재생병원의 원장인 이일균에게 추나요법을 간단
히 배우는 시간이었다.

이일균은 재생 추나요법이라는 독자적인 추나요법을 개발해
20여 곳의 분원을 만들 만큼 입지전적인 인물이었다.

현재의 3대문파, 8대세가를 만든다면 반드시 들어가지 않을까
싶다.

이일균은 키는 컸지만, 다소 마른 체형의 평범한 중노인이었
다.

"반갑습니다. 이일균입니다."

"안녕하세요, 원장님!"

"허허허! TV에서 보던 스타들을 이렇게 보니 참 신기하군요."

"원장님께서 저희 방송을 보시는 줄은 몰랐습니다."

"아주 즐겁게 보고 있어요. 과거에 제가 존경했던 분들이 어
떻게 활동을 했고, 그 후손들이 어떻게 전통을 이어가는지 볼
수 있으니 말이죠. 무엇보다도……."

이일균은 흐뭇한 미소를 지은 채 두삼 쪽을 흘낏 본 후에 말
을 이었다.

"이곳에 있느라 놓치고 있던 한의학의 발전을 확인할 수 있어

서 더욱 좋았습니다."

"원장님처럼 한의학 한 분야의 대가께서 그런 말씀을 하시니 믿기지 않네요."

"허허허! 대가는 무슨. 그냥 중늙은이에 불과해요. 나 역시 선배님들께 배운 것에 내 것을 조금 더해 만든 것에 불과하답니다."

큰 병원을 이룩한 사람답지 않다고 해야 하나, 답다고 해야 하나 그는 무척 겸손했다.

말과 행동을 보건대, 카메라가 있어서 그런 것이 아닌 원래 성품인 것 같아 보기 좋았다.

이번엔 계속해서 그와 말을 주고받던 손석호가 아닌 이경철이 물었다.

"혹시 기억이 나는 선배님이 계십니까?"

"많죠. 여기 한 선생과 진 선생도 있지만, 한의사는 홀로 만들어지는 게 아닙니다. 허준 선생님 이전부터 활동하셨던 수많은 이들의 데이터가 전해지고 전해져 오늘의 제가 있는 거죠. 그래도 굳이 한 명을 꼽자고 하면……."

이일균의 눈이 잠시 과거를 봤다. 그러나 곧 다시 현실을 보며 말했다.

"제가 서른 중반 때였을 겁니다. 한창 추나요법에 파고들 때라 이리저리 이름이 알려진 분들을 찾아가 배움을 청할 때였어요. 하지만 당시엔 추나요법은 인기가 없었던 분야라 제가 원하는 바를 찾기 힘들었죠. 그러다 우연히 지금은 작고하신 교수님을 찾아뵈러 갔을 때 그분을 뵀죠."

"그분이시라면?"

"성함은 모릅니다. 다만……."

"다만?"

"교수님 말씀으론 '전설'이라 불리는 이라더군요."

"헉! 전설!"

"아!"

촬영하던 회의실 출연진과 스태프 할 것이 떠드는 소리에 소란스러워졌다.

그도 그럴 것이 방송 제목이 '전설을 찾아서'인데, 전설에 대한 정보가 너무 부족했기 때문이다.

백방으로 수소문하고 있지만 아주 단편적인 정보밖에 얻지 못하고 있는 상황에서 이일균이 전설을 언급하니 자연 들뜰 수밖에.

하지만 일단 촬영 중이니 그의 말을 듣고 있을 수밖에 없었다.

"제가 추나요법을 공부하고 있다고 하니 무척 흥미로워하셨죠. 그리고 자신이 알고 있는 바를 말씀해 주시더군요. 허허허! 아무것도 아니라는 듯 알려주는데, 바로 제가 그토록 찾고 싶어 하던 추나요법이었죠."

"그래서 배우셨습니까?"

"네. 배웠어요. 아무런 조건 없이 나흘간 머물며 가르쳐 주시더군요."

"오오!"

"아! 한 가지 조건이 있긴 했군요."

"전설이 내세운 조건이라 어떤 건지 궁금하네요."

"별거 아닙니다. 많은 사람을 치료해 달라는 거였으니까요."

"와아! 왠지 전설다운 말씀이네요. 그래서요?"

"마지막 날 헤어질 때 물었습니다. 왜 그 대단한 기술을 아무런 대가 없이 베푸느냐고요. 그랬더니 빙긋이 웃으며 그러시더군요. 자신은 이미 넘칠 만큼 충분히 받았다고, 더 많은 이들에게 가르쳐 주는 것이 숙명일지 모른다고 하셨습니다."

"……?"

"허허허! 무슨 의미인지는 저도 모릅니다. 의아해했지만 그분은 그저 웃곤 떠나셨거든요."

무척 흥미진진한 얘기였다. 그러나 더 이상의 얘기는 없었다.

"지루한 옛 얘기에 그만하고 이제부터 추나요법에 대해 배워 보도록 하죠. 아! 그 전에 척추를 건강하게 유지하는 법부터 간단히 설명하도록 하겠습니다. 아무리 재생 추나요법이 척추 건강에 도움이 된다고 해도 예방보다 좋을 순 없으니까요."

척추를 치료하는 데엔 정답이 없다. 서양의학이든, 동양의학이든, 침이든 뜸이든 마사지든 운이 맞으면 심각한 중증이라도 고칠 수 있다.

그러나 척추를 예방하는 데엔 정답이 있다.

바른 자세, 스트레칭, 척추에 좋은 요가, 뼈를 잡아주는 근육 붙이기 등 너무나 간단한 것들이다.

간단한 걷기 운동만으로도 허리 근육을 강화해 위험을 줄일 수 있고, 1시간마다 뒤로 젖히는 스트레칭만으로도 척추의 건강을 상당 부분 지킬 수 있다.

단지 이불 밖이 위험해서, 스마트폰에 집중하느라, 풀리지 않은 몸으로 급격하게 움직여서 악화가 되는 경우가 허다하다.

이일균의 척추 건강법은 위에서 언급한 틀에서 벗어나지 않았다.

경추 관련 질병을 예방하기 위한 목운동. 별것 없다. 양손 엄지를 턱에 대고 천천히 밀어 올리고 좌우로 돌리는 게 끝이다.

요추 관련 질병 예방을 위해선 고양이 자세와 브리지 자세.

TV에서 수백 번 강조했던 것들이었다.

"너무 간단하고 자주 보던 거라 이상하죠? 진리는 평범하듯이 예방도 평범하답니다. 허허! 자! 이제부터 본격적으로 추나요법을 배워봅시다. 보자… 거기 카메라 들고 있으신 분 중에 남색 점퍼 입고 있는 분 나와보시겠어요?"

이일균은 대번에 허리가 좋지 않은 스태프를 찾아냈다. 물론 자세만 보고도 찾는 건 두삼 역시 가능한 일이지만 그렇다고 그의 대단함이 사라지는 건 아니었다.

스태프를 침대에 눕힌 그는 몇 가지 동작과 손으로 만져보더니 바로 진단을 내렸다.

"4번과 5번 척추 디스크가 나왔군요. 이런 경우 정확함을 위해 검사를 해야 하는데……. 아! 한 선생이 있었군요. 혹시 정확한 상태를 알 수 있겠어요?"

"전에 봐서 알고 있습니다. 선생님 말씀처럼 4번과 5번 사이의 디스크가 신경을 압박하고 있는 상태입니다. 그리고 그 전에 튀어나온 디스크 제거 수술을 했는데 다시 재발한 겁니다."

손을 써뒀다는 얘긴 하지 않았다.

그래봐야 기운을 이용해 최대한 신경이 눌리지 않게 해둔 임시방편이었지만.

"수술 자국이 있어서 그럴 거로 생각했어요. 고마워요. 역시나 그분의… TV에서 봤던 대로 대단하군요."

웅? 웅? 웅?

"디스크가 나오면 보통의 경우 수술을 합니다. 괜찮은 방법이지요. 그러나 관리를 하지 않으면 다시 디스크가 나와 신경을 압박합니다. 재생 추나요법은 튀어나온 디스크를 수술 없이 조금씩 밀어 넣어 고통을 없앨 수 있답니다. 시작해 볼까요?"

철컥! 철컥!

그의 설명과 함께 척추교정용 침대가 울었다.

허리 부분을 제외하고 치료하는 방법을 배워본다. 그러나 사실 이건 보여주기 식밖에 되지 않는다. 보통 재활에 3~6개월까지 걸린다.

망가지는 데 적게는 10년, 많게는 40년 넘게 걸린 것이 하루아침에 낫기를 바라면 무리다. 외과적인 치료라고 해서 다르지 않다.

그럼에도 불구하고 두삼은 그가 하는 동작을 놓치지 않겠다는 듯 집중해서 봤다.

이일균의 손동작에 담긴 추나요법은 진짜였다. 조심스럽게 척추를 만지는 손, 신경이 다치지 않게 누르는 위치, 비틀리고 뒤틀린 뼈를 제자리로 돌리는 방법까지.

방송에 불과한데, 아니, 방송이라서 하는 건지도 몰랐다. 혹시 누군가 진의를 알면 배우라고?

방송에 어떻게 나갈지 몰라도 배우는 사람이 있을까?

한 명은 분명히 봤다.

각성된 능력이 사라져도 척추 치료를 하며 살 수 있지 않을까 싶다.

이일균의 교육 촬영은 2시간 만에 끝났다.

"수고하셨습니다, 원장님!"

"허허! 지루했을 텐데 고생들 했어요."

"지루하긴요. 하하……."

다들 얼굴이나 풀고 말해요.

진보라를 제외하고 지루했던 게 분명했다.

이일균은 작별 인사로 일일이 악수를 했다. 마지막으로 두삼의 손을 잡곤 말했다.

"만나서 반가웠어요. 아들 녀석은 살살 부탁해요. 허허허!"

"……."

뭔가 말하기도 전에 그는 가버렸다.

마치 그분처럼.

"한 선생, 대결은 언제 할 거야? 뭐 괜찮은 그림이 없나 싶었는데, 알아서 만들어주네. 이왕이면 촬영 팀 밥 먹고 하는 게 어때? 아! 짧게 끝낼 거라면 지금 해도 괜찮고."

"카메라 없이 할 건데요?"

"응?"

"카메라 없이 할 거라고요. 치료는 스포츠물이 아닙니다."

"…전에 진의모랑 대결했던 건?"

그건 용돈벌이.

『주무르면 다 고침!』 13권에 계속…